LA RÉSURRECTION DE RAVANA

BUFFY CONTRE LES VAMPIRES
AU FLEUVE NOIR

1. *La Moisson*
   Richie Tankersley Cusick
2. *La Pluie d'Halloween*
   Christopher Golden et Nancy Holder
3. *La Lune des coyotes*
   John Vornholt
4. *Répétition mortelle*
   Arthur Byron Cover
5. *La Piste des guerriers*
   Christopher Golden et Nancy Holder
6. *Les Chroniques d'Angel I*
   Nancy Holder
7. *Les Chroniques d'Angel II*
   Richie Tankersley
8. *La Chasse sauvage*
   Christopher Golden et Nancy Holder
9. *Les Métamorphoses d'Alex I*
   Keith R.A. DeCandido
10. *Retour au chaos*
    Craig Shaw Gardner
11. *Danse de mort*
    Laura Anne Gilman et Josepha Sherman
12. *Les Chroniques d'Angel III*
    Nancy Holder
13. *Loin de Sunnydale*
    Christopher Golden et Nancy Holder
14. *Le Royaume du mal*
    Christopher Golden et Nancy Holder
15. *Les Fils de l'Entropie*
    Christopher Golden et Nancy Holder
16. *Sélection par le vide*
    Mel Odom
17. *Le Miroir des ténèbres*
    Diana G. Gallagher

18. *Pouvoir de persuasion*
    Elizabeth Massie
19. *Les Fautes du père*
    Christopher Golden
20. *Les Sirènes démoniaques*
    Laura Anne Gilman et Josepha Sherman
21. *La Résurrection de Ravana*
    Ray Garton
22. *Ici vivent les monstres*
    Cameron Dockey
23. *Les cendres de Salem* (octobre 2001)
    Diana Gallagher

RAY GARTON

LA RÉSURRECTION DE RAVANA

D'après la série télévisée créée par Joss Whedon.

FLEUVE NOIR

Titre original :
Resurrecting Ravana

Traduit de l'américain par
Serge Lefaure

Collection dirigée par
Patrice Duvic

BUFFY THE VAMPIRE SLAYER is a trademark of Twentieth Century Fox Film Corporation, registred in the U.S. Patent and Trademark Office.

Le Code de la propriété intellectuelle n'autorisant, aux termes de l'article L. 122-5, 2 et 3 a), d'une part, que « les copies ou reproductions strictement réservées à l'usage privé du copiste et non destinées à une utilisation collective » et, d'autre part, que les analyses et les courtes citations dans un but d'exemple ou d'illustration, « toute représentation ou reproduction intégrale ou partielle, faite sans le consentement de l'auteur ou de ses ayants droit ou ayants cause, est illicite » (art. L.122-4).
Cette représentation ou reproduction, par quelque procédé que ce soit, constituerait donc une contrefaçon sanctionnée par les articles L.335-2 et suivants du Code de la propriété intellectuelle.

© ™ et © 2000 by the Twentieth Century Fox Film Corporation.
All rights reserved.
© 2001 Fleuve Noir, département d'Havas Poche,
pour la traduction en langue française.

ISBN : 2-265-07065-3

Ce livre est dédié à
Buzz Burbank
mon présentateur de journal télévisé
« qui balance » favori.

REMERCIEMENTS

Il m'a fallu beaucoup d'aide et de soutien pendant que j'écrivais ce livre, et je tiens à remercier tous ceux qui me les ont apportés. Dawn, ma merveilleuse épouse ; Scott Sandin, Derek Sandin, Jack Barnes, Jane Naccarato, Cathy Bunting, Terry Kanago, Collier Mariano, Tim et Mary Kingsbury, Sandi Kessel et Wilma Kessel. Plus tous mes amis de la *chat room* de l'Horrornet ! Merci aussi à Scotty, des Tattooed Love Dogs. A mes parents, Ray et Pat Garton. A mes amis et agents Ricia Mainhardt et A.J. Janschewitz. A ma directrice de collection, Lisa Clancy et à son assistant, Micol Ostow. Enfin, merci à Don et à Mike, qui m'ont toujours empêché de prendre les choses trop au sérieux.

CHAPITRE PREMIER

Le ciel nocturne évoquait une immense étendue de satin noir émaillée de reflets argentés. Un hibou perché sur une branche poussa un cri perçant. A travers les pins et les sapins, un vent glacé émit un chuchotement de mauvais augure. Ce fut en tout cas ainsi que Buffy Summers interpréta cet ululement. Son style de vie la poussait à toujours redouter le pire...

La jeune fille et ses amis marchaient en silence sur Rockway Road. Alors qu'ils se faufilaient entre les arbres, les bruits conjugués du ressac de la mer et de la musique heavy metal qui filtrait d'une maison s'intensifièrent.

Buffy aperçut une lumière et ralentit. Un bungalow apparut derrière un bosquet de vigne sauvage. La Tueuse prit son arbalète et y encocha un carreau différent de ceux qu'elle utilisait d'habitude, puisque sa pointe était en argent.

— Nous y sommes, souffla la Tueuse à ses amis.

Willow Rosenberg, Alex Harris et Cordélia Chase se pressaient aux côtés de Rupert Giles. Tous tenaient un pieu en bois à pointe d'argent.

Le bungalow délabré qui se dressait au milieu d'une clairière avait certainement été accueillant... jadis. Mais après des années de laisser-aller, on n'y aurait pas passé une soirée. Une ampoule à la lueur blafarde pendait au-dessus de la véranda. A l'arrière, un sentier menant à la plage disparaissait dans la nuit. Un vieux barbecue de guingois côtoyait une table de pique-nique.

Les amis de Buffy faisaient face à l'aile sud de la bâtisse ; la vigne couvrait à demi une barque posée à l'envers. Cinq motos s'alignaient devant le bungalow. Buffy entendit des rires hystériques se mêler à la musique.

Elle regarda l'astre de la nuit briller dans un ciel d'encre. La pleine lune ! Oz, le petit ami de Willow, resterait enfermé jusqu'à l'aube...

— La Lune de Sang... murmura Willow.

— La quoi ? demanda Buffy en se tournant vers elle.

— D'après l'almanach des sorcières, c'est le mois de la Lune de Sang.

— Oh ! (La Tueuse observa une chauve-souris qui les survolait.) Eh bien, faisons en sorte que le nôtre ne coule pas ce soir. D'accord ?

— Excellent plan, approuva Alex.

— N'oubliez pas : contrairement aux vampires, il n'est pas nécessaire de toucher le cœur, dit Giles. Les blesser n'importe où avec la pointe en argent est tout ce qui compte. Ils se déplacent très vite...

— Et ils auront faim, ajouta Willow. (Ses amis se tournant vers elle, elle chuchota :) Vous ne vous souvenez pas de ce que dit le livre ? La faim les pousse à agir. Même s'ils ont déjà... euh... mangé.

— Alors, quand ils nous apercevront, murmura Alex, ils verront cinq doubles cheeseburgers au bacon avec une garniture d'intestins.

— Parle pour toi ! lâcha Cordélia en tapotant la poche arrière de son treillis haute couture.

— Restons concentrés, chuchota Buffy. Le livre dit aussi qu'ils ont une excellente ouïe... Giles et Willow, restez de ce côté, intima l'Elue. Alex et Cordélia, faites le tour. Ne bougez pas jusqu'à ce que je défonce la porte. Je les entraînerai dehors et là, ce sera à vous de jouer. S'ils croient que je suis seule, la surprise sera de notre côté.

— Dans la mesure du possible, attaquez-les par-derrière, conseilla le bibliothécaire. Une morsure et... (Il se racla la gorge.) Eh bien, il n'en faut pas plus pour... devenir comme eux.

Ils avancèrent dans la clairière, se déployant autour du bungalow. Willow et Giles s'arrêtèrent au sud de la véranda couverte et Buffy se posta devant les trois marches en bois du perron. Puis elle les gravit lentement.

Avant qu'elle ne défonce la porte d'un coup de pied, celle-ci s'ouvrit. Une grande silhouette légèrement voûtée apparut. La créature portait un débardeur blanc en lambeaux couvert de taches sombres. La lumière sortant du bungalow mettait en évidence les touffes de poils qui lui couvraient la tête, les épaules et les bras. Le monstre tenait un gourdin où pendaient des sortes de fils ; il avança sous la lumière jaune de l'ampoule.

Le sang perlait sur son museau. Quand ses babines se retroussèrent, Buffy vit des morceaux de viande coincés entre ses longs crocs acérés. Ses yeux sombres absorbaient la lumière, la réfléchissant en une multitude de points d'argent.

Le « gourdin » se révéla être un bras humain sectionné au niveau du coude. La chair avait été rongée, telle de la viande autour d'un pilon.

La créature poussa un grognement qui n'avait rien d'humain.

— De la visite ! cria-t-il. (Il lâcha son bout de « viande » et se ramassa sur lui-même, prêt à bondir.) Juste à temps pour le dîner !

Quand le « gang Scoubidou » avait commencé son enquête, il avait d'abord conclu à des mutilations de bétail. Mais cette fois, les animaux avaient été… dévorés jusqu'à l'os. Des vaches qui paissaient aux abords de Sunnydale, il ne restait que les os. L'animateur d'une station de radio locale avait suggéré que des animaux sauvages – peut-être des coyotes – en étaient les auteurs. Giles ne partageait pas cet avis.

— Même un coyote affamé ne rongerait pas la chair jusqu'à l'os, dit l'Observateur à Buffy. Il s'agit de créatures… surnaturelles.

— Un Chien de l'Enfer ? suggéra la Tueuse.

— Dix têtes de bétail ont été dévorées la nuit précédant la pleine lune. Cela rend l'hypothèse probable. Mais pourquoi du bétail ? Pourquoi un loup-garou, ou une meute de créatures de ce type, se nourrirait-il de *bétail* dans une région où il y a tellement de *gens* ?

— Ces êtres ne veulent peut-être pas faire de mal à un humain ? avança Willow.

— Non, dit Oz. Pour les loups-garous, se contrôler est impossible.

Dans ce domaine, Oz était un expert. Depuis que son cousin Jordy l'avait mordu, il se transformait chaque mois en loup-garou au moment de la pleine lune. Ne voulant blesser personne, il prenait ses précautions, se faisant enfermer pendant ces trois nuits-là.

— Que veux-tu dire ? demanda Buffy.

— Je suis un loup-garou. Et je ne veux blesser personne, pas vrai ? Eh bien… c'est comme regarder un talk-show. On sait qu'on ne devrait pas, mais on ne peut pas s'en empêcher.

— Peut-être ne s'agit-il pas de loups-garous, conclut Giles.

Le lendemain, un fait divers fit la une des journaux. On avait massacré des clients au *Paradis des goinfres*, un bar pour motards situé à la lisière de Sunnydale. Dans la journée, des détails avaient filtré. Les victimes avaient été dévorées…

D'après les témoins oculaires, au coucher du soleil, cinq hommes s'étaient approprié la table de billard, rendant furieux les habitués du lieu. Une bagarre s'était ensuivie. Rien d'inhabituel au *Paradis des goinfres*.

Mais à partir de là, l'article et les témoignages divergeaient. Un premier témoin affirmait que les inconnus portaient des couteaux, provoquant une effusion de sang ; les autres clients gémissaient comme des animaux pris au piège. Le deuxième témoin, qui avait pris la fuite peu après le premier, se montrait persuadé qu'un animal sauvage s'était infiltré dans le bar et avait attaqué.

Le troisième témoin, un jeune homme aviné ce soir-là, prétendait que les inconnus s'étaient *transformés*, leurs dents devenant des crocs. Ils avaient cessé de se battre avec leurs poings pour déchiqueter leurs adversaires. Selon lui, les tueurs étaient repartis sur cinq Harley Davidson, leur fourrure noire ondulant au vent. Le chef de la bande aurait même levé la tête et hurlé à la lune.

Les journalistes précisaient que le troisième témoin, victime d'une crise de nerfs, avait été arrêté peu après pour possession de substances illégales. Ceci expliquant sans doute cela… La police pensait qu'un des cinq tueurs était Waldo Becker, un truand originaire d'une petite ville du Maryland. Avec ses quatre complices, il était soupçonné de meurtre dans trois autres Etats.

— Vous aviez raison, Giles : il s'agit bien des Chiens de l'Enfer en vadrouille, admit Buffy, lors de la réunion suivante dans la bibliothèque du lycée. Des démons canins ou des créatures de ce style.

— Ce ne sont pas des loups-garous, confirma l'Observateur. Ils ne changent pas d'apparence comme ça. Nous avons affaire à un autre type de monstres.

— Les Chiens de l'Enfer en vadrouille…, marmonna Willow. On dirait le titre d'un film de série Z.

— Logique. Votre *vie* est une série Z, ironisa Cordélia.

— Ces Chiens de l'Enfer ne se préoccupent de rien, sinon de satisfaire leurs instincts, continua Giles. Pour ce que nous en savons, ils apprécient ce qu'ils sont devenus !

— Nous devons les mettre hors d'état de nuire, dit Oz.

— Dès ce soir, renchérit Alex.

— Il faudra de longues recherches pour les repérer, souligna Buffy.

— Quelqu'un aurait-il une lime ? demanda Cordélia. Je viens de me casser un ongle. (Elle releva les yeux.) Qu'est-ce que vous avez à me regarder tous comme ça ? J'ai dit une bêtise ?

Willow consulta les sites Internet de plusieurs journaux locaux qui relataient le parcours de Waldo Becker et de ses compagnons à travers le pays. Ils avaient une préférence marquée pour les bars miteux situés aux abords des petites agglomérations. Ils massacraient, se repaissaient, puis reprenaient la route. Parfois, ils emportaient leur « repas » avec eux. Mais ils ne passaient jamais plus d'un cycle lunaire dans la même ville.

Buffy et ses amis prirent le van d'Oz pour partir à la recherche de Waldo Becker. Giles avait fabriqué des pointes en argent pour l'occasion.

— Espérons que l'argent sera efficace contre ces... « Chiens de l'Enfer ».

— Je ne sais pas ce que vous en pensez, intervint Alex, mais je préférerais des *balles* en argent.

— Vous n'êtes pas entraînés à manier les armes à feu, dit le bibliothécaire. Et nous ignorons dans quelle situation nous nous retrouverons. Inutile de prendre des risques supplémentaires. Vous pourriez blesser un passant... ou vous entre-tuer.

— Giles a raison, approuva Buffy. De plus, vous êtes devenus très doués avec les pieux. (Elle sourit.) Vous vous en sortirez très bien.

La Tueuse téléphona chez elle pour prévenir sa mère qu'elle ne rentrerait pas pour le dîner. Une heure avant la tombée de la nuit, ses amis enfermèrent Oz dans la cage de la bibliothèque, où Giles conservait ses incunables et ses manuscrits.

— Pardon, s'excusa Willow, les mains sur le grillage en acier. D'habitude, on ne t'enferme pas si tôt... Mais nous devons avoir une longueur d'avance sur ces types.

— Je comprends, assura Oz. (Il se pencha et embrassa Willow à travers le grillage.) Sois prudente.

— A demain ! dit-elle en lui adressant un sourire.

Après qu'Oz leur eut souhaité bonne chance, ils prirent le van et traversèrent la ville, accordant une attention particulière au *Bocal à poissons* et au bar de Willy. La première agression avait eu lieu au *Bocal à poissons*. Le bar de Willy, trois cents mètres plus loin, était aussi peu fréquentable.

Avant la tombée de la nuit, ils avaient repéré quatre motos. Les rues étaient très calmes au coucher du soleil. A Sunnydale, sur la Bouche de l'Enfer, ça ne représentait qu'une chose... Le calme avant la tempête.

Ce soir-là, pourtant, l'agglomération semblait ne courir aucun danger.

— C'est vraiment notre ville ? fit Alex. Ou en sommes-nous sortis sans nous en apercevoir ?

— Ça me plaît, assura Cordélia. Traîner avec vous n'est jamais aussi paisible. Je trouve ça plutôt reposant, si vous voulez mon avis.

— Qui a dit qu'on le voulait ? marmonna Alex.

— Quoi qu'il en soit, soupira Cordélia, c'est reposant...

Ils furent surpris de voir que Sunnydale comptait une multitude de bars minables – outre celui de Willy et le *Bocal à poissons*. Tapis aux abords de la ville, à l'écart des grands boulevards, ces établissements exigus et mal éclairés cherchaient à attirer une clientèle sensible à la pénombre, aux bols de cacahouètes et de bretzels sur le comptoir, aux tables de billard, aux jeux de fléchettes, aux vieux juke-box, au sport à la télé, aux flippers, aux jeux vidéo et aux nuages de fumée, flagrante violation de la loi antitabac.

A l'ouest, près de la plage, on trouvait *La Planque*, avec sa bouée de sauvetage rouge et blanc fixée à la porte d'entrée. A l'est, *Le Coq rouge*, ancienne grange transformée en bar, portait sur son toit oscillant un énorme gallinacé battu par les vents.

Au nord de la ville, Giles arrêta le van.

Le Piège était si peu éclairé qu'on aurait pu le croire abandonné sans les voitures garées tout autour. Derrière deux petites fenêtres brillait une enseigne publicitaire pour une marque de bière. A côté des voitures, cinq Harley Davidson scintillaient sous les néons.

Giles laissa tourner le moteur.

— Nous ne sommes pas certains qu'il s'agisse bien d'eux, dit-il avec un rien de nervosité dans la voix, serrant le volant très fort.

— Cinq motos garées devant un bar aux allures de

paradis pour poivrots ? Je parierais ma chemise qu'il s'agit bien de nos « clients », conclut Buffy.

— Un instant, dit Willow. N'avons-nous pas oublié quelque chose, Giles ? Nous sommes trop jeunes pour entrer dans un bar.

— Exact. C'est la loi dans votre pays…

— Nous ne pouvons pas attendre ici sans rien faire ! objecta Alex. Si ces types sont là-dedans, ils vont prendre les clients pour des amuse-gueules d'une minute à l'autre !

— Ne t'inquiète pas. (Giles coupa le moteur.) Moi, j'ai l'âge requis.

— Vous ne pouvez pas y aller tout seul.

— Il semble que nous n'ayons pas le choix, Buffy.

— Je vous rappelle la situation, Giles. Vous, Observateur. Moi, Tueuse. Ils sont cinq, là-dedans.

— Je suis tout à fait capable de me débrouiller, Buffy.

Il prit deux pieux à pointe d'argent qu'il glissa dans sa ceinture.

— Je resterai près de la porte. En cas de grabuge, je vous préviendrai aussitôt. S'il y a de la bagarre, je doute que quiconque vous demande une pièce d'identité… Tenez-vous prêts, conclut-il avant de quitter le van.

— J'ai une boule dans l'estomac, chuchota Buffy en suivant son Observateur du regard, alors qu'il traversait le parking.

— Espérons que c'est dû à ce que tu as mangé à midi, plaisanta Alex.

Giles se trouvait à moins d'un mètre de l'entrée quand un cri guttural éclata. La Tueuse ouvrit la portière dans la seconde qui suivit et sauta dehors, arbalète au poing.

La porte du *Piège* sortit de ses gonds sous la poussée d'un gaillard couvert de sang transformé en missile humain. Il percuta l'Observateur. Tous deux roulèrent sur le gravier.

Buffy courut vers Giles alors que de nouveaux cris d'horreur et de douleur retentissaient dans le bar.

— Ça va ?

— Oui, oui… lui dit-il en se redressant, lui faisant signe de continuer.

Dans le bar, le tumulte augmentait. Des hurlements, des bruits de verre brisé, des chocs sourds… Puis des grognements d'animaux, des bruits de mastication et de succion se succédaient.

La Tueuse entra, glissa sur une flaque visqueuse et tomba à la renverse, le souffle coupé. Quelqu'un l'enjamba à la vitesse de l'éclair. La jeune fille entendit Willow qui criait : « *Non !* » et Alex qui jurait.

Les motos vrombirent. Puis le silence revint.

L'odeur âcre du sang dans lequel Buffy baignait lui emplit les narines. Giles et Alex entrèrent et l'aidèrent à se relever. Willow et Cordélia attendaient devant la porte.

— Allez, dit Buffy, détournant les yeux du massacre. Pourchassons-les !

Ils coururent jusqu'au van.

— Par où sont-ils partis ? demanda Giles.

— Tout droit, répondit Cordélia. Je les ai vus.

— Voulez-vous me faire plaisir, Giles ? demanda Buffy d'une voix posée.

— Oui ?

— Oubliez que vous êtes anglais, et écrasez le champignon !

— Tout le monde a mis sa ceinture ? demanda Giles, alors que le van partait sur les chapeaux de roues.

Personne ne répondit. Le bibliothécaire fonçait dans la nuit, pied au plancher, violant les limitations de vitesse d'une façon fort peu britannique.

La route serpentait sans cesse. Vitres baissées, les amis de Buffy ne tardèrent pas à capter le rugissement des motos. Les Chiens filaient plein ouest, vers une zone boisée, où la route s'enfonçait entre pins et sapins.

Puis le vrombissement des motos ne fut plus audible. Giles leva le pied.

— Je ne les entends plus...

— Moi non plus, dit Buffy, passant la tête par la vitre.

— Peut-être nous ont-ils semés ? avança Willow.

— Non, assura l'Elue. On dirait plutôt qu'ils... (La jeune fille se retourna et agrippa l'épaule de l'Observateur.) Arrêtez-vous tout de suite !

Giles ralentit.

— Garez-vous sur le bas-côté !

— Où veux-tu en venir, Buffy ? dit-il en s'exécutant.

— Ils ont quitté la route et se sont enfoncés dans les bois... A moto, se faufiler à travers les arbres n'a rien de difficile.

— Tu crois qu'ils s'y cachent ? demanda Alex.

— Non, Alex, ils cherchent des grenouilles pour le cours de biologie... lâcha Cordélia en poussant un soupir ennuyé.

— Poursuivons-les ! ordonna la Tueuse, ignorant les chamailleries de ses amis.

— Très bien, dit Giles. Nous ne sommes pas vraiment équipés pour, mais... Allons-y.

Un silence tendu s'ensuivit.

— Dans les bois ? gémit Cordélia. La nuit ?

— De quoi as-tu peur ? lança Alex.

— Eh bien, dans les bois, il y a... vous savez... des serpents, des araignées et...

— Cordélia, nous poursuivons des Chiens de l'Enfer ! Les serpents et les araignées devraient être le cadet de tes soucis.

— Vous devriez vraiment revoir vos priorités !
— Alors... Qu'attendons-nous ? acheva Buffy en esquissant un sourire.

Sous la véranda, les choses empirèrent rapidement. Buffy leva son arbalète, visa et tira. Trop tard : le Chien de l'Enfer avait déjà sauté par-dessus la jeune fille en grognant. Le carreau disparut à l'intérieur du bungalow.

Faisant volte-face, l'Elue plongea une main dans son blouson pour prendre un deuxième carreau. Sous ses pieds, les vieilles lattes en bois du plancher vibraient sous les pas précipités des quatre autres Chiens pendant que la musique continuait à rugir. La Tueuse avait encoché le deuxième carreau avant de se retourner... Mais elle n'eut pas le temps de tirer.

Le Chien de l'Enfer en débardeur ensanglanté se dressa devant elle. D'une chiquenaude, il arracha l'arbalète des mains de Buffy. La Tueuse empoignait un pieu quand la créature posa une main sur son épaule, l'autre sur sa hanche, et serra... L'Elue sentit les griffes du monstre mordre sa chair quand il la souleva de terre, tourna sur lui-même... et l'expédia dans les airs.

Elle s'écrasa contre un arbre et perdit connaissance.

Au moment où leur amie servait de boulet humain, Alex et Giles enjambèrent la rambarde et prirent position de part et d'autre de la porte ouverte. Un Chien de l'Enfer surgit du bungalow, bras écartés, expédiant Alex et Giles dans des directions opposées.

Sautant par-dessus l'Observateur, Willow bondit sur la créature et lui enfonça son pieu dans le cou. Le monstre poussa un hurlement qui résonna dans les bois. Puis il émit d'horribles gargouillis pendant que son museau noir rapetissait.

Willow recula, écœurée par le bruit des os s'entrechoquant et des muscles en train de se dissoudre.

Dans la mort, la bête ressemblait à un molosse. Les yeux grands ouverts, elle fixait l'ampoule de la véranda.

Willow lâcha un énorme soupir de soulagement et se pencha pour récupérer son pieu. Les trois derniers Chiens de l'Enfer avaient déguerpi dans l'obscurité.

— Où est Buffy ? murmura Alex.

— Je... ne... ne sais pas, balbutia Giles.

Tous ruisselaient de sueur malgré la fraîcheur de la nuit, et leurs cœurs battaient la chamade. Le bibliothécaire vit Willow s'écarter du monstre mort.

— Venez m'aider ! cria Cordélia. Je suis coincée !

Alex, Giles et Willow se retournèrent. A l'autre bout de la véranda, la jeune fille, en voulant passer par-dessus la balustrade, s'était accrochée à un éclat de bois. Alex se précipita.

Une patte griffue saisit les cheveux de Cordélia et, sans ménagement, la fit descendre de son perchoir. Les ténèbres l'engloutirent.

— Cordélia ! cria Alex.

Le museau de la créature frôlait l'oreille de Cordy. Son souffle chaud empestait le sang. La bête obligea la lycéenne à se retourner. Ses babines noires se retroussèrent, découvrant des crocs et une langue rose mouchetée de noir.

Les yeux de Cordy se remplirent de larmes de douleur. La peur la quitta, remplacée par une fureur qui lui fit serrer les dents.

— Ne... joue pas... avec mes cheveux ! cria-t-elle en plantant son pieu dans le ventre du monstre.

Le Chien de l'Enfer lâcha sa victime et tomba à la renverse. Battant des mains et des pieds, il poussa des râles d'agonie. Cordélia se détourna... et se retrouva nez à nez avec Alex.

— Tout va bien ?
— Ça va mieux... Mais ce n'est pas grâce à toi !

Giles descendit prudemment le perron, Willow sur les talons. Malgré la pleine lune qui baignait les arbres de reflets bleuâtres, la nuit était noire. Un grognement de prédateur monta de l'obscurité.

— Buffy ? appela Giles.

La Tueuse reprit conscience. Elle avait perdu son pieu... Se redressant, elle le chercha à tâtons...

Un Chien de l'Enfer sauta à califourchon sur ses hanches, lui plaquant les épaules au sol. La bave du monstre dégoulina sur le visage de Buffy. La Tueuse tendit le bras, cherchant toujours son arme.

— Une *Tueuse* ! grogna le Chien de l'Enfer.

Le majeur droit de la jeune fille effleura la pointe en argent. Du coin de l'œil, elle vit Alex et Cordélia rejoindre Willow et Giles. Ses amis s'éloignèrent du bungalow en sondant les alentours. Un grognement sourd résonna derrière eux. Ils se retournèrent aussitôt. Deux paires de crocs et d'yeux étincelaient au clair de lune.

Le Chien de l'Enfer qui menaçait l'Elue se pencha jusqu'à ce que son museau froid et humide touche presque son nez. De la bave tiède coula sur le menton de la jeune fille. Elle sentit l'haleine fétide aux relents de viande pourrie... Buffy referma son poing sur le pieu. Le monstre recula, prêt à enfoncer ses crocs dans la gorge de l'humaine.

— *Bouffe ça !* rugit Buffy.

Elle planta son pieu dans le cou du Chien de l'Enfer qui se releva en grognant. L'arme était toujours dans la main de l'Elue... et l'extrémité en argent pointée dans sa direction. Elle avait porté son coup avec le mauvais bout... Le Chien de l'Enfer saisit le poignet droit de Buffy et le serra pour lui faire lâcher l'arme.

Près du bungalow, Alex bondit sur un des monstres. Pendant que tous deux roulaient dans la poussière, il planta son arme et embrocha la bête. Un autre Chien s'était jeté sur Giles. Le bibliothécaire tomba à genoux et frappa avec son pieu.

Buffy fit un croc-en-jambe à son adversaire de gauche. Quand il perdit l'équilibre, elle roula sur elle-même. Il retomba sur ses pattes et revint à la charge. L'Elue l'accueillit d'un coup de pied à la tête. Mais il en fallait plus pour venir à bout d'un tel adversaire... Buffy se mit à genoux, la pointe argentée de son pieu braquée sur le monstre, et le transperça quand il se jeta sur elle. La créature s'effondra sur la Tueuse, raide morte.

— Allons, allons ! marmonna Buffy en faisant rouler le cadavre sur le côté. Pas question de rester dans cette position compromettante, mon ami. Je suis une honnête jeune fille, *moi*.

Elle se releva et s'épousseta avant d'examiner le monstre abattu. Les babines et le menton en sang, il fixait la lune de son regard sans vie. L'Elue entendit des bruits de pas derrière elle.

— Buffy ! s'exclama Giles. Tout va bien ?

La Tueuse hocha la tête. Sur sa nuque, elle sentait une bosse, mais pas de sang. Son dos lui faisait mal et ses jambes étaient ankylosées.

— Je survivrai. Mais ce ne sera pas agréable... Pas dans un premier temps, du moins.

— Filons ! lança Giles. Sinon, nous aurons pas mal d'explications à fournir à des gens qui ricaneront en nous passant les menottes aux poignets...

Il examina le Chien de l'Enfer vaincu.

— Nous les avons tous eus ? demanda Buffy à ses amis.

Les trois jeunes gens hochèrent la tête à l'unisson.

— A moins qu'il n'y en ait d'autres dans le bungalow... ajouta Willow.

— Il y a cinq motos, objecta Alex. Et je doute qu'ils montent à deux sur une bécane.

— Ouais, il y en a cinq, alors allons-y ! s'impatienta Cordélia.

— Non. Willow a raison, dit Giles. Nous devons en avoir le cœur net.

Buffy se pencha et retira son pieu du cadavre.

— Je vais inspecter le bungalow.

Elle gravit le perron, traversa la véranda... et s'arrêta devant la porte ouverte. Un désordre épouvantable régnait dans le bungalow et une odeur pestilentielle s'en dégageait. Les Chiens de l'Enfer n'avaient pas plus le sens de l'hygiène que les chiens normaux... Ils ne se lavaient jamais et ne se servaient pas non plus du réfrigérateur, car les reliefs de leurs repas étaient éparpillés un peu partout. Un pied ici, une tête là... Ce n'était pas joli à voir.

Buffy sortit sans s'attarder et rejoignit ses amis.

— C'est vide, annonça-t-elle. Décampons.

CHAPITRE II

Giles eut beaucoup à faire le lendemain. Depuis que du bétail avait été dévoré aux abords de Sunnydale, il avait négligé ses devoirs habituels pour enquêter, certain qu'il y avait du louche là-dessous.

La semaine précédente, les amis de Buffy avaient débarrassé Sunnydale d'une prêtresse du vaudou. Là encore, il avait dû délaisser ses tâches quotidiennes.

Observateur de Buffy Summers, Rupert Giles était aussi le bibliothécaire du lycée de Sunnydale. Les missions ne manquaient pas : ranger des livres rendus, cataloguer les nouvelles acquisitions, rédiger et envoyer les lettres de rappel, mettre à jour les annonces punaisées au mur...

A la tête de trop de livres « spéciaux », il ne pouvait accepter l'aide d'aucun lycéen. Entre les morts-vivants qui quittaient leurs tombes toutes les nuits, et les diverses créatures maléfiques qui débarquaient à Sunnydale, il lui était facile d'oublier les responsabilités plus prosaïques qui reposaient sur ses épaules.

La vie continuait... même sur la Bouche de l'Enfer. Assis dans un coin, Alex et Oz bavardaient devant leurs livres de classe. Giles n'avait pas revu Buffy depuis le début de la matinée, mais elle repasserait certainement. Les examens trimestriels commençaient la semaine suivante. A la recherche d'un endroit tranquille où réviser, de nombreux élèves étaient venus à la bibliothèque. D'habitude, Giles embauchait Buffy et ses amis pour l'aider. Mais ils avaient eu peu de temps à consacrer à leurs révisions. Aussi comptait-il les laisser tranquilles, espérant qu'ils passeraient le reste de la semaine plongés dans leurs livres de cours. A moins qu'une nouvelle alerte ne change tout...

Cordélia Chase entra dans la bibliothèque et s'arrêta devant le comptoir.

— Salut, Giles, dit-elle d'une voix lasse.
— Bonjour, comment vas-tu ?
— A cause de vous, je n'ai pas pu me coucher avant l'aube, et vous osez me poser cette question en me regardant dans les yeux ?
— Eh bien, tu sais que rien ne t'obligeait à venir avec nous, j'espère ?
— Je suis la seule personne saine d'esprit de votre bande de phénomènes de foire. Je tremble à l'idée de ce que vous feriez sans moi.
— Je crois que nous finirions quand même par nous en sortir. Mais j'étais content que tu nous accompagnes hier soir, Cordélia. (Il désigna Alex et Oz.) Si tu cherches...
— Non. C'est un livre que je veux : celui que j'étais censée lire le mois dernier. *Frankie*... euh...
— *Frankie Addams*, de Carson McCullers ?
— C'est ça ! Vous l'avez ?
— On vient de me le rapporter.

Il promena son index le long des tranches de livres attendant d'être rangés.

— *Frankie Addams* ?

Levant les yeux, Giles vit Alex s'approcher de Cordélia.

— Ravi de voir que tu t'intéresses toujours à tes parents, railla le jeune homme.

— S'il y a ici un membre de la famille Addams, ce n'est certainement pas moi !

L'Observateur tendit le livre à Cordy.

— Veux-tu l'emprunter ?

— Je ne sais pas... Il n'est pas très épais. Peut-être pourrais-je le lire sur place.

Elle s'installa à une table.

— Si tu as besoin d'aide pour les mots compliqués, fais-moi signe, dit Alex.

— Alex, appela Oz, on y va ?

— Nous allons réviser ensemble, dit le jeune homme à Giles.

— Bonne chance !

Entretenir des relations avec les amis de sa Tueuse ne faisait pas partie des devoirs d'un Observateur. D'autant que les Elues, en général, avaient peu, voire pas d'amis. Mais Buffy Summers n'était pas une Tueuse ordinaire.

Le travail d'un Observateur consistait à faire prendre conscience à sa protégée de sa destinée. Ensuite, elle devait consacrer son énergie à accomplir son destin. Sa vie sociale et privée passait au second plan. Les devoirs d'une Tueuse étaient considérables. L'entraînement et la concentration faisant toute la différence entre la survie et le trépas, il lui était difficile de se relâcher sans en subir les conséquences...

Mais Buffy avait accompli un exploit qui remplit d'étonnement Giles et le Conseil des Observateurs. Au lieu de renoncer à tout pour s'entraîner sous la direction de Giles, elle avait *amené* une partie de son existence avec elle, faisant du Britannique un acteur de sa vie sociale. Ce n'était pas intentionnel, car ses amis avaient appris la vérité par hasard. Mais qui aurait cru qu'ils proposeraient d'épauler Buffy dans sa lutte contre les vampires, les démons et toutes les créatures maléfiques ?

Giles avait donc fait équipe avec la Tueuse… et ses quatre Tueurs assistants ! Le cas était sans précédent. Et ça ne pouvait pas plaire au Conseil.

Au début, l'Observateur avait eu très peur pour les jeunes gens. Prenaient-ils vraiment conscience des forces maléfiques qu'ils devraient affronter s'ils choisissaient de seconder Buffy ? Giles n'avait de responsabilité qu'envers sa Tueuse. Pourtant, il prenait également à cœur le sort des amis de la jeune fille.

La vitesse à laquelle ils s'étaient accoutumés au monde très spécial de Buffy avait épaté le bibliothécaire, qui trouvait leur dévouement et leur bonne humeur rafraîchissants. Même si cette bonne humeur les poussait souvent à se moquer de ses tics et de sa tournure d'esprit si britanniques…

S'il les jugeait parfois exaspérants, leur appui s'était révélé inestimable. Il appréciait leur compagnie, heureux de faire partie de leur vie. Face aux forces du mal et au système décimal de classification des livres de Dewey en vigueur dans les bibliothèques, les amis de Buffy apportaient un peu de lumière dans une existence trop sombre. A leur contact, Giles se sentait même… rajeunir ! Il prit une première pile de livres et alla les remettre à leur place sur les étagères.

Willow entra dans la bibliothèque, un sac plein de livres en bandoulière. Elle fut surprise par le calme. Le silence était de rigueur, mais ce jour-là, on ne percevait même pas de chuchotements, de rires étouffés, de raclements de chaises ou de froissements d'habits… Et personne ne se trouvait au comptoir.

Elle avisa Oz et Alex, assis dans un coin, penchés sur un livre, puis s'approcha du musicien par-derrière, lui passa les bras autour du cou et posa un baiser sur ses cheveux. Surpris, il sursauta.

— Salut, les gars !

Alex grimaça, comme si quelque chose l'ennuyait.

— Oh… salut, Willow

Il s'étira et se massa le cou.

— Nous révisions ensemble, dit Oz.

— Je vous interromps ?

— On peut dire ça, confirma Alex.

— Des histoires de garçons ?

— Pas du tout, répondit Alex. Nous apprenons par cœur la traduction espagnole de *Beowulf*.

— Bref, nous étudions, renchérit Oz.

— Nous nous posons des questions à tour de rôle, ajouta Alex. Et même si c'est difficile à croire, nous avons fini par nous piquer au jeu. Peut-être pourrions-nous parler plus tard ?

Le sourire de Willow s'évanouit.

— D'accord… Bon, alors, nous… nous nous reverrons plus tard, je suppose.

Willow retraversa la bibliothèque et aperçut Cordélia assise seule à une table, en train de lire.

— Salut, Cordélia !

— Ça craint…

— Quoi donc ?

— Ce bouquin.

La jeune sorcière regarda par-dessus l'épaule de son amie et vit le titre du livre.

— Oh, je l'ai lu. Il est très bien.

— Ça se passe dans le Sud et tous les personnages sont si… sudistes ! Pourquoi les livres et les films qui en parlent sont-ils si déprimants ? Les gens sont alcooliques, fous à lier, ou ils couchent avec des membres de leur famille. C'est comme un *soap opera*, le charme en moins.

— Je te conseillerais bien de regarder le film, mais…

— On en a tiré un film ? Tu veux dire que je pourrais louer une cassette au lieu de me taper ce truc ?

— Eh bien, j'allais ajouter qu'aucun vidéo-club ne l'a. J'ai vérifié. Je ne sais même pas si le film est sorti en vidéo. Mais peut-être pourrais-tu…

— Génial ! grogna Cordélia. Je vais être forcée de lire ce… ce machin !

Willow soupira puis alla s'asseoir devant un ordinateur. Elle posa son sac sous la table et se connecta au Net pour consulter ses sites favoris.

Je devrais réviser. Histoire d'être prête pour les examens, comme tout le monde…

Mais elle n'éprouvait pas la moindre envie d'étudier. D'autres choses la préoccupaient. Avait-elle à son insu attiré à Sunnydale les Chiens de l'Enfer ? L'éventualité n'était pas à exclure… Son souci le plus immédiat ? La froideur de ses amis. Leur avait-elle fait des ennuis sans le vouloir ?

Quelques semaines plus tôt, grâce au Net et à certains livres de Giles, elle avait pu recomposer la formule d'un antique sortilège réservé à de multiples usages. Entre autres : annuler les sorts du style de ceux de Circé qui métamorphosent les gens en chiens, en cochons ou en rats. Et neutraliser la lycanthropie.

Willow ne connaissait personne qui ait été métamorphosé en chien. Pour ce qui était de la lycanthropie, il en allait autrement. Ce sortilège était tombé en désuétude. Quand elle l'avait découvert, seule une partie de la formule initiale figurait dans le grimoire. Elle avait continué ses recherches jusqu'à ce qu'elle retrouve la formule intégrale, ou le croie… A la réflexion, elle se demandait si elle n'avait pas utilisé une version incomplète du sortilège… Enfin, au point où elle en était, ça n'avait plus d'importance.

Délivrer Oz de sa condition de loup-garou – qui l'angoissait et le déprimait – aurait constitué un fantastique cadeau. Vingt-quatre heures avant la transformation de son petit ami, la jeune fille avait jeté son sort. Sans résultat. La nuit, elle avait dû enfermer Oz dans la cage de la bibliothèque. Il n'aimait pas qu'elle le voie se transformer, aussi partait-elle sitôt la porte verrouillée. Cette nuit-là, faisant mine de s'en aller, elle s'était tapie dans l'obscurité, et avait entendu ses grognements de douleur. Incapable d'en supporter davantage, elle avait fui le lycée.

A présent, elle s'en voulait. Avait-elle mal interprété les instructions, ou mal lu la formule… Que s'était-il passé ? Puis ces cinq Chiens de l'Enfer assoiffés de sang étaient arrivés à Sunnydale !

Une boule se forma dans la gorge de Willow. Loin de guérir Oz de son sortilège, elle avait attiré une meute de Chiens de l'Enfer ! Elle supportait mal l'idée d'avouer à Giles son erreur, mais elle n'avait pas le choix. Il passait son temps à la convaincre de prendre ses distances avec la magie. Avant de jeter un sort, elle devait absolument lui en parler, et pratiquer uniquement sous son contrôle… Le bibliothécaire n'apprécierait sûrement pas qu'elle ait passé outre ses recommandations pour lancer un sort aussi ancien, et sans s'assurer qu'elle détenait bien la formule complète… Mais chaque fois qu'elle abordait Giles, il se trouvait trop occupé.

Willow s'était sentie mieux après l'élimination des cinq Chiens. Au moins, ils ne feraient plus de ravages dans d'autres villes. Mais le charme n'avait pas guéri Oz. Elle avait besoin d'en parler à Giles. Après tout, le sort n'avait peut-être pas provoqué d'effets négatifs. Peut-être même n'en avait-il eu aucun… L'Observateur pourrait l'éclairer sur ce point. A condition qu'il cesse de lui répéter : « *Désolé, Willow, pas maintenant* », ou : « *Pourrions-nous en parler plus tard, s'il te plaît ?* »

Elle avait souvent entendu ce genre d'excuses, ces derniers temps. Et pas seulement dans la bouche de Giles… Voilà ce qui la préoccupait également. D'habitude, à l'approche des examens, Oz et elle étudiaient ensemble. En temps normal, Buffy, Alex et Cordélia seraient venus lui demander de l'aide. Buffy, toujours affolée avant les épreuves, avait gagné un peu de confiance en elle après ses bons résultats aux tests d'évaluation. Mais elle restait une élève plutôt médiocre. Elle aurait dû demander conseil à Willow, ou proposer qu'elles révisent ensemble…

Mais Oz étudiait avec Alex, Cordélia se préparait toute seule, et Willow n'avait aucune idée de ce que faisait Buffy. Et ça ne concernait pas seulement les révisions. On aurait dit qu'ils avaient presque cessé de lui adresser la parole. Les seuls moments où ils semblaient se souvenir d'elle, c'était quand un monstre revenait pointer son sale museau, et qu'ils avaient besoin de consulter Internet, ou de recourir à la magie…

Pour le reste, Willow avait la sensation de ne plus exister à leurs yeux… Comme Giles, ils étaient toujours trop occupés pour lui parler ou pour passer du temps avec elle après les cours. Même Oz, son petit ami, paraissait distant quand ils étaient ensemble. Depuis une dizaine de jours, le phénomène s'aggravait… Elle notait un froid entre ses amis et elle, et c'était pire avec Buffy. Willow voulait en parler… Mais à quoi bon, s'ils ne lui prêtaient pas la moindre attention ?

Si elle ne sentait pas de méchanceté chez les autres, elle était moins sûre de ce qui se passait avec Buffy. Parfois, et cette pensée la révulsait, elle avait *peur* de la Tueuse. Pourquoi ? Elle n'en avait pas la moindre idée.

Désormais, elle dévorait des livres de magie pour en apprendre plus. Pensant que les choses pourraient peut-être redevenir normales si elle se rendait utile, voire indispensable, elle avait accéléré son apprentissage avec l'espoir que ça ferait évoluer la situation.

Le fossé qui s'était creusé entre elle et ses amis l'avait troublée au point qu'elle en faisait des cauchemars. Chaque fois, elle se réveillait torturée par des sentiments contradictoires ; d'une part, ressentant de l'angoisse, comme si une chose horrible lui était apparue, et d'autre part une étrange satisfaction, comme si une force inconnue avait soudain résolu son problème. Elle éprouvait alors toujours du mal à se rendormir.

Willow détourna les yeux du moniteur et se cala sur sa chaise avec un long soupir. Entendant un bruit de pas, elle vit Giles regagner le comptoir. Elle se leva et l'y précéda, tout sourires.

— Salut !
— Bonjour, Willow.

Il passa derrière le comptoir, l'air absorbé.

— Euh, Giles… Pourrions-nous… parler ?

Il se tourna vers elle.

— Pardon… Tu disais ?

Buffy entra dans la bibliothèque et courut jusqu'au comptoir. Ebouriffée et à bout de souffle, elle fronça les sourcils.

— Vous avez la radio ici, Giles ?
— Quelque chose ne va pas, Buffy ?
— La radio, vous l'avez ? C'est important !
— Eh bien…

L'Observateur entra dans son bureau et en sortit quelques instants plus tard avec ce qui ressemblait à un vieux panier-repas noir et argenté, flanqué de deux boutons et coiffé d'une antenne. Une radio portable préhistorique ! Giles avait dû l'acquérir dans un lointain passé, ne se souciant plus de l'évolution de ces appareils... Il devait même s'agir du premier modèle de radio portable jamais fabriqué !

— Utiliser cette chose n'est pas dangereux ? demanda la Tueuse.

Giles alluma son antiquité. Buffy passa d'une station à une autre, allant d'émissions musicales en talk-shows...

— N'y a-t-il pas une station qui diffuse des informations en continu ?

— 98.4, répondit Willow.

— Les infos locales ?

— Oui, il y a un bulletin tous les quarts d'heure. Ou toutes les demi-heures, je ne sais plus.

L'Elue trouva enfin la fréquence et monta le son. Les prévisions météo touchaient à leur fin. Poussés par la curiosité, Alex et Oz s'approchèrent.

— Buffy, pourquoi ne nous expliques-tu pas ce qui se passe ? lâcha Giles.

— Parce que j'ignore si c'est vrai ou faux.

— Quelle différence ça fait ? demanda Alex.

— Je ne veux pas ficher la panique, pour découvrir ensuite que tout ça ne repose sur rien !

— La panique ? répéta Oz.

Il fronça les sourcils en regardant Alex, puis Willow.

— Qu'êtes-vous en train de faire ? demanda Cordélia. (Derrière Alex, elle examina la radio, l'air dégoûté.) Vous écoutez les infos ?

— Qui sait ce que peut bien fabriquer Saddam Hussein ? Ou plus important encore, Madonna ? fit Alex en se tournant vers elle.

— Buffy, je suis occupé, dit Giles. Peut-être pourrais-tu... ?

— Chut ! (La jeune fille leva une main.) Ecoutez !

— *D'autres vaches ont été tuées dans une ferme aux abords de Sunnydale*, annonçait le journaliste. *Elles ont* été dévorées jusqu'à l'os. C'est la deuxième fois en trois jours qu'un tel incident se produit. Les bêtes ont été découvertes ce matin par leur propriétaire, Leland Rhine, qui a aussitôt appelé la police. Les autorités ont déclaré que des coyotes pouvaient en être responsables. Mais selon les zoologistes, ces animaux ne laissent pas des restes de ce type. Cependant, ils n'ont pu avancer aucune autre hypothèse.*

Le journaliste enchaîna sur l'arrestation d'un escroc spécialisé dans les personnes âgées.

— Oh mon Dieu… murmura Willow.

Ses expériences secrètes avaient pu attirer les Chiens de l'Enfer à Sunnydale… Pour les cinq qu'ils avaient tués, combien d'autres rôdaient maintenant ? Et comment réparer le mal ?

CHAPITRE III

— Ce ne peut pas être l'œuvre de *ces* Chiens, dit Buffy.

Les mâchoires serrées, le front plissé, sa conviction ne faisait aucun doute.

— Comment peux-tu en être certaine ? demanda Cordélia. Vous devriez savoir à quoi vous en tenir, après avoir affronté tant de monstres... Un coup ils sont morts, un coup ils ne le sont pas, un autre ils sont *non-morts*. Résultat, on n'est sûr de rien ! Pas vrai ? Donc, peut-être sont-ils revenus. Vous ne l'aviez pas envisagé ? Oz, n'est-ce pas ce que font les loups-garous ?

— Quoi ?

— Revenir d'entre les morts ?

— Je n'en sais rien. Je n'ai jamais été tué.

— Les créatures de la nuit dernière étaient sans l'ombre d'un doute des Chiens de l'Enfer. Et ils ne ressuscitent pas, affirma Giles.

— C'est autre chose, renchérit Buffy. Je ne sais pas quoi, mais... pas des Chiens de l'Enfer et pas... Enfin, une menace inconnue. (Elle se pencha, les mains sur le comptoir.) A moins que vous ne nous cachiez quelque chose, Giles ?

— Non, bien sûr que non...

— Vous ne connaissez pas de créatures friandes de bétail ? insista Buffy.

— Les hamburgers, ça compte ? avança Alex en s'éclaircissant la gorge.

— J'en doute, dit Oz.

— Je n'ai jamais connu d'affaire similaire, affirma Giles en éteignant la radio. Je consulterai mes livres, à commencer par les volumes les plus obscurs. Mais si ces prédations se limitent au bétail, peut-être ne devrions-nous pas nous en soucier.

— Et les pauvres vaches ? protesta Willow.

Cordélia leva les yeux au ciel.

— Oh, mon Dieu... Ne me dis pas que tu fais partie des illuminées qui aspergent de sang les manteaux de fourrure !

— Non, c'est juste que... Nous ne savons pas exactement ce qui se passe. Il se peut qu'on dévore ces pauvres bêtes alors qu'elles sont toujours vivantes. Ce serait horrible... non ?

— Les vaches ressentent la douleur, admit Oz.

Willow se tourna vers lui, un sourire au coin des lèvres. Elle glissa ses doigts entre les siens et ajouta :

— Merci... Pour nous, ce ne sont que des hamburgers sur pied mais... Pour Marguerite et ses sœurs, ces victimes sont... des amies ! Donc comment pourrions-nous... ?

— Une minute ! l'interrompit Alex. Je suis d'accord avec toi pour la douleur, mais tu ne penses pas vraiment que les vaches ont une vie sociale ? Ni qu'elles se donnent des petits noms entre elles ? Tu crois qu'elles jouent au bingo dans les prés quand personne ne regarde ? Enfin, je ne dis pas que tu as tort, mais je tiens à préciser que je ne te suis pas non plus sur toute la ligne !

— La possibilité qu'elles soient mangées vivantes, insista Willow, ne suffit-elle pas pour... ?

— Là, entendu, reconnut Alex. Je doute qu'elles

dansent le mambo dans la grange ou qu'elles organisent des boums, mais une chose est sûre : nous devons éviter à ces pauvres bêtes un sort aussi affreux.

— Soudain, tu fais preuve de beaucoup de sympathie pour les ruminants, Alex, ironisa Cordélia. Mais ça ne t'empêche pas de te goinfrer de hamburgers.

— Tu vois, Oz ? J'étais *sûr* que, tôt ou tard, il serait question de hamburgers !

L'Observateur enleva ses lunettes et fit le tour du comptoir.

— Pourquoi s'en prendre à du bétail ? Apparemment, les humains ne sont pas menacés, et rien n'indique qu'il soit question de surnaturel. Mais la similitude suffit à…

— Je crois que c'est surnaturel, dit Buffy. Il ne reste plus un gramme de viande sur ces vaches. Les os sont nettoyés à la perfection. Ce n'est *pas* naturel. De plus, il n'y a pas énormément de bétail autour de Sunnydale. Que se passera-t-il quand le plat favori ne sera plus disponible ? J'ai peur que la ville ne devienne un buffet scandinave, si ça continue… Et mon petit doigt me dit que nous n'avons pas affaire à un seul prédateur.

— Ça ne fait pas de doute, approuva Giles.

Il remit ses lunettes, prit une profonde inspiration et se dirigea vers une étagère d'un pas déterminé.

— Inutile d'attendre plus longtemps ! Je vais voir si je trouve des précédents. Willow, selon les résultats de mes recherches, il est possible que j'aie besoin de toi pour…

— … surfer sur Internet ?

— Exactement.

Il monta sur un escabeau, parcourut des yeux une rangée de livres, puis tira un épais volume aux pages jaunies et à l'antique reliure en cuir. Alex et Oz retournèrent à leur table et Cordélia, à la sienne.

— Comme vous l'avez dit, Giles, inutile d'attendre

plus longtemps, lâcha Willow. Je commence mes recherches immédiatement.

Elle tapa l'adresse d'un moteur de recherche, et appuya sur la touche *Entrée*. Giles posa son ouvrage sur le comptoir.

— Si tu veux, Buffy, feuillette un autre livre pendant que je consulte celui-ci.

La Tueuse mit une main devant sa bouche pour étouffer un long bâillement.

— Non, merci. Je devrais plutôt étudier. Mais j'ai envie de faire une petite sieste. Je suis crevée.

— Repasse ce soir. Peut-être aurons-nous trouvé quelque chose.

Buffy tourna les talons et sortit de la bibliothèque.

De gros nuages noirs s'amoncelaient dans le ciel, faisant écran au soleil de l'après-midi. On eût dit que la nuit tombait plus vite que d'habitude.

Buffy se demanda si ces nuages gâchaient la journée dans toute la Californie du Sud, ou s'ils s'étaient regroupés au-dessus de Sunnydale... La ville étant située sur la Bouche de l'Enfer, une telle éventualité n'avait rien de ridicule.

Elle rentra chez elle, alla à la cuisine et posa ses livres sur la table. Sa mère n'était pas arrivée. Buffy ne s'en plaignit pas. Pour le moment, elle n'avait pas envie de bavarder. Elle trouva un yaourt à la framboise dans le réfrigérateur, prit une petite cuiller, et s'assit à la table pour le déguster.

Réviser jusqu'à ce qu'il soit l'heure de patrouiller aurait été sage. Les examens se rapprochaient inexorablement...

... Telle la tarentule géante de ce vieux film, qui approche lentement d'une petite ville perdue au milieu du désert pour dévorer ses habitants...

Si elle étudiait, fatiguée comme elle l'était, elle ne retiendrait rien. Sa mission avait été très prenante ces derniers temps. Couchée tard, levée tôt, elle frisait le surmenage... Hélas, il n'existait ni vacances ni congés de maladie pour les Tueuses, rien du tout !

Ses rares heures de sommeil étaient agitées. Un cauchemar récurrent dont elle n'arrivait pas à se rappeler totalement la tarabustait. Elle se réveillait en sursaut, énervée, effrayée... et persuadée en même temps que tout allait s'arranger, ses problèmes étant résolus... voire supprimés. Après ce rêve bizarre, elle ne parvenait jamais à se rendormir. Ensuite, l'heure de patrouiller sonnait.

L'idée d'un somme réparateur la fit se sentir mieux. Elle jeta le yaourt vide, lava la cuiller, déposa ses livres dans sa chambre, et se laissa tomber sur son lit en poussant un long gémissement. Mais elle resta à contempler le plafond de sa chambre sans arriver à dormir. Elle ne pouvait s'empêcher de repenser aux vaches. Les créatures qui rôdaient habituellement autour de la Bouche de l'Enfer méprisaient des « proies » aussi risibles que des têtes de bétail... Leurs goûts, plus exotiques que ça, tournaient plutôt autour de la... jugulaire...

Son instinct lui soufflait que cette affaire serait une source d'ennuis. Les différentes races de Chiens de l'Enfer avaient diverses... prédispositions. Mais cette histoire semblait plus complexe.

Qui étaient ces créatures ? Que voulaient-elles, en dehors des vaches ? Comment les arrêter ?

L'Elue alluma la radio. La musique l'apaisa. Elle ferma les yeux, cherchant à se relaxer. Après ce qui lui sembla quelques secondes, Buffy rouvrit les yeux. Elle était allongée sur le ventre. La lumière grise qui filtrait à travers les rideaux avait cédé la place à l'obscurité.

Elle entendit la voix étouffée de sa mère. La jeune fille s'assit au bord du lit, alluma sa lampe de chevet, et regarda l'heure. Elle avait dormi plus de deux heures. Pas mal... Pas de cauchemar ni de rêve. Elle n'aurait rien eu contre deux heures de sommeil supplémentaires. Mais elle devait retourner à la bibliothèque pour voir où en était Giles. En outre, elle voulait dîner avant de partir patrouiller. Il était même possible qu'elle révise un peu ensuite.

Buffy trouva sa mère dans la cuisine, occupée à préparer une salade tout en parlant, son portable coincé entre son épaule et son oreille.

— Naturellement que je lui ai dit non...

Joyce Summers fit un signe à sa fille et lui sourit. Buffy s'attabla.

— Les œuvres qu'elle m'a montrées... il faut le voir pour le croire ! Ecoute, elles sont vraiment affreuses ! Et elle était si... si pénible ! Au début, je me suis demandé si elle n'était pas handicapée, tu vois. Mais non, elle est juste *pénible*.

L'Elue s'avisa que quelque chose cuisait. Pendant que sa mère s'occupait de la salade, elle s'approcha du four et découvrit du ragoût au thon. Pour beaucoup de gens, un plat peu appétissant... Mais sa mère le faisait à la perfection. Elle espéra qu'il serait bientôt prêt, pour qu'elle puisse le goûter avant de ressortir.

Quelques minutes plus tard, Buffy et sa mère dégustaient la salade et le ragoût au thon, en parlant de la pluie et du beau temps.

— Tout va bien ? demanda Joyce.

— La pêche !

— Tu es sûre ? D'habitude, quand je rentre, je ne te trouve pas en train de dormir...

— Oh, ça... Un petit somme. Je dois réviser, et je

voulais me reposer pour avoir les idées claires. Et toi, ça va ? C'était quoi, ce coup de fil ?

— Une folle est passée à la galerie aujourd'hui. Elle voulait que je prenne son... comment dire ? Son horrible collection !

— Une folle ?

— J'exagère... Mais elle a très mauvais goût ! Donc, tu vas réviser pour tes examens, ce soir ?

— Absolument.

Sa mère la dévisagea.

— Enfin, euh, pas seulement...

— Tu brûles la chandelle par les deux bouts. Voilà pourquoi tu dormais tout à l'heure. On ne se voit plus, Buffy. C'est la première fois que nous dînons ensemble depuis...

— ... vendredi, maman. Ce n'est pas si vieux que ça. A propos, ton ragoût est délicieux.

— Merci. Dis... Il n'y a pas de... problème, n'est-ce pas ?

— Il y en a toujours, maman. Mais tous ont une solution. Pour le moment, je mange tranquillement avec toi. Tu vois ce que je veux dire ?

— Oui. Et je suis heureuse que tu sois là.

— Moi aussi.

CHAPITRE IV

Par cette nuit froide et humide, la bibliothèque, sans être une serre tropicale, procurait un refuge bien agréable. Buffy entendit les « clic » d'une souris d'ordinateur et le tic-tac de la pendule, les seuls sons qu'elle percevait. Apparemment, Willow cherchait toujours sur Internet. Par la porte entrouverte du bureau de Giles, de la lumière filtrait.

Buffy fit le tour du comptoir et entra dans la petite pièce. Deux gros livres ouverts devant lui, le bibliothécaire en avait un troisième posé sur les genoux. Les pages jaunies et les reliures en cuir attestaient l'ancienneté des ouvrages. Penché sur son bureau, Giles laissait courir son index le long d'une page de celui de gauche.

— Salut ! lança Buffy.

Une minute s'écoula avant qu'il ne réagisse. Puis il se redressa en soupirant et leva des yeux fatigués vers Buffy.

— Bonsoir, Buffy.

— Alors, où en est la chasse ?

— La chasse, dis-tu ? Eh bien... Je n'ai encore rien trouvé. Chou blanc... J'ai passé quatre heures à consulter mes livres, sans dénicher le plus petit indice.

— Je n'ai rien trouvé non plus, dit Willow.

La jeune fille venait d'apparaître sur le seuil du bureau.

— Salut, dit Buffy en souriant.

Elle s'était exprimée d'une façon si hésitante – comme si elle s'adressait à une inconnue – qu'elle en fut surprise. Willow lui rendit son sourire.

— Salut, Buffy.

La jeune sorcière se montrait tendue, sans en comprendre la raison exacte.

— Si les auteurs de ces exactions sont mentionnés dans mes documents, dit Giles, il me faut plus de renseignements pour les identifier. « *Dévorer des vaches jusqu'à l'os* » n'est pas suffisant.

— Que voulez-vous dire ? demanda Willow en faisant un pas dans le bureau.

— Il doit y avoir autre chose, répondit l'Observateur. Une caractéristique, un facteur... Davantage que le simple fait de manger du bétail.

— Et comme nous ignorons de quoi il est question, ajouta la Tueuse, nous devrons attendre, pas vrai ?

— J'en ai peur, dit Giles en hochant la tête.

— Oh ! fit Willow. Pour être honnête, je n'aime pas ce que ça implique.

— Ça ne me fait pas vraiment plaisir non plus, admit Giles. Mais nous n'avons pas le choix. Tout ce que nous pouvons faire pour le moment, c'est guetter un indice qui nous aidera à comprendre à quoi nous avons affaire. En admettant que nous ayons vraiment affaire à un problème...

— Comment ça « *en admettant que nous ayons vraiment affaire à un problème* » ? répéta Buffy, posant les mains sur le bureau.

— Nous n'avons pas éliminé la possibilité que ce soit l'œuvre d'un animal sauvage. Si les coyotes sont mis hors de cause, il peut s'agir d'autres prédateurs de ce type.

— Vous ne croyez pas vraiment ce que vous venez de dire, Giles... C'est le souci de ne négliger aucune éventualité qui vous fait parler ainsi... n'est-ce pas ? Rassurez-moi !

— L'incident d'aujourd'hui est, sans l'ombre d'un doute, très étrange. Mais il n'y a pas de signe d'intervention surnaturelle.

— Attendre que ces créatures se révèlent davantage signifie attendre que des *gens* soient dévorés jusqu'à l'os, lui rappela l'Elue.

— J'y ai pensé et, naturellement, je trouve l'hypothèse pour le moins... déplaisante. Mais en l'absence d'éléments complémentaires, il n'y a rien à faire. Nous n'avons pas la moindre idée de ce qu'est cette... chose. Ou ces choses... dit Giles en posant sur le bureau le livre qui se trouvait sur ses genoux.

La Tueuse s'éloigna du bureau, s'adossant au mur.

— Il ne s'agit pas d'animaux sauvages, Giles. C'est un type de créatures que nous n'avons jamais rencontré. Mais un fait demeure : il ne s'agit ni de coyotes ni d'une meute d'opossums affamés.

— Je serais tenté de te donner raison, Buffy. En attendant, nous sommes pieds et poings liés.

— Je pourrais patrouiller dans les pâturages, ce soir, proposa l'Elue.

Giles referma avec précaution les trois livres posés sur son bureau.

— A mon avis, ce serait une perte de temps. C'est arrivé deux fois, et à des endroits différents. Rien ne prouve que ça se reproduira. Comment savoir où ça aura lieu ? Je préférerais que tu patrouilles là où tu en as l'habitude. Demain, nous verrons.

Buffy ne répondit pas. Il serait facile de ne pas tenir

compte de l'avis de Giles... Elle demanderait à Oz de l'emmener. Ils iraient dans un champ, aux abords de Sunnydale, et elle guetterait les créatures. En d'autres circonstances, elle n'aurait pas hésité. Mais là, elle devrait s'abstenir. Le bibliothécaire avait raison. Ils savaient trop peu de choses – presque rien, en fait. Tout ce qu'ils entreprendraient à l'aveuglette représenterait une perte de temps. Et ne pas patrouiller dans les endroits habituels pourrait donner de mauvaises idées aux créatures de la nuit...

Les deux jeunes filles restèrent pensives. Giles les regarda, surpris par leur silence gêné. Puis il prit la parole :

— Vos examens approchent, vous l'avez oublié ?

Elles sursautèrent, comme si on venait de les gifler pour attirer leur attention.

— Je vous suggère de réviser pendant que le calme règne encore.

Il les congédia d'un sourire amical. Leurs pas résonnèrent dans le couloir obscur.

Willow était nerveuse. Elle avait parcouru ces couloirs des milliers de fois, y compris la nuit quand ils se montraient inquiétants. Ce n'était pas ce qui lui posait problème... Dernièrement, elle s'était sentie négligée par ses amis, surtout par Buffy. Maintenant, en compagnie de l'Elue, elle était mal à l'aise. Quant aux tueurs de vaches... Avait-elle provoqué l'apparition de ces créatures à Sunnydale à cause de sa maîtrise des plus approximatives de la magie et d'un sortilège douteux... ?

— Alors, lâcha Willow en jetant un coup d'œil à Buffy qui regardait droit devant elle, comptes-tu réviser ?

— Je vais patrouiller un peu. Je réviserai ensuite.

— Tu veux que je t'aide ?

— Non, répondit Buffy sans la regarder. Tu connais les horaires d'une Tueuse. Je resterai dehors jusqu'à une heure très avancée de la nuit. Après, tu dormiras.

Ce n'était pas un problème avant…, songea Willow.

Ses pieds lui semblèrent peser une tonne quand elle parcourut les derniers mètres la séparant de la porte du lycée.

— Alors à demain, conclut-elle.
— C'est ça, à demain.

Buffy lui fit un signe de la tête, puis franchit la porte. Elle ouvrit son parapluie. Willow n'en avait pas pris, car il ne pleuvait pas quand elle était allée à la bibliothèque. Elle regarda la Tueuse disparaître dans la nuit, se prépara à affronter le froid, et descendit les marches sous la pluie battante.

Qu'est-ce que ça veut dire ? se demanda Buffy, qui s'interrogeait sur son malaise et son propre comportement vis-à-vis de la jeune sorcière.

C'est ma meilleure amie, et j'avais l'impression qu'il s'agissait d'une étrangère, quelqu'un dont je fuyais la compagnie…

Comment pouvait-on se comporter de façon si étrange et éprouver des sentiments si négatifs envers sa meilleure amie ? C'était encore plus troublant que la menace mystérieuse à laquelle Buffy et l'Observateur se trouvaient confrontés. Les vampires, les Chiens de l'Enfer, les démons, un désaccord avec Willow qui pouvait être surmonté : voilà des problèmes qu'elle comprenait et auxquels elle pouvait faire face. Mais perdre prise sur ses propres sentiments la perturbait. Buffy essaya de chasser ces pensées en marchant vers le cimetière le plus proche. Pour l'heure, elle devait se concentrer sur les créatures qui hantaient la nuit.

Alors que Buffy patrouillait, s'arrêtant uniquement pour distribuer des coups de pied et de poing, ou pour planter un pieu dans le cœur des vampires qui sortaient des ténèbres, Willow, allongée sur son lit, tentait d'étudier. Elle parvint à retenir deux ou trois choses. Le plus dur serait de s'accrocher à ces révisions jusqu'aux examens.

Au moment où Buffy rentrait chez elle pour réviser, Willow se glissa sous ses draps. Malgré le bruit monotone de la pluie, le silence qui régnait dans sa chambre était oppressant... Elle alluma son radio-réveil puis se rallongea. Quand elle ferma les yeux avec l'espoir de s'endormir, l'image d'une carcasse de vache se forma dans son esprit : des côtes striées de sang partaient de la colonne vertébrale...

Willow rouvrit les yeux, se tourna et fixa les chiffres verts du radio-réveil. En imagination, elle entendit le claquement des dents sur les os, le bruit de la mastication et, pire que tout, les gémissements que poussaient les bêtes jusqu'à ce que les prédateurs s'attaquent à leurs organes. Tremblant de la tête aux pieds, elle se tourna de l'autre côté et fixa les ténèbres.

Pendant que Buffy étudiait, la jeune sorcière parvint enfin à trouver le sommeil. Mais elle refit le même cauchemar... dont elle oubliait les détails au réveil.

Lorsque l'Elue se coucha, elle était si fatiguée qu'elle s'endormit aussitôt. Elle eut aussi son cauchemar habituel. Le même que celui de Willow.

Les jeunes filles se trouvaient dans leur chambre, sombre et calme, allongées dans leur lit. Elles ne dormaient pas. Des murmures montaient des quatre coins de la pièce. Levant la tête, elles voyaient de petits yeux plissés, rouge sang, qui les fixaient d'un air mauvais.

Au début, les murmures se révélaient incompréhensibles. Puis les yeux désincarnés se rapprochaient, et les chuchotements prenaient un sens... Les jeunes filles tentaient de sortir de leur lit, mais elles étaient paralysées. Obligées d'écouter cet atroce caquetage... Les yeux ne se situaient pas très haut au-dessus du sol. Les jeunes filles savaient pourquoi : leurs visiteurs étaient très petits. Dans l'obscurité, elles ne pouvaient distinguer leurs traits, mais ils paraissaient trapus. Buffy et Willow étaient si absorbées par les murmures qu'elles remarquaient à peine les yeux rouges flamboyants.

Les petits êtres chuchotaient des choses horribles qui les terrifiaient toutes les deux. Puis venait le soulagement... Les voix désincarnées leur révélaient la nature de tous leurs problèmes et leur indiquaient comment les éliminer...

CHAPITRE V

Dans la matinée, il avait cessé de pleuvoir. Les nuages s'écartèrent pour révéler un ciel incroyablement bleu. Mais ils ne disparurent pas. Allaient-ils revenir à la charge ? Puis le soleil réchauffa l'atmosphère et fit s'évaporer les perles de rosée qui couvraient la végétation.

Alors que les lycéens de Sunnydale arrivaient en bus, en voiture, ou à pied, deux retraités sortirent sous leur véranda, dans le quartier résidentiel de Clover Circle. Pour la plupart, ses habitants avaient emménagé juste après sa construction, vieillissant avec lui.

Tom Niles et Delbert Kepley faisaient partie de cette communauté. Ils étaient voisins depuis plus de quarante ans. Plus jeunes, ils allaient volontiers danser ou voir des films avec leurs épouses. Ils partaient aussi en camping et en randonnées. Les années passant, leur amitié s'était renforcée. Tom et Delbert allaient pêcher plusieurs fois par an. L'après-midi, leurs épouses faisaient du crochet en regardant leurs séries préférées à la télévision.

Quand la femme de Tom était morte, Delbert et Madge l'avaient soutenu jusqu'à ce qu'il réapprenne à vivre sans elle. Les deux enfants de Tom et Fran avaient fondé leur propre famille. Madge, elle, n'avait pu avoir d'enfants. Delbert et elle avaient envisagé l'adoption mais sans jamais franchir le pas.

Ils entretenaient avec amour des jardins impeccables. Des arbustes parfaitement taillés bordaient les palissades blanches de leurs vastes pelouses. Depuis la mort de Fran, Madge s'occupait des fleurs des deux côtés de la barrière blanche qui séparait leurs propriétés.

Les deux hommes se tenaient sous leur véranda ; ils ne descendirent pas les marches pour se saluer, ou pour bavarder par-dessus la barrière... Ils ne l'avaient pas fait la veille, ni le jour précédent. Soudain, et sans raison apparente, les deux amis de toujours se battaient froid. Deux soirs de suite, Tom n'était pas venu regarder avec eux *La Roue de la fortune* et *Jeopardy*.

Madge avait demandé à Delbert ce qui se passait. Son mari s'était contenté de froncer les sourcils, grommelant qu'il y avait un truc qu'il ne supportait plus... Les querelles entre les deux hommes n'ayant jamais duré longtemps, il était probable qu'ils tireraient vite un trait sur celle-ci. Madge ne s'en faisait donc pas outre mesure.

Tom entra dans son garage. Delbert retourna chez lui et en ressortit avec une radio portable et une tasse de café chaud. Des deux vieux fauteuils qui se trouvaient sous la véranda, Delbert choisit son préféré, à bascule. Sa tasse posée sur la balustrade, il alluma la radio pour écouter une émission de sport. Il se balançait doucement, heureux de siroter son café en écoutant l'animateur. Montant de l'autre côté de la palissade, un bruit le fit sursauter et renverser un peu de café sur ses genoux. Il se releva et jura à voix basse en essuyant son pantalon. Le grondement était si fort et si grave que Delbert sentait le plancher vibrer sous ses pieds. Il se dirigea vers la maison de Tom.

Celui-ci se trouvait perché sur la tondeuse à gazon

que son fils lui avait offerte pour Noël. Bien que petite et compacte, pour Delbert, elle faisait autant de boucan qu'un train de marchandises... De plus, le jardin de Tom n'était pas assez grand pour justifier l'usage d'un tel type de tondeuse.

Alors que Tom lui tournât le dos, Delbert lui cria quelques injures bien senties. Le bruit couvrit ses paroles, mais quand Tom se retourna, il vit son ami brandir un poing rageur. Il brailla en montrant le poing à son tour.

Delbert retourna sous sa véranda. Madge avait entrouvert la porte pour voir ce qui se passait.

— C'est toi que j'ai entendu crier, Del ?

— Oh, à cause de la foutue tondeuse de Tom ! On croirait qu'il a un champ à labourer. Sacré nom, sa pelouse est plus petite que la nôtre !

Il descendit de la véranda.

— Mais que vous arrive-t-il ? s'enquit Madge. Vous vous êtes disputés ?

— Ne t'en mêle pas ! Retourne à l'intérieur.

— Voyons, Del, ça fait quarante ans que vous êtes amis !

— Va faire la vaisselle ! la rembarra-t-il.

Delbert traversa sa pelouse et s'approcha de la barrière séparant les propriétés. Il recommença à crier, vidant sa tasse de café dans l'herbe. Son voisin l'aperçut et lui adressa des gestes obscènes. Voir Tom lui montrer son majeur déformé par l'arthrite rendit Delbert plus furieux encore. Il lança sa tasse en porcelaine qui se brisa en heurtant la tondeuse. Touché au visage par un éclat, Tom glissa de la tondeuse et tomba.

Indifférent à l'idée que ce dernier pouvait être blessé, Delbert se contenta de sourire et de hocher la tête en regardant le vieil homme se relever péniblement.

Il examina sa tondeuse puis se retourna et riva sur

Delbert un œil noir, sa lèvre supérieure retroussée sur son dentier. Se remettant au volant de son engin, il avança tout droit avant de modifier sa trajectoire pour menacer Delbert.

— C'est ça, viens me régler mon compte avec ta grosse tondeuse !

Sans hésitation, Tom écrasa les parterres de fleurs avant de défoncer la barrière blanche.

Delbert cessa de rire. Il n'aurait jamais cru que Tom oserait aller si loin... Et il continuait !

— Tom, arrête !

La tondeuse ne ralentit pas. Delbert voulut reculer. Il trébucha, tomba et tenta de s'échapper en rampant sur les coudes.

— Tom, je suis désolé ! hurla-t-il.

Il roula sur le ventre et commençait à se redresser, quand la tondeuse le percuta, le plaquant à terre. Une roue lui écrasa la hanche.

Madge sortit et dévala les marches de la véranda. Elle allait crier à l'adresse de Tom quand une... *chose* lourde et humide percuta sa poitrine. Elle baissa les yeux sur son tablier blanc... maculé de sang. Madge hurla, mais Delbert ne pouvait plus l'entendre.

CHAPITRE VI

Willow avait l'impression que ce jour-là ne finirait jamais. Chaque cours lui paraissait plus long que le précédent, les professeurs s'exprimant avec une lenteur délibérée qui frisait la provocation… La jeune fille savait que cette impression était subjective, car les autres élèves semblaient passer une journée agréable : se déplaçant en petits groupes, ils parlaient, riaient et déjeunaient entre amis. Pour Willow, cependant, la journée s'éternisait. Ce devait être sa faute… Elle n'aurait pas dû se laisser aller. Mais elle n'y pouvait rien.

Elle avait croisé Buffy plusieurs fois au cours de la journée. L'Elue était continuellement préoccupée ou en retard pour un cours… Willow supposait que son amie était troublée parce que d'autres vaches avaient été tuées dans la nuit. A mesure que les heures passaient, Willow dut renoncer à cette théorie. Son estomac se noua, d'abord sous le coup de la peine, puis sous celui de la colère. Buffy l'évitait, de toute évidence. Cet air préoccupé n'était qu'un prétexte.

Willow sortit du cours de littérature après y avoir rempli un questionnaire. Mme Youngblood avait jugé qu'un test aiderait ses élèves pour leurs révisions.

— Si vous avez des difficultés à répondre à ces questions, avait-elle dit, alors vous devrez réviser plus assidûment d'ici à mardi prochain.

Là-dessus, Buffy était arrivée. Willow aurait voulu l'aider... L'Elue ne lui avait pas adressé le moindre regard, s'empressant de répondre au questionnaire sans rien demander à personne.

La jeune sorcière fut heureuse de constater qu'elle connaissait toutes les réponses. Elle finit la première, longtemps avant les autres. Après avoir jeté un coup d'œil à sa copie, Mme Youngblood lui annonça qu'elle était libre.

Une porte s'ouvrit dans le couloir ; Willow vit une femme en sortir, une affiche à la main. Il s'agissait de la nouvelle conseillère d'orientation, Promila Daruwalla. Pas vraiment une nouvelle venue, puisqu'elle travaillait à mi-temps depuis plus d'un an. Quand le précédent conseiller d'orientation, M. Platt, avait été tué, Mlle Daruwalla l'avait remplacé à titre temporaire, avant qu'on n'apprenne qu'elle détenait les diplômes requis pour exercer cette fonction. De remplaçante, elle était devenue titulaire en un après-midi. Willow n'avait jamais parlé avec M. Platt, mais Buffy l'aimait beaucoup. Jusqu'à présent, elle n'avait pas encore rencontré Mlle Daruwalla, une conseillère d'orientation très appréciée.

Originaire d'Inde, Promila Daruwalla était d'une grande beauté. Mesurant près d'un mètre quatre-vingts, elle possédait l'allure d'un top model. Peut-être avait-elle été mannequin par le passé... Ses courbes féminines, ses longues jambes, sa peau couleur chocolat au lait et son épaisse chevelure noire fascinaient les lycéens... Où qu'elle aille sur le campus, Daruwalla était suivie par des chuchotements qui allaient de l'admiration affectueuse à la vulgarité pure et simple.

L'affiche que la conseillère d'orientation punaisait sur un tableau représentait un paquet de cigarettes renversé.

En haut était écrit « RÉFLÉCHISSEZ ». En bas : « NE FUMEZ PAS ». Willow passa derrière Daruwalla.

— Tu as l'air déprimé, remarqua la conseillère.

La jeune fille s'arrêta.

— Je vous demande pardon ?

— On dirait que tu viens de te faire voler ton chien… Tout va bien ?

— Oh, hum… Oui, ça va ! Enfin… Non, ça ne va pas si bien que ça. Mais… ça ira.

— Si tu n'as rien d'urgent, peut-être aimerais-tu en parler ?

Promila avait un léger accent chantant. Voyant Willow hésiter, elle insista :

— Je suis libre. Tu n'es pas pressée ? Nous pourrions prendre le thé ensemble. Je viens d'en faire.

C'était tentant. Willow éprouvait l'envie de se confier… Mais si elle avouait à la jeune femme ce qui la tracassait, elle aurait l'air de ce qu'elle détestait le plus au monde : une pleurnicheuse.

Cela dit, rien ne la forçait à parler de ce qui la troublait vraiment.

— D'accord.

Le bureau de la conseillère était très bien rangé. Daruwalla l'avait personnalisé en y plaçant quelques objets indiens. Un grand foulard en soie bleu paon décorait une table basse, qui comportait des statuettes. L'une des deux aquarelles accrochées au mur représentait un palais, l'autre des éléphants.

— Assieds-toi, dit Mlle Daruwalla.

Willow choisit une chaise noire en vinyle. La conseillère sortit deux tasses à thé d'un placard. Une théière pleine se trouvait sur le bureau. La jeune femme remplit les deux tasses. Willow goûta. Le breuvage était fort, mais délicieux.

— Qu'est-ce qui t'a déprimée ? demanda Mlle Daruwalla.

— Oh, eh bien... pas mal de choses, en fait. Rien en particulier.

— Tu m'excuseras, je ne connais pas ton nom.

— Je m'appelle Willow.

— Ah, Willow Rosenberg... J'ai entendu parler de toi.

— Ah bon ? Que... que vous a-t-on dit ?

— Que tu étais une élève très douée. On parle de toi en termes élogieux.

— Ça fait plaisir !

— Bien sûr, ça peut aussi être un handicap.

— Que voulez-vous dire ?

— Quand on est une élève particulièrement brillante, les gens ont l'impression qu'on obtient ses bonnes notes en claquant des doigts. En général, ils ne veulent pas penser aux efforts qu'on fournit. Ça les amène à conclure que tout est facile. Alors ils cessent de considérer qu'on peut éprouver les mêmes doutes et les mêmes craintes qu'eux... Mais peut-être que je m'avance.

Willow écarquilla les yeux.

— Non, non, mademoiselle Daruwalla, pas du tout !

— Je t'en prie, appelle-moi Mila.

— Mila ?

— C'est le diminutif de Promila. Le proviseur Snyder veut que les élèves appellent les adultes « monsieur », « madame » ou « mademoiselle », mais je préfère Mila. C'est plus sympathique, n'est-ce pas ?

La jeune fille sourit de toutes ses dents.

— D'accord... Mila.

— Que disais-tu ?

— Eh bien, que vous aviez raison. Les gens oublient vite un tas de choses, en ce qui me concerne. Par exemple, que je ressens les mêmes doutes... et les mêmes peurs...

Soudain, elle n'eut plus envie de parler d'elle, et encore moins de ses problèmes. Elle voulait en apprendre plus sur Mila. C'était la première personne vraiment humaine qui obtenait un emploi au lycée de Sunnydale depuis que Giles avait été embauché.

— Ça vous plaît d'être conseillère d'orientation ?

— Oui ! J'aime travailler avec les élèves. Il est si facile pour les profs d'oublier qu'ils ne sont pas seuls sur le campus, et que les élèves sont aussi des êtres humains... Pas uniquement un outil de travail, au même rang que la craie, les brosses ou les bulletins de notes.

Willow se surprit à rire de bon cœur.

— Vous êtes *vraiment* conseillère d'orientation ? J'ai l'impression d'être dans un autre monde ! Dans l'enseignement, les gens ne parlent pas comme ça !

Mila sourit.

— Je t'ai dit le fond de ma pensée. (Elle se pencha et baissa d'un ton, comme une conspiratrice.) Mais si ça se savait, je ne resterais pas longtemps à ce poste... Alors profites-en.

Elles rirent à l'unisson.

— Tu ne m'as encore rien dit sur toi, Willow. Mais tu souris, et ça me fait plaisir. Dans le couloir, tu avais l'air très triste. Pourquoi ?

La jeune fille s'en tira par une pirouette, évoquant les gens persuadés que les bons élèves n'ont aucun problème... Ainsi, elle passa sous silence ses *vrais* soucis. Elle n'avait pas le choix. Sinon, Mila aurait pu lui poser des questions sur *la vraie* Sunnydale.

Même si elle n'évoqua pas son sentiment de solitude et d'abandon, ni la froideur inexplicable qui existait entre sa meilleure amie et elle, parler avec Mila lui fit beaucoup de bien. Après quelques minutes, elle décida qu'il était temps d'orienter la conversation sur un autre sujet.

— Ces statuettes sont magnifiques. Que représentent-elles ?

— Tu parles des œuvres de mon frère ?

— De votre frère ?

— Oui, il est sculpteur. Viens, je vais te montrer.

Mila prit une des statuettes.

— Voilà Vishnou, le premier des dieux hindous.

Elle fit courir ses doigts sur une des quatre mains finement ciselées de la figurine. Chaque main tenait un objet : un coquillage, un anneau, un gourdin et un lotus.

— Votre frère a beaucoup de talent.

— Ses œuvres sont très populaires en Inde. Il a été chauffeur de taxi six ans, et il sculptait pendant ses loisirs. Puis il a rencontré le propriétaire d'une galerie par l'intermédiaire d'un ami, et il est soudain devenu très recherché. Ses œuvres se vendent à des prix exorbitants. Maintenant, il en vit et il est très heureux. J'ai beaucoup de chance : depuis son enfance, il me sculpte un cadeau d'anniversaire chaque année.

Elle reposa la statue de Vishnou et en prit une autre.

— Voilà Rama, un des avatars de Vishnou.

— Un avatar ? répéta Willow. On dirait le nom d'une nouvelle voiture. La Chevrolet Avatar. Le dernier modèle de chez Volvo, l'Avatar…

Mila éclata de rire.

— Oui, ça pourrait être ça ! Les dieux hindous apparaissent souvent sous différentes incarnations : les avatars. Rama est une des incarnations de Vishnou. Ce dieu héroïque a sauvé Sita, son épouse, et la fille du roi Janaka, des griffes du démon Ravana.

— Il y a beaucoup de personnages dans la religion hindoue.

— Oui, énormément.

Willow préférait la statue de Rama à la première, parce que l'avatar ressemblait à un homme normal. Elancé, les bras musclés, il levait les poings, les yeux au ciel, l'air victorieux. Le dieu se tenait sous une arcade magnifiquement sculptée. Le socle de la statue était plat et rond. Juste à côté se trouvaient quatre éléphants, le plus gros ouvrant la voie à trois petits.

— Les éléphants sont sacrés dans la religion hindoue, dit Mila. Ils figurent dans beaucoup d'œuvres d'art.

— Votre frère a peint ces aquarelles ?

— Non. Il s'est essayé à la peinture, mais le résultat était affreux. Tout le monde lui a conseillé de s'en tenir à la sculpture.

La sonnerie retentit. Mila jeta un coup d'œil à sa montre.

— Désolée, Willow, j'ai un rendez-vous. J'espère que tu te sens mieux.

— Absolument... Merci pour le thé et pour... tout... Je vous en suis vraiment reconnaissante.

— La porte de mon bureau te sera toujours ouverte. J'espère que tu n'hésiteras pas à repasser me voir.

De retour dans le couloir, Willow se sentait vraiment mieux. Bien sûr, avec toute cette activité fébrile, entre deux cours, il était facile de faire momentanément abstraction de la solitude... Mais le moment passé avec la conseillère d'orientation lui avait remonté le moral.

Promila Daruwalla était une femme fascinante. Garder un contact avec les élèves relevait de son métier, mais rien ne l'obligeait à inviter Willow dans son bureau, à lui offrir du thé et à passer une demi-heure avec elle... La jeune fille pensa alors que le problème, entre ses amis et elle – surtout Buffy –, ne venait peut-être pas d'elle, tout compte fait... Qu'avait-elle à se reprocher ?

Gagnant la salle de son cours suivant, elle avait presque oublié ses angoisses... Presque. La froideur de Buffy, chaque fois qu'elle la regardait, la troublait toujours.

Après les cours, Buffy rentra chez elle. D'habitude, elle passait à la bibliothèque pour faire le point avec Giles. Ce jour-là, elle s'en abstint. Si l'Observateur avait trouvé du nouveau sur les amateurs de bétail, il ne manquerait pas de la contacter.

Quant aux autres... elle ne se sentait pas d'humeur à traîner avec eux. Et surtout Willow ! La Tueuse leva les yeux. A l'approche de la nuit, les nuages noirs revenaient. Ils reflétaient mieux son état d'esprit que le ciel azur et le soleil.

Que ressentait-elle vraiment pour Willow ? L'Elue n'en savait plus rien... La jeune sorcière était-elle vraiment concernée ? Buffy avait beaucoup tué ces derniers temps, et elle s'inquiétait à propos des examens. En temps normal, elle serait allée voir son amie pour qu'elle l'aide à réviser, mais...

— Qu'est-ce qui cloche chez moi ? murmura-t-elle.

Ses paroles furent noyées par le vrombissement d'une tondeuse à gazon, sur sa gauche. L'homme lui fit un geste de la main ; elle le salua, s'efforçant de lui sourire. En arrivant chez elle, l'Elue vit une inconnue parler à sa mère, sur le seuil de la maison. Joyce n'avait pas l'air contente.

Vêtue d'une robe verte, la femme portait des baskets. Plutôt boulotte, elle semblait négligée et empruntée. Ses cheveux frisottés, emmêlés par endroits, retombaient sur ses épaules.

— Vous ne comprenez pas, dit Joyce qui faisait de

gros efforts pour rester courtoise. Nous ne voulons pas…

Elle s'interrompit et sourit en voyant sa fille approcher. La femme, qui louchait, jeta un coup d'œil à Buffy et s'écarta pour la laisser passer.

— Voici ma fille, Buffy, annonça Joyce.

Le visage au teint terreux de l'inconnue s'accordait bien avec son corps rond et bosselé. De ses doigts épais, elle serrait si fort la courroie de son sac à main que ses articulations étaient blanches. Une légère moustache se dessinait au-dessus de lèvres minces comme du papier. Elle portait un grain de beauté sur le menton, et un coquard à l'œil droit.

— Enchantée, lança-t-elle à Buffy.

A entendre sa voix, on l'aurait crue enrhumée.

— A propos, mademoiselle Lovecraft, qu'est-il arrivé à votre œil ? demanda Joyce en fronçant les sourcils.

Lovecraft ? pensa Buffy. *Ça me rappelle quelque chose…*

— Oh, ça… (Elle toucha sa joue, au-dessous de l'hématome.) Juste un petit… accident. Madame Summers, je… ne saurais vous dire à quel point c'est important pour moi !

— Comme je vous l'ai répété, nous…

— Dix jours, une semaine, c'est tout ce que je vous demande ! Vous ne devrez même pas les mettre en évidence. Si vous pouviez seulement…

— Navrée, mademoiselle Lovecraft, mais nous avons décidé de ne pas exposer vos œuvres.

— *Qui* ne veut pas ? Y a-t-il quelqu'un d'autre que vous à convaincre ?

— Non. Nous l'avons décidé en commun. Et notre décision est irrévocable, vous comprenez ?

La femme garda le silence.

— Maintenant, je dois vous laisser, acheva Joyce. Bonne journée.

Joyce referma la porte. Dans la cuisine, Buffy demanda :

— Qui est-ce ?

— La folle qui veut que nous exposions sa collection !

Joyce se laissa tomber sur une chaise.

— Je me demande comment elle a trouvé mon adresse. Qui sait, elle m'a peut-être suivie !

— Peut-être est-elle vraiment folle, dit Buffy en prenant un soda dans le réfrigérateur.

Elle s'assit en face de sa mère.

— Je commence à croire que tu as raison, soupira Joyce. Au début, j'essayais de rester polie. Mais je commence vraiment à penser que c'est une cinglée. Elle tient tellement à ce qu'une galerie présente ses œuvres ! Je n'arrive pas à imaginer qu'on puisse vouloir exposer ces croûtes !

Joyce avala une gorgée de café.

— Comment s'appelle-t-elle ? Lovecraft ?

— Oui. Phyllis Lovecraft.

— Lovecraft. Ce nom me dit quelque chose...

Buffy fronça les sourcils, fouillant dans sa mémoire.

— Tu dois penser à l'écrivain de récits fantastiques...

— Non, il s'agit de quelqu'un d'autre.

Où avait-elle entendu ce nom ? Il lui semblait que cela avait un rapport avec Giles... Peut-être l'avait-il un jour mentionné devant elle ? Ça lui paraissait important, mais elle ne savait pas pourquoi. Il faudrait qu'elle en parle au bibliothécaire.

— Tu rentres bien tôt, il me semble, nota Joyce.

— Toi aussi.

— Oh, pas vraiment. Je dois retourner à la galerie. Tout va bien ?

— Oui. Il faut juste que je révise.

— C'est bien. J'aime que tu étudies. Ça a l'air si...

— ... Normal ?

— Oui.

— Ne t'y habitue pas trop, maman.

— Non, bien sûr, dit Joyce en baissant les yeux. (Elle se leva.) Bon, j'y vais !

— A plus tard, maman.

Joyce embrassa sa fille sur la joue, puis recula et lui sourit.

— Révise bien.

— J'essaierai.

Après le départ de sa mère, la jeune fille ouvrit un livre de classe. D'habitude, elle étudiait dans sa chambre, mais elle avait peur que la tentation de se reposer quelques instants ne soit trop grande. Pas question qu'elle refasse ce rêve... Pour une raison qui lui échappait, elle était bien assez troublée comme ça. Absorbée par ses livres, Buffy prit des notes, essayant de retenir l'essentiel. Après une demi-heure, ses pensées la ramenèrent vers Giles... Avait-il du nouveau ? Ou au moins une idée de ce qu'ils cherchaient ? Décidant que cela suffirait pour ce soir-là, elle prit ses livres et monta dans sa chambre. Avant de se changer, elle alluma son radio-réveil et entendit la fin d'une chanson des New Radicals. Puis elle enfila un pantalon de treillis et un pull noir avant la diffusion des informations locales.

Elle allait éteindre et sortir lorsqu'elle entendit une nouvelle qui la fit sursauter.

— Oh mon Dieu...

Il fallait qu'elle en parle à Giles.

CHAPITRE VII

— Des vaches mutilées, dit Willow. C'est tout ce que j'ai trouvé sur le Net. Il y a aussi un site qui vend des vaches grandeur nature en fibre de verre... A part ça, il n'est question que de mutilations de vaches.

Giles faisait les cent pas derrière la jeune fille. Les bras croisés, Oz ne quittait pas des yeux l'écran de l'ordinateur. Plus loin, Alex et Cordélia étaient assis côte à côte. Le jeune homme avait passé un bras autour des épaules de sa petite amie.

Oz hocha la tête en examinant l'écran.

— De sacrées mutilations...

— La langue, les yeux, et quelques organes ont été prélevés avec une précision chirurgicale, nota Willow. On n'a pas retrouvé la moindre goutte de sang sur les lieux du crime.

— Un coup des extraterrestres, affirma Alex.

— Oh, je t'en prie ! gémit Cordélia.

— Non, je suis sérieux, insista le jeune homme. Ils utilisent les organes des vaches pour faire des expériences.

— Ou pour leurs hot-dogs, marmonna Oz.

Cordélia s'écarta de son petit ami.

— Quel type de tests nécessiterait ces horreurs ?

— Si je pensais que ça peut m'être utile pour les exams, j'irais aussi me procurer une langue de vache !

— Dépecer des animaux, voilà une idée ! Ça te permettrait peut-être de trouver un domaine où tu es doué !

— J'ai étudié les mutilations animales, intervint Giles en continuant à marcher de long en large. Mais ce qui s'est passé ici ne relève pas de ce domaine.

Willow se tourna vers le bibliothécaire.

— Je crois que vous aviez raison, hier, affirma-t-elle. Nous devrons attendre qu'il se passe autre chose.

— Tu reviens d'un site de science-fiction ou quoi ? demanda Cordélia en levant les yeux au ciel.

— Hé, si vous voulez un site qui fiche vraiment les jetons, lâcha Alex, allez sur celui de Cordélia !

— Tu as un site, Cordélia ? demanda Willow.

— Bien sûr. *Mégère.com*, annonça Alex en se levant, tout sourires.

— Il ne vaut pas le tien, répondit Cordy, glaciale. *www.pauvreminable.com* !

Alex se pencha sur la jeune fille, lui prit les mains et murmura :

— J'adore quand tu me parles en *http*.

Cordy le gratifia d'un petit sourire. Alex l'embrassa. D'abord doucement, puis la passion s'en mêla.

Oz s'éclaircit la gorge.

— Vous ne voudriez pas aller *télécharger* ailleurs ?

Soudain, Giles se tourna vers eux et demanda :

— Savez-vous ce que fait Buffy ?

Alex s'écarta de Cordélia.

— Je l'ai vue après l'école. Elle est rentrée étudier. Enfin, c'est ce qu'elle m'a dit.

Le jeune homme sourit puis repassa les bras autour de la taille de Cordélia. Il recommença à l'embrasser, mais elle posa les mains sur son torse pour le tenir à distance.

— *Erreur système*. Ton serveur est en panne. Réessaie plus tard.

— Que se passe-t-il ?
— Tu veux faire ça en public ? dit-elle en baissant le ton.
— Ça ne te dérangeait pas, autrefois ! lui rappela Alex.
— Plus maintenant. Ce ne serait pas correct.
— Et alors ? Ça ne t'empêchait pas de le faire, avant.

Contrariée, Cordélia se tassa sur sa chaise. Buffy entra et courut vers Giles. Elle était essoufflée et trempée. Tout le monde la salua, mais elle n'avait d'yeux que pour le bibliothécaire.

— Ça s'est reproduit !
— Tu veux dire que d'autres vaches ont été... commença Giles.
— Non ! Cette fois, il s'agit d'un être humain.

Buffy avait entendu à la radio que Tom Niles, âgé de soixante et onze ans, avait tué Delbert Kepley, soixante-dix ans, avec sa tondeuse à gazon. L'épouse de Kepley, âgée de soixante-huit ans, avait été le témoin de ce meurtre. Niles avait ensuite remis sa tondeuse au garage, puis il était rentré chez lui.

L'Elue prit une chaise et s'assit en écartant une mèche mouillée de son œil.

— Nous as-tu raconté toute l'histoire, ou essaies-tu d'entretenir le suspense ? demanda Alex.
— Il y a autre chose, c'est vrai. Il ne pleuvait pas quand j'ai quitté la maison. Donc, je n'ai pas pris de parapluie. J'avais fait quelques centaines de mètres quand il s'est mis à pleuvoir à verse et j'ai vite été trempée. Ensuite, j'ai dû faire de l'acupuncture avec un groupe de vampires, quand j'ai traversé le cimetière ; juste après la tombée de la nuit, comme s'ils ne pouvaient pas attendre pour sortir de leurs tombes et commettre des crimes ! Ils ne font pas d'exercice et ne

prennent pas le temps de se réveiller. Ils surgissent de terre et, hop, au boulot !

Giles prit une chaise, s'assit et se pencha vers la jeune fille.

— Euh, n'as-tu pas dit qu'il y avait autre chose ?

Elle hocha la tête.

— Quand les policiers sont venus frapper à la porte du meurtrier, ils n'ont pas obtenu de réponse.

— Tu parles ! lança Alex en riant. Quand on vient de faire de la purée de voisin, on n'attend pas tranquillement la maréchaussée !

— Il était chez lui... La police a fouillé la maison et au grenier... elle a trouvé ce qui restait de lui... D'après la radio, il avait été dévoré jusqu'à l'os, comme les têtes de bétail.

— Est-on sûr qu'il s'agisse du même homme ? demanda l'Observateur.

— Son identité a été confirmée cet après-midi, grâce à son dossier dentaire. Il s'agit bien de Tom Niles, le « tueur à la tondeuse ».

Le bibliothécaire se leva.

— Un être humain... dévoré. Mais pourquoi ? Et par quoi ?

— Il y a peu de chances qu'il ait été attaqué par un coyote dans son grenier, souligna Alex.

— Ni par aucun animal sauvage de ma connaissance, ajouta Willow.

— Tu veux dire aucun animal sauvage *non démoniaque*, précisa Buffy.

— Es-tu certaine qu'il s'est passé la même chose qu'avec le bétail ? s'enquit Giles. A-t-on établi un parallèle, à la radio ?

— Non, répondit-elle. Pas encore.

Willow se tourna vers son ordinateur et saisit quelques commandes.

— La radio… ! cria Giles. Nous devons connaître tous les faits avant de tirer des conclusions.

Il gagna son bureau, prit le transistor, l'alluma, et chercha une station d'informations dans la jungle des fréquences dévolues à la musique.

— Les restes pourraient présenter des différences… Ces vaches ont été découvertes dans un état très particulier. Et si cet homme n'était pas dans le même… Buffy, trouve-moi cette fichue station, veux-tu ?

La jeune fille réussit en quelques secondes. C'était l'heure du communiqué sportif.

— C'est dans l'édition de cet après-midi, lança Willow en faisant défiler un texte sur son écran. L'article n'est pas long, mais c'est déjà quelque chose…

— Imprime-le, demanda Giles.

— Pas de problème. Que puis-je faire d'autre pour me rendre utile ?

— Continue à réviser.

Voyant que personne ne demandait à étudier avec elle, Willow soupira.

L'article du journal sortit de l'imprimante ; la jeune fille le tendit à Giles qui le parcourut rapidement.

— En effet, il y a peu de détails. Peut-être y en aura-t-il plus demain. Pour l'instant, je vais consulter certains livres que je garde chez moi.

— Ça veut dire que nous devons partir ? demanda Cordélia, déçue.

— As-tu envie de rester ici ? grogna le bibliothécaire en retournant vers son bureau.

— Il a raison, affirma Alex. Il n'y a pas la télé ici. Cordélia, que dirais-tu d'aller réviser quelque part avec moi ?

— Hors de question !

— Tu as mieux à faire ?

— Même si j'étais plus déprimée que jamais, oui, j'aurais mieux à faire !

Sur ces mots, elle quitta la bibliothèque.

— Hé ! cria Alex en se précipitant derrière elle.

— Je pars patrouiller, Giles, annonça Buffy.

Il fouillait dans ses papiers.

— Très bien. Sois prudente. (Il mit son long manteau gris.) Si un suspect traîne dans les rues, il y a de fortes chances que tu sois la première à le rencontrer.

— Bye, Buffy ! lança Willow.

Elle n'obtint pas de réponse : la porte de la bibliothèque s'était déjà refermée sur la Tueuse.

— Je reste, Oz. J'ai quelque chose à dire à Giles. On s'appelle plus tard, d'accord ?

Son petit ami l'embrassa.

— Très bien...

La jeune sorcière ramassa ses livres pendant que l'Observateur éteignait les lumières.

— Giles, pourrions-nous, euh... bavarder un peu ? Il y a une chose dont je dois vraiment vous parler.

— Désolé, Willow, mais je suis occupé en ce moment avec... cette nouvelle bizarrerie. Tu comprends, n'est-ce pas ? (Il verrouilla la porte et ils s'engagèrent dans le couloir.) Je dois filer tout de suite si je veux dormir un peu cette nuit. Aussi, je crains de n'avoir...

— Je sais, Giles, mais j'essaie de vous en parler depuis...

— Et si nous remettions ça à demain ? Ça t'irait ?

Le visage de Willow s'illumina.

— Parfait ! A quelle heure ?

— A quelle heure ? Ne prends pas la proposition au pied de la lettre. Je voulais dire... peut-être demain. Enfin, bientôt.

Le sourire de Willow mourut. Ils s'arrêtèrent devant l'entrée du lycée.

— Puis-je te déposer quelque part ? proposa l'Observateur.
En voiture, il sera forcé de m'écouter.
— Je veux bien. Merci.

Une pluie battante martelait la DS garée sur le parking réservé au personnel de l'établissement. Depuis presque dix minutes, Willow et Giles étaient assis dans le véhicule. Le bibliothécaire avait mis le contact et allait démarrer quand la jeune fille lui avait parlé du sortilège visant à guérir Oz de sa lycanthropie.

Il avait coupé le moteur, lui accordant toute son attention. Willow se tortillait sur son siège en attendant que Giles réagisse. N'y tenant plus, elle inspira profondément avant de reprendre la parole, mais il la devança.

— Willow, pourquoi diable ne m'as-tu pas parlé de ça plus tôt ?
— J'ai essayé, Giles. Vraiment ! Mais vous étiez...
— Tu as raison. J'étais terriblement occupé, et je comprends maintenant que je repoussais sans cesse cette conversation. Je m'en excuse. Willow, sais-tu ce que tu aurais pu déclencher ?
— Oui. C'est pour ça que je voulais vous en parler.
— Eh bien, je crains que tu ne doives renoncer à réviser, ce soir.
— Pourquoi ?
— Retournons à la bibliothèque. Je veux que tu me montres le sortilège que tu as utilisé. S'il est la cause de ce qui est arrivé aux vaches et à ce pauvre homme, j'espère que nous pourrons le neutraliser.

Buffy les entendit avant d'arriver aux abords du cimetière. Trempée, elle avait pensé emprunter un parapluie à Giles, mais elle y avait renoncé ; de toute façon, un parapluie l'aurait encombrée.

Derrière la grille du cimetière montaient des grognements et des gloussements. A l'entrée, une chaîne cadenassée fermait les deux battants. Mais un entrebaîllement permit à l'Elue de s'y faufiler sans difficulté. Les ténèbres semblaient particulièrement denses, comme si elles eussent acquis une dimension supplémentaire. Buffy perçut un mouvement dans l'obscurité. Elle s'engagea sur le chemin pavé bordé de rosiers et de bancs en pierre patinés par le temps. Elle avança, l'oreille tendue... Et discerna un glissement au-dessus de sa tête. Elle recula d'un pas dans l'ombre.

La créature atterrit sur les pavés, derrière elle. Buffy fit volte-face et son pied percuta la tête du vampire une seconde avant qu'elle puisse le voir. Elle voulut enchaîner avec des coups de poing, mais le monstre lui saisit l'avant-bras droit, lui faisant perdre l'équilibre. Le mort-vivant l'attira à lui, lui tordit le bras puis lui serra le cou. Son visage obstruait le champ de vision de l'Elue. C'était un mâle au teint mat. Peut-être avait-il été beau, jadis...

— Du sang de Tueuse, grogna la créature.

Il lui serra un peu plus la gorge.

— Pas ce soir, dit Buffy. Tu as assez bu comme ça. Il est temps de rentrer chez toi.

Elle enfonça son genou entre les jambes du vampire, se rabattit et de sa main libre tira un pieu de sa ceinture. Alors que le buveur de sang était plié en deux, elle le poignarda au cœur. La violence de l'impact le fit se redresser, la bouche grande ouverte et les yeux brûlant de haine. Quand Buffy retira son pieu, la créature explosa.

Une silhouette traversait la pelouse... La Tueuse courut vers le vampire, fit un pas de côté et tendit le bras droit. Elle réussit le coup de la corde à linge sur une morte-vivante aux longs cheveux poivre et sel qui s'affala sur le dos. Buffy lui enfonça son pieu dans la poitrine.

Deux autres buveurs de sang arrivèrent par-derrière ; la jeune fille eut à peine le temps de se retourner. Le premier eut droit à un coup de pied au visage. Le second à un atémi à la gorge. Puis elle *dansa* avec eux ; une danse que son Observateur lui avait apprise et qu'elle était condamnée à répéter à l'infini... Elle utilisa tout son répertoire : elle sauta, virevolta, frappa du pied et du poing. Puis elle les tua. Un pieu dans chaque main, elle les embrocha simultanément.

D'autres prirent la relève, puis d'autres encore. Il en arrivait sans cesse, trop nombreux pour venir uniquement du cimetière. Les résidents d'autres lieux de repos éternel étaient-ils en embuscade ici ? Comment avaient-ils su qu'elle passerait par là ?

Ils ne le savent pas nécessairement, comprit Buffy. *Ils sont plus actifs que d'habitude et ils en veulent plus qu'à l'ordinaire.*

Les créatures jaillissaient des ténèbres tels des missiles que la nuit aurait envoyés sur la Tueuse... L'un après l'autre, ils la griffaient, l'agrippaient, lui donnaient des coups de pied, pesaient de tout leur poids sur elle, et essayaient de planter leurs crocs dans sa gorge. Buffy les repoussait, en affrontant parfois quatre à la fois. Elle les exécuta tous, sauf deux. A une cinquantaine de mètres de la sortie du cimetière, les attaques se firent moins virulentes. La Tueuse courut jusqu'au portail. Son sang cognait à ses tympans, l'empêchant d'entendre ce qui se passait. C'est alors que cinq vampires se campèrent devant elle. Buffy encaissa un coup de poing au visage, un coup de pied dans le ventre et deux coups de genou dans les côtes. Elle réussit à riposter, mais le coup à l'estomac l'avait brisée. Elle s'écroula.

Buffy sentit leurs genoux la plaquer au sol. Un vampire se laissa tomber sur ses reins. Puis un visage masculin surgi des ténèbres se rapprocha. Ses dreadlocks effleurèrent le visage de la jeune fille. De la bave dégoulinait de ses crocs humides.

— Tu m'as donné beaucoup de fil à retordre, déclara le mort-vivant d'une voix grinçante.

L'Elue tenta de lui décocher un coup de pied. En vain.

— Alors j'ai gagné le droit de boire un petit coup ! conclut le vampire en se penchant sur sa gorge.

CHAPITRE VIII

Tandis que Willow tentait de rassembler les parties de son sortilège pour les recopier sur un bloc-notes, le bibliothécaire faisait les cent pas. Son poing droit s'ouvrait et se refermait sans cesse. Il était furieux. Willow fuyait son regard, consciente de sa colère.

Un silence plus épais que d'habitude, presque solide, s'était installé. Que dirait-il s'il le rompait ? Peut-être le mutisme était-il préférable... Willow s'en voulait. Giles lui avait recommandé de ne pas faire de magie sans le consulter. Et voilà qu'elle lui mettait ce problème sur le dos à un moment particulièrement stressant ! Comble de malchance, son sort se trouvait peut-être à l'origine de ces événements.

Giles s'arrêta. La jeune sorcière leva les yeux. Il posa les mains sur la table et se pencha vers elle.

— Nous en avions déjà parlé, Willow. Mais à *quoi* pensais-tu ? Pourquoi ne m'en as-tu pas parlé ?

— Je voulais que ce soit... spécial pour Oz. Vraiment... (Elle haussa les épaules.) Un secret entre nous deux, si vous préférez. Mon côté romantique... Me voilà punie.

— La magie n'est pas romantique, Willow. Un bouquet de roses ou une boîte de chocolats ne changent pas le temps, ne tuent pas et ne créent pas de failles temporelles. Il n'en va pas de même avec la magie. Je t'en supplie, cantonne-toi aux pulls brodés à vos initiales, aux bracelets à votre nom ou... à tout ce que s'offrent les jeunes amoureux de nos jours ! Willow, poursuivit-il en baissant la voix, avec ces tentatives qui partent d'un bon sentiment, tu pourrais finir par tuer Oz.

— Et vous, non ? demanda la jeune fille.

— Pardon ?

— Vous ne pourriez pas tuer Oz ? Ou quelqu'un d'autre ? Aussi facilement que moi ? Vous pourriez, n'est-ce pas ?

— Bien sûr que non ! cria Giles en se levant.

Willow l'imita, haussant le ton.

— C'est parce que je suis une adolescente ? Vous me croyez incapable de comprendre parce que je ne suis qu'une enfant et que je n'ai...

— *J'ai* des années d'entraînement et d'expérience ! Comment oses-tu penser qu'une adolescente pourrait comprendre le... le...

Ils se turent, les yeux dans les yeux. Le silence, qui leur avait semblé si pesant, devint soudain léger et agréable. Giles baissa la tête.

— Désolé de m'être emporté.

— Oh, non, je n'aurais pas dû m'énerver. Déso...

— Non, c'était mal de ma part de crier comme ça, et je m'en excuse.

— Moi aussi, soupira la jeune fille, qui recommença à écrire.

— J'aurai fini dans une minute.

— Willow, tu comprends ce que j'ai essayé de te dire, j'espère. La magie ne s'enseigne pas. Même si tu passais ta vie à l'étudier, elle continuerait à te dérouter. Nous parlons d'une force puissante qu'on essaie de maîtriser à ses dépens. Chaque fois que tu lances un sort, tu flanques une petite tape à cette force. Mais tu ne sais jamais de quelle humeur elle sera.

— Je sais. J'aurais dû venir vous voir.

Cette soudaine explosion de colère l'avait vidée, mais elle parlait avec les accents de la sincérité.

— Et vous avez raison. Je devrais être plus respectueuse envers la magie.

— C'est vrai. Mais avant tout, parles-en avec moi.

— C'est promis, Giles, dit-elle en lui tendant le bloc-notes.

— Et je sais très bien que tu réussiras tout ce que tu essaieras, adolescente ou pas.

— Merci, Giles. Mais je ne serai capable de rien si je ne rentre pas étudier...

— Tu as raison. Allons-y. J'étudierai le sortilège ce soir, et je verrai s'il y a un lien.

Ils quittèrent la bibliothèque.

— Giles, ce qui s'est passé tout à l'heure, entrer dans une telle colère, ça pourrait avoir un rapport avec toute cette histoire ?

— Je me demandais la même chose. C'était... étrange. Une véritable explosion... Tu l'as senti aussi ?

La jeune fille hocha la tête.

— J'ai l'impression que je vais devoir me plonger dans ces livres plus longtemps que prévu, dit Giles en poussant un soupir.

Le vampire prit son temps avec Buffy. Les tentatives de résistance de la Tueuse avaient échoué les unes après les autres. Le buveur de sang fit courir sa langue le long du cou de la Tueuse, effleura sa peau du bout des crocs, puis releva la tête et découvrit ses crocs.

Soudain, il *disparut* ! Quelque chose venait de frôler Buffy, à deux centimètres de son nez. A l'impact, le mort-vivant s'était désintégré.

L'Elue entendit des bruits de bagarre, puis le poids qui pesait sur elle s'allégea. Elle en tira immédiatement avantage. En un éclair, elle fut debout, de nouveau prête à l'attaque. Ses pieds et ses poings frappèrent de la chair et des os. Son pieu fit exploser les cœurs. Quelqu'un se battait à ses côtés. Buffy ne voyait pas de qui il s'agissait, mais ce n'était pas nécessaire. Un seul homme se déplaçait aussi vite…

— Pieu ! cria la Tueuse, en lançant un à Angel.

Il l'attrapa, enfonça son coude dans le visage d'un vampire, puis lui planta l'arme dans la poitrine. Les morts-vivants se désintégrèrent les uns après les autres. Puis les vampires commencèrent à se replier. Buffy et Angel en tuèrent encore quelques-uns et examinèrent les environs. Les morts-vivants avaient disparu. La pluie torrentielle avait cédé la place au crachin. Angel posa une main sur l'avant-bras de la Tueuse.

— Tu es blessée ?

— Ça va, à part que je suis fatiguée… Les vampires tiennent leur convention annuelle à Sunnydale, ou quoi ? Nous en avons pas mal qui traînent par ici. Mais on se serait cru dans un grand magasin un jour de soldes ! Combien étaient-ils ?

— Pas plus que d'habitude. Mais ils deviennent plus courageux.

— Quoi ?

— Ils sont plus audacieux, plus… agressifs.

— Tu crois qu'ils ont engagé un conseiller en motivation ?

— Tu ne le sens pas ? J'aurais cru que tu le percevrais…

Buffy faillit lui demander : « *Sentir quoi ?* » Mais la réponse jaillit en elle, évidente. Depuis quelques jours, rien ne tournait rond. Rien de ce qu'elle faisait n'était judicieux. Et chaque journée semblait pire que la précédente. Y avait-il un rapport avec ses sentiments vis-à-vis de Willow, allant d'une vague gêne à de soudaines explosions d'hostilité ? C'était possible. Elle l'avait plus *senti* que compris.

— Si...

Elle parla au vampire des vaches dévorées et de l'homme qui avait subi le même sort.

— Tu ignores qui est derrière tout ça ?

— Pour le moment, oui. Nous continuons nos recherches.

— Les vampires le sentent peut-être aussi, d'où leur agitation.

— Ou... peut-être pas. Si tu obtiens une nouvelle par le téléphone arabe vampirique...

Malgré l'obscurité, Buffy vit Angel sourire. Il était très près d'elle...

— Veux-tu que je reste avec toi, au cas où... ?

Non loin de là, une femme cria de douleur.

— Ça a l'air sérieux ! s'exclama Buffy.

Se servant d'une pierre tombale comme d'un tremplin, elle saisit une branche de chêne et se propulsa par-dessus la grille du cimetière pour atterrir sur le trottoir. Angel l'avait devancée et désignait une maison, de l'autre côté de la rue.

— Ça vient de là-bas !

Ils coururent sur le trottoir, puis s'engagèrent à pas feutrés dans l'allée qui menait à un garage en piteux état, abritant un pick-up.

— Je passe par l'autre côté, dit Angel.

Il traversa la pelouse, et disparut à l'angle de la demeure. Buffy remonta l'allée étroite qui longeait la maison. Une fenêtre de derrière était éclairée. On entendait un bruit sourd et répétitif.

Sous la fenêtre, la Tueuse leva la tête pour risquer un coup d'œil à l'intérieur. Du carrelage. La salle de bains ? Non. La buanderie... Des vêtements séchaient sur un fil, et un ballon d'eau occupait un coin de la pièce. Le bruit sourd provenait d'une machine à laver. A côté d'un panier à linge en osier blanc, se trouvait une masse informe hérissée de pointes blanches que Buffy, au début, n'arriva pas à identifier. Quelques centimètres plus loin, un couteau à viande à la lame tachée de sang reposait sur le sol.

Buffy sursauta. La cage thoracique couverte de sang *bougeait*... Le drame était tout récent. La créature avait agi à une vitesse confondante. Mais elle ne pouvait être loin...

La Tueuse courut en direction du garage. Elle sauta la clôture haute de deux mètres qui entourait l'arrière-cour puis, dès sa réception, s'accroupit et s'immobilisa, examinant la situation. On n'entendait aucun bruit, à part le murmure du crachin et le bourdonnement de la machine à laver. En revanche, il y avait des traces... Quelqu'un venait de traverser l'arrière-cour.

De l'autre côté du jardin, à l'angle de la maison, un grincement retentit. Du métal rouillé sur du bois. Buffy courut jusqu'à une porte si vieille et si mal entretenue qu'il y avait trop de jeu dans ses gonds pour qu'elle ferme bien. Et on venait de l'emprunter... Derrière la porte, une bande d'herbe serpentait entre la maison et la clôture, menant à la rue. La jeune fille longea la bâtisse. Posté sur le trottoir, Angel guettait. Quelque part, des enfants riaient. Quand le vampire vit Buffy, il lui fit signe d'approcher.

— Je longeais la maison vers cette vieille porte, murmura Angel, quand je les ai entendus rire... Ils ont traversé le jardin et se sont engagés dans la rue sans cesser de rire et de bavarder. Comme s'ils sortaient d'un bar...

Il désigna le groupe qui se tenait à l'angle du pâté de maisons, attendant que le feu passe au vert alors qu'il n'y avait pas une voiture à l'horizon. Ils étaient six ou sept, à peu près de la même taille, âgés de huit ou neuf ans.

— Pourquoi ne les as-tu pas arrêtés ? demanda Buffy.

— Je ne savais pas quoi faire. Ce sont des enfants...

Les gamins firent halte au milieu de la chaussée. Sous la lumière d'un réverbère, ils se retournèrent, fixant Buffy et Angel. Si la partie supérieure de leur visage était dans l'ombre, leur bouche restait visible. Ils chuchotaient.

— Non, lâcha Buffy, ce ne sont pas des enfants !

Elle courut vers eux, mais ils prirent leurs jambes à leur cou. La Tueuse accéléra en vain, les perdant vite de vue... Elle s'arrêta. Devant elle, le trottoir était désert jusqu'au réverbère suivant. Ils avaient disparu. S'étaient-ils cachés dans un jardin ? Engouffrés dans une maison ? Buffy en doutait. Ils devaient se trouver déjà loin...

Des bruits de pas résonnèrent sur le pavé mouillé. La Tueuse se retourna et vit Angel arriver.

— Ce n'étaient pas des enfants. Ils ne se promènent pas en ricanant tout le temps, comme dans les publicités. Les créatures que nous avons aperçues se font *passer* pour des gamins.

— Pourquoi ?

L'Elue réfléchit.

— Ils savaient que nous hésiterions à nous attaquer à des gosses. Et ça a marché !

Angel chercha du regard les petites créatures.

— Allons, viens ! lança Buffy. Il y a une station-service, plus loin. J'appellerai Giles pour lui dire ce qui s'est passé. Ça l'intéressera.

A la station, la jeune fille appela le bibliothécaire à son domicile de la cabine téléphonique. Elle lui parla des « enfants rieurs », et des restes sanguinolents qu'elle avait aperçus par la lucarne de la buanderie.

— Tu penses que ces enfants ont fait ça ?

— J'en suis sûre ! Ils sont sortis de la maison. Angel les a vus. Mais ce n'étaient pas des gosses. Enfin, ils ressemblaient à des enfants, mais ils ont disparu trop vite. Et puis ils étaient vraiment... étranges. Tous les gosses peuvent être étranges parfois, mais eux, ils n'avaient pas un comportement humain !

— Tu es avec Angel ?

— Oui... Il me donne un coup de main. Ce soir, les vampires se déchaînent. Quelque chose les excite. Ils sont beaucoup plus téméraires que d'habitude.

— Crois-tu que ça a un rapport avec notre problème ?

— Je ne sais pas. Peut-être.

— Très bien. Je vais voir si la présence de ces enfants bizarres sur le lieu du crime m'aidera à dénicher un début de piste. Bon travail, Buffy. Mais garde les yeux ouverts. Le plus petit détail pourrait nous révéler à quoi nous avons affaire. Si autre chose arrive, n'hésite pas à me rappeler. Je veillerai tard.

— Tard ? Qu'appelez-vous tard ? Assez pour voir le dernier journal, ou pour regarder la cinquante-troisième rediffusion des documentaires qui servent de somnifères aux insomniaques ?

— Euh, je me coucherai à une heure indéterminée de la nuit. Ou du matin. Appelle n'importe quand, Buffy.

Après avoir raccroché, elle partit avec Angel vers le cimetière le plus proche. En chemin, ils spéculèrent sur la nature et les buts des « enfants » qu'ils avaient vus.

Une voiture arriva derrière eux. En temps normal, Buffy l'aurait ignorée. Mais le véhicule roulait si lentement qu'il attira son attention. Elle regarda par-dessus son épaule. Une limousine blanche couverte de gouttes d'eau qui scintillaient sur ses vitres teintées se découpait sur le fond obscur de la nuit. Elle ralentit encore en passant à côté du couple, s'arrêtant presque. La Tueuse ne vit rien à travers la vitre, mais elle sentit des yeux l'observer. Puis la limousine accéléra et tourna à droite à un carrefour. Troublée, Buffy se contenta de marmonner :

— Enfin seuls au monde !

Angel et elle continuèrent leur chemin.

CHAPITRE IX

Sous un ciel couleur acier, Willow se rendait à ses cours. Echaudée, elle avait glissé un parapluie dans son sac. La jeune fille aurait aimé être avec Oz, mais elle n'avait pas eu de réponse quand elle avait appelé chez lui.

Il a dû répéter avec son groupe, hier...

Elle passa d'abord à la bibliothèque voir s'il y avait du nouveau. Plongée dans le noir, la salle semblait déserte. Willow alluma, laissant la porte se refermer derrière elle.

— Giles ? Buffy ?

Personne. Apparemment, l'Observateur n'était pas arrivé. Il avait dû passer la nuit à consulter ses livres. Willow n'éteignit pas avant de ressortir dans le couloir. Dans le noir, la bibliothèque paraissait si triste...

— Hé ! cria Alex. Tu fouines, ou quoi ?

Cordélia et lui se pelotaient sans vergogne. Enlaçant sa petite amie, Alex plaqua une main audacieuse sur ses fesses. Le geste lui valut un coup de coude et des insultes.

— Je ne fouine pas ! cria Willow.

— Tu as l'air... Une vraie petite espionne ! Comme Nikita ! Alors, c'est quoi, le programme, aujourd'hui ? Faire échec à des terroristes ? Infiltrer une dictature ?

T'assurer que les consommateurs qui ont onze articles n'essaient pas de passer à la caisse rapide ?

— Je cherche Giles. Il n'est pas arrivé...

— Je me demande s'il est au courant, dit Cordélia.

— De quoi ? s'enquit Alex, qui parut surpris.

— Tu ne sais pas ? Il y a eu un meurtre, cette nuit. Et la meurtrière présumée a été retrouvée comme, euh... tu sais, le type à la tondeuse...

Willow eut l'impression que quelqu'un la plaquait contre un mur et appuyait sur son thorax, lui comprimant les poumons... Ce nouveau crime avait-il été causé par son sortilège raté ? Giles tenait peut-être enfin une piste, et il était sur le point d'annuler ce maudit sort... Ou peut-être, comme souvent, y avait-il un grave problème.

— Willow !

Surprise, la jeune fille reconnut Mila, qui sortait de la salle des professeurs en compagnie de Mlle Gasteyer et de Mme Truman, les professeurs d'arts plastiques du lycée. Les nouveaux élèves les prenaient volontiers pour des sœurs, car elles étaient presque toujours fourrées ensemble et partageaient le même bureau. En réalité, les deux quadragénaires n'avaient aucun lien de parenté.

Mme Truman – une petite femme replète au teint de rose et aux cheveux châtains et courts – avait perdu son époux quelques années plus tôt. Un cric s'étant brisé, la voiture en cours de réparation était retombée sur son mécanicien de mari... Elle portait un costume marin : une jupe bleu marine assortie d'un haut bleu et blanc. Mme Truman était coutumière des tenues un peu ridicules...

Mlle Gasteyer ne s'était jamais mariée. Plus grande que son amie d'une dizaine de centimètres, sans être vraiment grosse, elle était bien bâtie. Portant des lunettes rondes, elle coiffait ses longs cheveux blond-roux en tresse ou en chignon. Un grand sac pendait à son épaule gauche et ses mains étaient couvertes de peinture.

— Les marins sont en vadrouille ! murmura Alex.

Willow sourit, heureuse de revoir Mila.

— Passe à mon bureau dans la journée, proposa la conseillère. J'ai quelque chose pour toi.

— Vraiment ? D'accord !

— Bonne journée, Willow.

— Merci. A vous aussi !

— Je t'ai vue avec elle hier, dit Alex. Es-tu en train de faire ami-ami avec la plus belle femme du monde ?

— Ce n'est pas la plus belle femme du monde ! s'écria Cordélia. Il n'y a qu'un garçon pour dire une stupidité pareille !

— Etant un garçon, je suis censé dire ce genre de choses ! Que voudrais-tu ? Que j'admire ses chaussures ? Ça, c'est ton boulot. Tu t'occupes de ses vêtements et moi, de ce qu'il y a dedans !

— Le pire, se lamenta Cordélia, c'est qu'elle ne s'habille pas si bien que ça…

Alex allait répliquer, mais il préféra s'abstenir.

— Ecoute, je ne vais pas discuter de ça avec toi. Je m'y refuse.

— Tant mieux. C'est vraiment ridicule. Juste parce qu'elle vient d'Inde, et qu'elle a un accent, tous les garçons la trouvent belle et exotique. C'est un comportement indigne et moi, j'en ai assez d'entendre parler d'elle.

— Tu vois ? Je ne peux pas en parler avec toi, parce qu'il n'y a pas matière à discussion. C'est comme mettre en doute l'existence de l'attraction terrestre. Je sais qu'elle est belle, comme tout le monde autour de moi, et si tu continues, tu deviendras aussi verte que Hulk !

— Le vert me va bien.
— Il n'irait pas à ton teint... Le fond de l'histoire, c'est que tu es jalouse !

Cordélia resta bouche bée.

— Eh bien, quoi qu'il en soit, conclut Willow, elle est très gentille.

— Je n'arrive pas à le croire, lâcha Buffy, sidérée. Vous ne vous êtes pas réveillé ?

Sur le seuil de son appartement, Giles était vêtu d'un peignoir de bain en tissu-éponge noir et gris. Il avait l'air groggy et en même temps surexcité.

— On dirait que mon réveil ne marche plus. Et je dormais si bien... En fait, j'ai dormi deux heures seulement.

L'Elue l'obligea à s'écarter pour qu'il la laisse entrer.

— Haut les cœurs, Giles ! Je fais du café pendant que vous vous habillez.

— Ce serait mieux si nous nous retrouvions au lycée, Buffy. Je vais...

— Ce que j'ai vu hier soir, coupa-t-elle, la radio en parle. Et la télévision aussi, je suppose.

— Ça n'a rien d'étonnant.

— C'est le deuxième meurtre. Maintenant, les gens vont s'inquiéter, se mêler de tout et de n'importe quoi. Voilà qui va me compliquer la tâche ! Il n'y a rien de plus dangereux que les amateurs qui se piquent de faire le boulot d'une Tueuse !

— Je vois ce que tu veux dire, Buffy.

— Il faudrait interroger l'épouse de la première victime. Nous devrions aller la voir.

— Quoi ? Tout de suite ?

— Dès que vous aurez passé quelque chose d'encore plus antique que ce peignoir, j'imagine.

— Buffy, sache que ce peignoir est tout neuf !

— Vraiment ? (Elle tourna autour du bibliothécaire, l'air pensif, et plissa les yeux.) *Au royaume des années cinquante* a organisé des soldes ? Vous ressemblez à Perry Mason. Ils offraient une pipe avec chaque peignoir ?

— Perry... qui ?

— Laissez tomber. Il est trop tôt pour que je vous fasse un cours sur les séries télé.

— Buffy, est-il bien raisonnable de manquer les cours juste avant les examens ?

— Ne vous en faites pas. J'ai révisé.

La Tueuse se demanda si Giles serait dupe... Elle en doutait fort.

— C'était une question rhétorique. Va en cours, Buffy. J'insiste.

— A condition de partir dès maintenant, je louperai quinze minutes de mon premier cours...

— Nous n'avons aucune idée du temps que ça prendra. En outre, cette dame doit recevoir des parents. Il est trop tôt pour que des inconnus débarquent chez elle. J'irai plus tard.

— D'accord. Même si je reste persuadée qu'il n'y a pas une minute à perdre ! Je viendrai avec vous.

— Il n'est pas nécessaire que tu m'accompagnes.

— Peut-être, mais j'y tiens. Et le plus tôt sera le mieux. Notre ennemi semble de plus en plus dangereux. Moins nous perdrons de temps, moins les gens seront transformés en viande hachée...

Indécis, Giles se mordilla les lèvres.

— Très bien. Je m'habille en vitesse.

— Et moi, je vais faire du café...

L'Observateur disparut au fond du couloir, pendant qu'elle entrait dans la cuisine.

— Nous gagnerions beaucoup de temps si tout le

monde se rangeait d'emblée à mon avis... dit-elle, se parlant à elle-même.

Madge Kepley ouvrit la porte. Elle semblait être seule. Aucune voiture ne stationnait devant sa maison, et on ne remarquait pas de gens en tenue de deuil.

— Je suis conscient que ma démarche est malvenue, dit Giles, mais je souhaiterais vous poser quelques questions sur votre mari.

Les yeux rougis par le chagrin, la veuve eut un pauvre sourire.

— Le connaissiez-vous ?
— A mon grand regret, non.
— Bonjour, jeune fille, ajouta-t-elle en voyant Buffy. Vous devez être de l'église, alors... Entrez, je vous en prie.

La Tueuse avait de la peine pour cette femme. Le long de la clôture courait toujours le cordon jaune utilisé par la police pour délimiter les lieux d'un crime. Mme Kepley ne l'avait sûrement pas remarqué... Mais n'y avait-il personne pour se donner la peine de l'enlever de la clôture ?

Buffy rendit son sourire à la dame et entra. Giles la suivit, mal à l'aise.

— J'étais en train de faire du café, lança Mme Kepley en traversant la salle de séjour. Suivez-moi.

Ils l'accompagnèrent dans une petite cuisine très bien agencée aux rideaux à damiers jaune et blanc. Une pendule en forme de tournesol ornait le mur. L'odeur du café embaumait la pièce. Un vieux chat noir et blanc trônait sur le rebord de la fenêtre, au-dessus de l'évier.

Giles et Buffy s'assirent à une table ovale en Formica bleu aux pieds en chrome. Ils ne s'étaient pas attendus à un tel accueil. Leur hôtesse remplit trois tasses.

— Nous prenions nos repas à cette table... A

l'origine, c'était pour le petit déjeuner seulement, mais vous savez ce que c'est... Dire que nous avons une magnifique table en chêne dans la salle de séjour ! La mère de Del nous l'avait laissée. Mais nous l'utilisions uniquement les jours de fête.

Elle déposa un plateau garni des trois tasses sur la table, près d'un pot de lait et d'un bol rempli de sucre. A côté, un petit vase contenait un bouquet de fleurs en soie.

— C'est étrange, la tournure que peuvent prendre les choses, dit-elle avant de s'asseoir.

— C'est très aimable à vous de nous recevoir avec autant d'égards, madame Kepley, la remercia Giles. Je voulais seulement vous poser quelques questions. Il n'était pas nécessaire...

La veuve l'interrompit d'un geste de la main.

— Je vous en prie. Faire du café, préparer des gâteaux, ou laver la vaisselle, c'est le genre de petits gestes qui m'aident à tenir le coup. (Elle versa du lait dans son café.) Donc, vous ne connaissiez pas Del ?

— Non. Je suis bibliothécaire au...

Mme Kepley fronça les sourcils.

— Del vous a emprunté des livres ? J'espère qu'il n'y a pas de retard !

— Oh, non. Il ne s'agit pas de ça.

— Ça ne me surprendrait pas. Del et moi lisons beaucoup. Contrairement à moi, il n'aime pas les livres d'horreur de Stephen King ou de Dean Koontz. Mais il dévore plusieurs romans policiers par semaine.

Elle fixa le mur, entre Buffy et Giles qui se regardèrent, mal à l'aise. Des larmes perlèrent aux paupières de la veuve.

— Désolée. C'est juste que... Eh bien, ça fait un jour à peine, et...

— Ne vous excusez pas, madame Kepley, dit Giles. Vous traversez une épreuve très pénible.

Elle se tamponna les yeux avec un mouchoir.

— Si vous pouviez juste répondre à quelques questions… Nous ne vous retiendrons pas longtemps.

— Les perdre tous les deux d'un seul coup, comme ça… C'est tellement dur…

— Tous les deux, madame Kepley ? répéta l'Elue.

— Del et Tom.

— Vous parlez… de votre voisin ? reprit le bibliothécaire.

— C'était plus qu'un voisin. Il passait le plus clair de son temps avec nous. Nous aurions pu abattre la clôture qui sépare nos maisons. Je n'ai jamais vu deux hommes aussi proches l'un de l'autre que Del et Tom.

— C'étaient de bons amis ? insista Giles.

— Del, Tom, Fran et moi avons emménagé ici en même temps, juste après la guerre. Et nous étions vite devenus inséparables. Fran était ma meilleure amie et Tom, le meilleur ami de mon époux. C'était parfait ! Mais quand Fran a découvert cette grosseur suspecte, sur son sein, les choses ont changé. Son décès m'a autant touchée que celui de ma mère…

Giles se pencha vers elle.

— Pouvez-vous m'expliquer, madame Kepley, quelle raison a pu pousser cet homme à agir ainsi contre votre mari ?

— C'est ce qui me tourmente le plus. *Pourquoi ?*

— Se sont-ils disputés ? demanda la Tueuse.

— Disputés ? Ils ont passé plus de quarante ans à se chamailler ! A propos de tout et de rien. De la radio, de la télévision, du sport, de la nourriture, du cinéma, de la politique… Ils passaient leur temps à se bouffer le nez… De vrais gamins ! A côté de ça, ils auraient donné leur vie l'un pour l'autre !

« Une seule hypothèse me vient à l'esprit... Peut-être se querellaient-ils par-dessus la clôture, car j'ai entendu Del crier juste avant... Et peut-être quelque chose est-il arrivé à Tom. Une attaque d'apoplexie ? Une embolie ? Ça lui aurait fait perdre le contrôle de la tondeuse. Del aura pensé que Tom plaisantait, et qu'il tournerait au dernier moment. Ça expliquerait pourquoi il ne s'est pas écarté. Après, Tom est rentré chez lui... et il est mort.

Buffy s'éclaircit la gorge.

— En ce qui concerne... que s'est-il passé lorsqu'il est arrivé chez lui ?

Mme Kepley porta une main à sa bouche et soupira. Des larmes coulèrent le long de ses joues.

— C'était... horrible. J'ai vu sa fille hier soir. On lui a dit qu'il n'y avait pas de quoi pratiquer une autopsie. Il ne reste de lui que des os et un peu de sang... Quelle horreur ! Les voisins ont peur. Ils pensent que ça pourrait être l'œuvre d'un animal sauvage...

Elle éclata en sanglots. Embarrassé, Giles posa les mains sur ses épaules et tâcha de la réconforter.

— Veuillez nous pardonner, madame Kepley. J'ai peur que nous ne vous ayons bouleversée. Nous partons...

Il fit un signe de tête à Buffy, qui avala une dernière gorgée de café et se leva. Mme Kepley posa une main sur celle du bibliothécaire.

— C'est si gentil de votre part d'être passés... J'espère que vous reviendrez. Peut-être serai-je plus joyeuse. C'est mon caractère, vous savez... Tous les enfants du quartier m'appellent grand-mère.

— Merci infiniment pour le café, dit Giles.

— Ne deviez-vous pas me poser des questions ? s'étonna-t-elle.

— Vous y avez répondu. Vous devriez vous reposer, maintenant.

— Vous êtes adorable de vous inquiéter pour moi, soupira Mme Kepley en reconduisant ses visiteurs à la porte.

Après avoir quitté la veuve, ils restèrent un long moment silencieux dans la voiture.

— Eh bien, tout ça est vraiment triste, dit Buffy, mais ça ne nous aide pas beaucoup.

— Nous n'en savons encore rien. Peut-être son témoignage finira-t-il par être utile.

— Bon, et maintenant, Sherlock ?

— Ecoute attentivement les informations, et note tous les détails à propos de la dépouille que tu as vue hier soir.

— Il y avait aussi un couteau à viande ensanglanté.

— Tu es sérieuse ? demanda Giles, quittant la route des yeux pour la dévisager.

— Il était par terre, à côté des... (elle fit un vague signe de la main) ... des restes.

— Si ça ne te dérange pas, je préfère le mot *dépouille*.

L'Observateur se gara près du lycée. Ils convinrent de se retrouver pour déjeuner, et partirent chacun de leur côté.

— Et va directement en cours ! cria Giles par-dessus son épaule.

Buffy obéit.

CHAPITRE X

Depuis que Willow sortait avec Oz, la nourriture de la cafétéria lui faisait penser à des films d'horreur... Sans être immonde, elle rappelait les viscosités sanguinolentes et les miasmes indéterminables chers à ce genre de productions...

Quand la jeune fille visionnait un de ces films avec son petit ami, chaque fois qu'un monstre visqueux et dégoûtant apparaissait, que les têtes étaient arrachées ou explosaient, tous deux braillaient en chœur : « *La bouffe de la cafèt' !* » Aurait-il été plus logique de désigner les plateaux de la cafétéria en beuglant : « *Un film d'horreur !* » ?

Willow n'arrivait pas à se décider. Plateau en main, elle sortit de la file et rejoignit Alex, Cordélia et Oz à leur table. Le guitariste posa un baiser sur sa joue.

— Tu te trompes, Oz, lâcha Alex. Je dirais même que tu es l'erreur personnifiée !

— La fureur et le désespoir lui permettraient de lui flanquer une volée, assura Oz. Elle n'aurait pas la moindre chance.

— Qui n'aurait pas la moindre chance ? demanda Willow. En faisant quoi ?

— Ils se demandent qui, d'Alanis Morissette ou de Jewel, gagnerait si elles se battaient, soupira Cordélia. Je connais des fans de *Xena* qui sont moins pénibles !

— Alanis, affirma Oz.

— Tu dis ça parce que Jewel a l'air délicate ! fit Alex. Mais sous cette apparence d'enfant fragile se cache une femme d'une force prodigieuse !

— Alanis, répéta Oz.

— J'ai cessé de m'intéresser à Alanis quand elle a mis en musique l'almanach de son lycée, dit Willow.

— Jewel chante ses propres poèmes, lui chuchota Oz.

— Je t'ai entendu ! lança Alex, sur la défensive. Jewel est une fille super profonde !

— Une *fille profonde* ? lança Cordélia. Tu ne reconnaîtrais pas la profondeur si on te jetait dedans !

— Ça ne manque pas de sel, de la part d'une fille qui est l'équivalent intellectuel du Grand Canyon ! riposta Alex. Grande profondeur, contenu dérisoire...

— Contenu dérisoire ? Qu'entends-tu par là ?

— Quelques arbustes ici ou là, quelques chèvres sauvages...

Et c'est reparti... pensa Willow.

— Moi, au moins, je ne prétends pas être ce que je ne suis pas ! maugréa Cordélia.

— Oh, parce que c'est mon cas ? riposta Alex. Et je prétends être quoi au juste ?

— Un bipède.

— Bonjour, Willow.

Tout le monde leva les yeux vers... Mila.

— Tu n'es pas repassée par mon bureau alors voilà...

Elle s'assit à côté de Willow, sortit une boîte rouge de son sac à main, et la tendit à la jeune fille.

— Merci, mademoiselle... euh, je veux dire, Mila.

Elle ouvrit la boîte et en sortit une reproduction d'une des statues qu'elle avait vues dans le bureau de la conseillère.

— Mon frère réalise aussi des miniatures... Tu as tellement admiré la statue de Rama...

Willow fut émerveillée par la délicatesse de la statuette, tout aussi inspirée que l'original... La tête s'ornait d'une minuscule boucle, pour passer une chaîne.

— Elle est magnifique, Mila ! Merci !

— Je me disais bien qu'elle te rendrait le sourire... (La conseillère se leva.) Bon, n'hésite pas à repasser à mon bureau.

Mila partie, la jeune sorcière ravie examina son cadeau. Quand elle releva la tête, Buffy les avait rejoints, prenant place à côté d'Alex. Intriguée, elle regardait la statuette qui fascinait tant son amie.

— C'est quoi, ce truc ?

— Oh, un cadeau de Mil... de mademoiselle Daruwalla. (Willow tendit la miniature à Buffy.) C'est Rama, le dieu hindou. Une œuvre de son frère. Il a un talent fou ! Elle en a d'autres dans son bureau et...

— Pourquoi t'a-t-elle donné ça ? demanda la Tueuse en fronçant les sourcils.

Ni colère ni menace ne transparaissaient dans la voix de Buffy. Une simple question. Pourtant, un froid glacial s'abattit sur Willow, aussitôt sur la défensive.

— Parce que c'est quelqu'un de très gentil, et parce que j'ai admiré les statuettes qui décorent son bureau.

— Que faisais-tu avec elle ? demanda Buffy.

Willow prit une profonde inspiration avant de répondre :

— Elle m'a invitée. Nous avons bavardé, pris le thé, et admiré les statuettes de son frère.

— C'est bizarre...

— Qu'y a-t-il de bizarre ?

— Je me demandais à quoi tu joues. Tu veux faire ami-ami avec le personnel du lycée ?

— Elle est trop cool pour faire partie du personnel

du lycée, si tu veux mon avis ! (Willow se leva, rangeant la miniature dans son sac à main.) Et peut-être doit-on chercher de nouveaux amis quand on est en froid avec les anciens !

Elle tourna les talons, manquant de renverser sa chaise dans sa précipitation.

— Qu'est-ce que ça veut dire ? lança Buffy, à son tour sur la défensive.

Willow traversa la cafétéria et ouvrit la porte à la volée. Oz se gratta la nuque, perplexe.

— Bienvenue dans la quatrième dimension !
— J'ai seulement posé une question ! C'est elle qui joue les Carrie, pas moi ! s'indigna Buffy.
— Moi, je vous trouve *tous* bizarres, commenta Cordélia.
— Levez la main si vous accordez la moindre importance à l'opinion de Cordélia, demanda Alex.

Aucun bras ne se leva.

— Vous savez, dit Cordy, rien ne m'oblige à encaisser tout ça.
— Oh, je sais, acquiesça Alex en souriant. Tu encaisses parce que ça te plaît.
— Ça suffit ! (Cordélia se leva, et prit son plateau.) Je vais à une table où je pourrai digérer ce que je mange.

Elle s'éloigna d'un pas vif. Oz et Buffy dévisagèrent Alex qui continuait tranquillement son repas. Il finit par poser sa fourchette.

— C'est bon, c'est bon ! Je vais lui parler…

Plateau en main, il rejoignit sa petite amie.

— Ce n'est pas un couple, mais un combat entre deux coqs, diagnostiqua Buffy.
— Quel est le problème ? demanda abruptement Oz.
— Que veux-tu dire ?

— Depuis quelque temps, tu as l'air... différente. Comme Willow. Vous êtes distantes.

— Peut-être les exams... Ou la créature qui dévore les vaches. Je n'avais pas réalisé que j'avais l'air différente.

— Je devrais aller chercher Willow...

— Eh bien... il faudrait qu'elle s'endurcisse un peu.

Le jeune homme fronça les sourcils.

— C'est de ça que je parlais.

Consultant l'horloge murale, l'Elue fit la moue.

— Je dois aller à la bibliothèque voir Giles. Je venais prendre un repas à emporter...

Elle se leva à l'instant où un grand bruit éclatait à l'autre bout de la cafétéria. Plusieurs personnes s'écartèrent à la hâte. Une bagarre ! Oz vit une chaise fendre l'air pour s'écraser sur une table. Un groupe de lycéens se dispersa pour l'éviter.

— J'ai commis *une* petite erreur et tu refuses de l'oublier ! cria quelqu'un.

Il semblait s'agir d'une voix de femme, mais tellement déformée par la colère qu'il était difficile d'en être sûr. Buffy et Oz s'approchèrent.

— *Une* erreur ? brailla une autre voix, vaguement féminine. Tu veux rire !

D'autres objets se fracassèrent. Des témoins poussèrent des cris de surprise.

— C'est... impossible... Pas vrai ? balbutia Buffy quand elle vit qui s'affrontait.

Oz en resta bouche bée. Mlle Gasteyer, dont le gros sac balançait sur son épaule, et Mme Truman, les professeurs d'arts plastiques, le visage tuméfié et les cheveux en bataille, se battaient sauvagement à coups de poing, de pied, de dents et d'ongles.

Et on assistait à un duel à mort.

Dès l'instant où elle s'assit en face de Mila, dans son bureau, Willow se sentit stupide. Elle avait mal aux yeux à force de pleurer...

— Willow, que se passe-t-il ?

— Je ne sais pas... Mais j'aimerais le savoir. Car je pourrais peut-être y changer quelque chose...

— Tu avais l'air d'aller bien, il y a quelques minutes, à la cafétéria. Allez, dis-moi ce qui te tracasse.

— Mon amie... Buffy.

— Vous vous êtes disputées ?

— Non. Mais on dirait que oui. Il y a tant de tension entre nous ! Tout le temps... Tous mes amis semblent... préoccupés. Mais avec Buffy, c'est différent. En pire.

— Peut-être sont-ils juste inquiets à cause des examens. Avec autant d'interros d'un coup, les élèves ont de quoi se faire du souci...

— C'est ce que j'ai pensé, au début. Et pour les autres, ça pourrait être le cas. Mais avec Buffy, c'est différent, répéta Willow. Et parfois, je... euh... me mets très en colère contre elle. Comme à la cafétéria. Elle a dit quelque chose à propos de votre cadeau, et j'ai répondu de façon agressive. Ça l'a fait tiquer et... Je ne sais plus !

Ses larmes coulèrent de plus belle. Mila sortit un mouchoir en papier d'un coffret en bois orné. Elle le tendit à Willow, qui se moucha puis se leva.

— Je suis désolée. Je vous embête avec tout ça. C'est idiot, et je devrais sûrement...

— Non, Willow. (Mila se leva également et prit les mains de Willow dans les siennes.) Ce qui te fait autant de peine n'est pas idiot. Je suis contente que tu sois venue m'en parler. Ecoute mon conseil : la seule chose qui résoudra ce problème, c'est la communication. Vous devez avoir un tête-à-tête sans que rien ne vienne vous déranger. Quand tu voudras, bien sûr... Mais le plus tôt sera le mieux. Retourne à la cafétéria, aborde Buffy, et allez dans un endroit tranquille. Vous avez encore une demi-heure avant la reprise des cours.

Willow réfléchit, même si ça n'apparaissait pas vraiment nécessaire. Mila avait raison. Ce ne serait pas facile, mais c'était la seule façon d'agir.

La jeune fille remercia la conseillère de l'avoir écoutée, puis retourna à la cafétéria, désireuse de tout régler avant de changer d'avis ou de perdre courage. Sa relation avec Buffy était devenue si tendue que la simple idée de lui parler était angoissante... Et qu'il s'agisse de sa meilleure amie rendait ses appréhensions particulièrement déconcertantes. Ça lui semblait irréel. Pourtant, ce n'était pas l'effet de son imagination.

Willow fronça les sourcils en entendant le vacarme qui montait de la cafétéria. Un objet lourd s'écrasa sur les portes. La vitre du battant de gauche se brisa ; le verre tomba comme de la grêle.

Oh, oh ! Willow entra. En demi-cercle, poing brandi, des lycéens poussaient des acclamations...

Quand Willow découvrit la scène, les yeux ronds, elle tomba des nues... Mlle Gasteyer et Mme Truman se battaient comme des chiffonnières... et personne n'essayait de les séparer ! L'œil gauche de Truman était tuméfié et la lèvre inférieure de Gasteyer avait doublé de volume... Toutes les deux portaient des coupures au visage. Derrière les spectateurs enthousiastes, Willow vit Buffy et Oz approcher.

Mlle Gasteyer décocha un uppercut à son adversaire qui, projetée à la renverse, atterrit sur une table. Gasteyer s'empara d'un objet brillant et l'abattit de toutes ses forces.

— Non ! cria Willow.

Mlle Gasteyer venait de planter une fourchette dans la gorge de Mme Truman.

— Arrêtez-la ! cria Buffy. Que quelqu'un l'arrête !

Mais les élèves étaient trop occupés à brailler pour lui prêter attention et intervenir. Mlle Gasteyer enfonça la fourchette à trois reprises dans la gorge de sa victime. Quand du sang gicla, aspergeant les témoins, les braillements moururent. Quelqu'un poussa un cri de terreur. Buffy fendit l'attroupement ; Mlle Gasteyer sortit dans le couloir.

L'Elue courut vers Mme Truman – encore vivante, mais tout juste. Des secours allaient arriver, mais toute tentative serait vouée à l'échec. Buffy le savait. Du sang jaillissait de la carotide sectionnée de l'enseignante. Ces blessures étaient fatales. Buffy ressortit dans le couloir et aperçut Gasteyer, au bout du couloir de droite, son sac se balançant sur la hanche gauche au rythme de sa course. Buffy la poursuivit. Dos au mur, deux lycéens bayaient aux corneilles. L'Elue passa devant eux au pas de course.

Les pas du professeur résonnaient dans le hall d'entrée. Buffy entendit un cliquetis de clés. Une porte se referma... Le hall était vide, comme d'habitude à l'heure du repas. La Tueuse ne prêta pas attention à certains bureaux occupés. Ce n'était pas la porte d'un bureau qu'elle avait entendu se refermer mais une autre, plus massive. Elle s'arrêta devant l'escalier puis revint sur ses pas jusqu'à l'accès du sous-sol.

Dans un renfoncement obscur se découpait une porte en acier. Fermée. *Mais peut-être Gasteyer a-t-elle la clé...* songea Buffy. Elle se rappela le claquement de porte... lourd et massif, comme ce battant.

Dès que Snyder apprendrait que l'accès au sous-sol

avait été fracturé, il accuserait Buffy avec un malin plaisir.

La jeune fille s'assura qu'elle était seule.

— Tant pis. Je n'ai pas le choix…

Elle flanqua un coup de pied dans la porte. Le verrou sauta, le battant heurtant le mur. Buffy se hâta de refermer derrière elle. Dans l'escalier, il faisait plus frais et plus sombre que la Tueuse n'aurait cru. Elle ne prit pas la peine de chercher l'interrupteur, car de la lumière provenait d'une rangée d'étagères… Entendant un bruit, elle s'immobilisa.

Quelque part, quelque chose dégoulinait… Une pendule égrenait les secondes. Il y eut une sorte de claquement humide et… un grognement ? Buffy avança.

Elle entendit des bruits de mastication. L'Elue contourna les étagères, plusieurs tableaux cassés adossés à un mur, des piles de chaises en bois aux pieds métalliques et d'antiques pupitres. Un grognement guttural ponctua d'horribles bruits d'absorption et de succion.

Ça ressemble aux Chiens de l'Enfer…

Buffy se prit les pieds dans des fils électriques et faillit s'étaler sur le sol en ciment. Elle atterrit à quatre pattes. Ses mains glissèrent… Ses bras étaient pris dans un long tuyau d'arrosage. Avant qu'elle puisse se dégager, les gargouillements cessèrent. Les grognements furent remplacés par des chuchotements.

Buffy se libéra et contourna une autre rangée d'étagères. Puis elle marqua une pause. Deux tubes fluorescents, diffusant une lueur blafarde, éclairaient dans un coin de la pièce où les étagères, entassées contre deux murs en parpaing qui se coupaient à angle droit, formaient une sorte d'alcôve.

Elle aperçut quelque chose, sur le ciment… Les restes de Mlle Gasteyer. *Ils* n'en avaient pas tout à fait fini avec elle. Des lambeaux de chair subsistaient, accrochés à une cage thoracique humaine. Ainsi que quelques organes et la peau des mains. Les yeux de l'enseignante avaient disparu ; ses orbites vides et sanguinolentes fixaient le plafond.

D'un coup d'œil, Buffy inspecta les étagères, le recoin, et même le plafond. Où étaient-ils ? Ils n'avaient pas pu sortir sans passer près d'elle ! Mais le sous-sol semblait vide...

Ils ne sont pas passés à côté de moi. Ils sont ici. Je le sens... Elle jeta un coup d'œil au squelette, grimaça et recula. Il y eut un mouvement brusque au-dessus d'elle, puis des pieds touchèrent le sol. De petits pieds d'enfants. Buffy baissa les yeux sur les six... non, huit créatures. Etaient-elles toutes là ?

Les « enfants » portaient des jeans, des robes à pois, des baskets, des escarpins... Un tee-shirt Daffy Duck côtoyait un *Jurassic Park*... La panoplie de gamins parfaitement normaux. Néanmoins, ces vêtements semblaient étranges, comme dépourvus de texture. On les eût dit *peints* sur les petits corps...

Les créatures ricanèrent. *Ce ne sont pas des enfants ! Ne l'oublie pas !* Buffy pivota, leur décocha un coup de pied... et s'écroula, le souffle coupé. Son pied avait mordu le vide. Ils n'étaient plus là.

Elle se releva, sur ses gardes. Le sentiment d'être épiée lui donnait la chair de poule. Elle inspecta l'endroit où s'étaient tenus les petits monstres. Dans le coin, le mur en parpaing se *rida* comme la surface d'un étang. Les étagères grises aussi. Non, ce n'est pas possible... Les objets se mettaient à onduler.

Dans l'air, autour de la Tueuse, les mouvements ne cessaient pas. Les couleurs et les ombres se brouillèrent et se mélangèrent, tel un cocktail dans un shaker. Quelque chose frappa Buffy à droite, puis à gauche...

Elle tourna deux fois sur elle-même avant de s'immobiliser, aux aguets.

Quelqu'un traversa le sous-sol en courant. La Tueuse entendit des ricanements... Les bruits de pas s'éloignèrent rapidement. Buffy contourna les étagères, les bureaux, les tableaux et les rangées de cartons. Puis elle enjamba le tuyau d'arrosage et fonça vers l'escalier. Elle n'avait repéré personne et pourtant... Au pied de l'escalier, elle sonda la pénombre. Rien. Elle monta les marches quatre à quatre, et faillit arracher la porte de ses gonds en l'ouvrant à la volée.

Des élèves bavardaient devant le battant. Buffy regarda partout, à la recherche des... *Qui sont-ils ? Des démons, des monstres ? Peu importe... Ils sont tous dangereux, et tous viennent de la Bouche de l'Enfer !* La Tueuse courut vers l'entrée du bâtiment, en quête d'une piste. Plus aucune trace des « enfants »... Et pourtant, elle n'avait pas le sentiment qu'ils étaient partis. Elle s'arrêta soudain en repensant aux lycéens plantés devant la porte du sous-sol... *Avaient-ils l'air familier ? Je... n'arrive plus à me rappeler leurs visages !* Elle tourna les talons. *Comment ont-ils fait pour disparaître si vite ? Les ai-je vraiment vus ?* Qu'ils ne soient déjà plus qu'un souvenir flou confirma ses soupçons. C'était donc ainsi qu'ils passaient inaperçus...

En traversant le hall d'entrée, Buffy jeta un coup d'œil dans les bureaux... En pure perte. Elle grimpa au premier étage, consciente que tous ses efforts seraient voués à l'échec. Cette fois, ils avaient bel et bien disparu. Elle ne sentait plus leur présence. Alors qu'elle s'apprêtait à redescendre, une voix la héla.

— Mademoiselle Summers.

La jeune fille s'arrêta sur la quatrième marche, et se retourna lentement. Dans le couloir, le proviseur Snyder la fixait, les mains dans le dos. Il arborait son air coutumier de reptile. Ses yeux chassieux la dévisageaient derrière ses lunettes. Le proviseur adjoint, une secrétaire et deux conseillers d'orientation se trouvaient à ses côtés. La secrétaire pleurait.

— Au cas où vous ne l'auriez pas remarqué, ce n'est pas dans ce bâtiment qu'ont lieu les cours d'éducation physique !

— Peut-être, mais je suis pressée.

— Pressée d'aller en cours, j'espère ! (Il fit quelques pas et s'arrêta sur le palier.) J'attends la police, mais je n'ai pas envie d'apprendre, la semaine prochaine, que vous avez échoué à vos examens trimestriels. Je m'en voudrais d'avoir failli à ma mission et je serais dans l'obligation de vous faire redoubler.

La sonnerie retentit. Les cours reprenaient.

— Il faut que j'y aille, dit Buffy. Je ne veux pas être en retard...

Tu parles ! On entendait des sirènes dans le lointain. L'Elue tourna les talons et dévala les escaliers. Snyder serait fou de joie si elle échouait à ses examens. Pour lui, ce serait la plus douce des friandises...

Cette éventualité l'inquiéta. Elle n'avait pas assez révisé et manqué plusieurs cours. Comme maintenant... Elle devait aller en classe et étudier davantage, mais à cet instant, elle avait d'autres chats à fouetter...

D'abord, avertir Giles de ce qu'elle venait de « voir ».

CHAPITRE XI

La cafétéria fut rapidement évacuée par la police. Les témoins oculaires, dont Willow, furent interrogés dans des salles vides, pendant que le corps de Mme Truman partait dans le fourgon du médecin légiste.

Willow raconta à un agent tout ce qu'elle avait vu. Si cela ne prit pas très longtemps, ça lui sembla une éternité. Le temps avait paru s'arrêter quand elle avait vu la fourchette plantée dans la gorge de Mme Truman... L'image était vivace et bizarrement... irréelle. Comme le lointain souvenir d'une scène tirée d'un vieux film...

A contrecœur, Snyder avait suspendu les cours. Après les interrogatoires, les élèves rentreraient chez eux.

Remontant le couloir, tête basse, Willow se sentait nauséeuse... Une porte s'ouvrit sur sa gauche sans qu'elle y prête attention... Jusqu'à ce qu'elle entende Mila, qui sortait de son bureau.

— Comment vas-tu, Willow ?
— Pas très bien. Mais on fera avec...
Mila secoua la tête.
— C'est vraiment horrible. Dire que je leur ai encore parlé ce matin... Elles semblaient tout à fait normales. Leur comportement n'était pas inhabituel, et on ne sentait pas de tension entre elles. Et puis... c'est arrivé... A-t-on retrouvé mademoiselle Gasteyer ?

— Pas que je sache. Il y a toujours beaucoup de policiers. L'un d'eux disait que sa voiture était garée sur le parking.

Mila posa une main sur l'épaule de la jeune fille.

— Willow, n'hésite pas à m'en parler, si ça peut te soulager. D'autres conseillers viendront demain s'entretenir avec les élèves, mais entre-temps, tu peux m'appeler à n'importe quelle heure. Mon numéro est dans l'annuaire.

— Merci, Mila. J'apprécie vraiment.

— Hé ! Oh !

Willow se retourna et vit Oz approcher, des livres sous le bras.

— Ils viennent de t'interroger ? demanda la jeune fille.

— Affirmatif !

— Tu étais sur le point de partir ?

— Oui.

Willow se tourna vers Mila pour la remercier, puis repartit avec son petit ami.

— Sympathiser avec le personnel du lycée est un crime ! dit Oz avec son flegme habituel.

— Je ne sais pas comment Buffy gère ça...

— Quoi ?

— Le... tu sais, le fait de tuer. La mort. Ou plutôt... la *non-mort*. Dans son travail, je veux dire. Je suppose que c'est différent avec les vampires et les démons. J'ai tué des morts-vivants, mais ce n'était pas la même chose... Quand je suis entrée dans la cafétéria, c'était affreux. Mon estomac en est encore tout retourné. Je suppose que mademoiselle Gasteyer a juste... craqué. D'après Mila, tout était normal, ce matin. Quand je les ai vues, elles souriaient.

— Crois-tu que ça ait quelque chose à voir avec Buffy et tous ces événements étranges ?

— Je n'en sais rien. Et toi ?

— Deux profs qui s'adorent s'empoignent soudain, et l'une d'elles finit avec une fourchette dans la gorge... C'est une affaire pour Buffy, aucun doute.

— Tu as raison. Ça m'a tellement remuée d'avoir assisté à ce drame, que je n'ai même pas songé à ce qu'il pouvait y avoir derrière... Es-tu passé à la bibliothèque voir Giles ?

— Non.

— Allons-y. Je veux son avis sur ce meurtre.

— Les Rakshasas, lança Giles en réajustant ses lunettes. (Il tenait un gros livre à la couverture usée.) On les appelle aussi les Rôdeurs Nocturnes.

— Inconnus au bataillon, lâcha Buffy.

— J'avais entendu parler d'eux... En fait, je viens seulement d'y penser.

Quand Buffy était arrivée à la bibliothèque, quelques minutes plus tôt, les couloirs étaient étrangement silencieux. La police collectait les témoignages des lycéens présents lors du drame. Ceux qu'on n'interrogeait pas faisaient les cent pas, l'air hébété. Certains riaient nerveusement, d'autres échangeaient à voix basse les détails du meurtre.

Trouvant Giles dans son bureau, Buffy lui avait fait un compte rendu fidèle et concis des événements. Alex et Cordélia étaient arrivés peu après.

— Quand le monde commence à ressembler à une série télé, dit Alex, la bibliothèque est le meilleur endroit où aller.

— C'est toi qui as voulu venir, dit Cordélia. *Moi*, je voulais faire du shopping.

Giles sortit de son bureau avec son livre. Buffy fit les cent pas... Quelque chose, dans le mot « Rakshasas », lui donnait des sueurs froides.

— Qui sont-ils, Giles ? demanda l'Elue. Ces Rak... Rak... shastas ?

— Les Rakshasas, répéta l'Observateur.

— On dirait le nom d'une danse qui sera démodée dans une semaine, plaisanta Alex.

— Il en existe différents types, dit Giles. Des centaines. Ecoutez : « *Les Rôdeurs Nocturnes se nourrissent de la violence, de la zizanie et du chaos. Ils adorent ruiner les relations affectives : ils dressent le mari contre l'épouse, le frère contre la sœur, le parent contre l'enfant, l'ami contre l'ami. Ils aiment se cacher dans les églises et détourner les fidèles, surtout les membres du clergé, de leurs croyances. Quand leur travail de sape porte ses fruits, la mort est au rendez-vous, et les Rakshasas dévorent les survivants. Ils mangent aussi des chevaux et du bétail.* »

— Du bétail ! répéta Buffy en écarquillant les yeux. Alors, les Chiens de l'Enfer étaient une... coïncidence ?

Giles hocha la tête, puis reprit sa lecture.

« *Les Rakshasas sont des métamorphes capables de prendre n'importe quelle apparence. Bien qu'ils n'aiment pas incarner des créatures de grande taille, leur capacité de se transformer n'a aucune limite. Une espèce, les Pisacas, élit domicile dans les réserves d'eau d'une ville, et fait lentement dépérir les habitants.* »

— Des métamorphes ! s'exclama Buffy. Ces vermines dans le sous-sol étaient donc des métamorphes, qui semblaient se fondre dans les étagères et le mur en parpaing... Ils se trouvaient juste devant moi et je ne pouvais plus les voir.

— Combien étaient-ils ? demanda Alex.

— Bizarrement, malgré tous mes efforts, je n'ai pas réussi à le savoir.

— De toute évidence, ce n'est pas ta faute, la rassura le bibliothécaire avant de lire un autre passage. « *Les*

Rakshasas changent d'apparence pour se nourrir, fuir un danger, ou jouer avec les humains. Très intelligents, ils ont un sens de l'humour fin et cruel. Ils tirent leur plaisir de la confusion et du chaos qu'ils génèrent. »

— Comment peut-on les arrêter ? s'enquit la Tueuse.

— Je viens de découvrir l'identité de nos ennemis. Mais je n'ai pas encore trouvé comment les chasser ou les vaincre, dit Giles en posant son livre.

— Pourquoi ces créatures sont-elles descendues au sous-sol ?

— Peut-être y ont-elles simplement suivi Gasteyer ? suggéra Giles.

L'Elue repensa aux adolescents « flous » devant lesquels elle était passée. Mais la porte du sous-sol s'était refermée une seule fois, et Gasteyer avait quelques secondes d'avance à peine sur Buffy... Après que l'enseignante eut franchi cette porte, personne n'était entré ni sorti avant l'arrivée de la Tueuse.

— A moins qu'on n'ait affaire à des passe-murailles pour couronner le tout, déclara Buffy. Ils étaient déjà au sous-sol quand Gasteyer y est descendue.

— Veux-tu dire qu'ils... l'attendaient ? remarqua Giles.

— Je ne sais pas, admit la jeune fille en levant les bras au ciel. C'est vous l'érudit, Giles ! Moi, je suis juste mademoiselle muscles !

— Buffy, ne dis pas de bêtises. Tu es la Tueuse. Analyser le problème pour prévoir les actes de ton adversaire est primordial pour toi. Ta mission consiste à éliminer ces monstres et leurs acolytes. Comme tu le sais, ils préviennent rarement à l'avance pour fixer un rendez-vous. Tu dois donc utiliser toutes les ressources à ta disposition. Plus tu en sauras sur ton ennemi, mieux tu seras armée.

— Entendu. (Elle croisa les bras.) Je vous écoute.

— Comme je le disais, je n'ai pas encore appris grand-chose sur eux, donc je ne sais pas...

— C'était bien la peine de me faire la morale ! soupira Buffy.

— Mais je peux te donner certains indices...

L'Observateur s'approcha du comptoir et en revint avec le journal local qu'il étala sur la table, un index « accusateur » pointé dessus.

— J'ai lu l'article sur Miriam Webber, la femme dont tu as aperçu les restes, dans la buanderie. Mademoiselle Webber venait d'utiliser le couteau qui était à côté d'elle pour découper en morceaux une certaine Lena Tesich... Sur l'arme du crime, on a retrouvé ses empreintes.

— Que dit le journal à propos des restes de mademoiselle Webber ?

— La dépouille n'a pas encore été formellement identifiée.

— Alors pourquoi êtes-vous sûr qu'il s'agit bien de la sienne ? demanda Alex.

A côté de lui, Cordélia se limait les ongles.

— Parce que mademoiselles Webber et Tesich étaient amies d'enfance, dit Giles.

— Vous dormez assez, Giles ? lança Buffy. Vous ne passez pas vos nuits à regarder les émissions de la BBC sur le câble, j'espère !

— Tom Niles et Delbert Kepley se connaissaient depuis qu'ils avaient emménagé l'un à côté de l'autre, il y a plus de quarante ans. Et les deux couples étaient très proches.

« Mademoiselle Gasteyer était la meilleure amie de madame Truman à la fac. Le hasard a voulu qu'elles se retrouvent ici, et elles ont travaillé vingt ans ensemble sans jamais se brouiller.

— C'est ce qu'explique votre livre, comprit Buffy. Nos charmants... rastaquouères adorent dresser les amis de toujours les uns contre les autres, et ensuite… à table !

— C'est ce qui m'a fait penser aux Rakshasas. Ces informations sont précieuses, Buffy. Il y a une heure, tu ne savais rien sur tes adversaires. Maintenant, tu pourrais les empêcher de nuire…

— J'en doute, tant que je ne saurai pas comment ils opèrent.

— D'où viennent-ils ? ajouta Alex.

— Ils appartiennent à la mythologie hindoue, l'informa Giles.

Alex fronça les sourcils.

— Hindoue comme en… Inde ?

— Eh bien, l'hindouisme a des adeptes dans le monde entier, mais cette religion est née en Inde.

Alex et Cordélia se regardèrent.

— Qu'y a-t-il ? demanda Buffy.

Alex eut tout à coup l'air embarrassé.

— Eh bien, je me disais que, euh…

— Il veut parler de mademoiselle Daruwalla, la nouvelle conseillère d'orientation. Elle est originaire de ce pays, acheva Cordélia en levant les yeux au ciel.

— Et alors ? demanda Buffy.

— Willow a passé beaucoup de temps avec elle, ces derniers jours, révéla Alex, nerveux. Je les ai aperçues plusieurs fois ensemble. J'ai vu Willow sortir de son bureau, un jour. Et Daruwalla est venue à la cafétéria aujourd'hui pour lui donner un cadeau.

— Un cadeau ? Quel type de cadeau ? demanda le bibliothécaire.

— Un petit truc à passer autour du cou, une sorte de… dieu hindou.

— Lequel ? insista Giles.

Alex se tassa sur sa chaise.

— Je ne sais pas... Je m'y perds, moi ! Il y a plus de dieux hindous que de X-Men !

— D'après Willow, l'auteur de ces petites sculptures est le frère de notre Miss Inde, lâcha Cordélia, qui affectait d'être plus intéressée par sa manucure que par le reste.

— Le frère de qui ? demanda Giles.

— De mademoiselle Daruwalla, précisa Cordélia.

Buffy tourna le dos aux autres... Elle serrait les dents. Pas question que ses amis remarquent son accès de fureur... Dire que Willow l'avait trahie pour la nouvelle conseillère d'orientation... ! *Que manigance-t-elle avec Daruwalla ?* Les lycéens n'étaient pas censés frayer avec le personnel de l'établissement en dehors des cours. Ce n'était pas dans l'ordre des choses. *En plus, elle devrait être* ici *pour nous aider !* Plus elle y pensait, plus sa colère grandissait.

— A quoi joue Willow en traînant avec une conseillère d'orientation ?

Elle ramassa ses livres et revint vers ses amis qui la dévisageaient, ne sachant que penser.

— C'est comme des chats qui se marieraient avec des chiens, ou des singes qui conduiraient des expériences sur des scientifiques... Le monde à l'envers !

— Du calme, Buffy ! implora Alex. On voit tes veines battre... Tu ressembles à ce type dans *Scanners*. Si ta tête est sur le point d'exploser, peut-être devrais-tu sortir dans le couloir.

— Que veux-tu dire, Alex ?

Devant l'hostilité de Buffy, le jeune homme se troubla.

— Eh bien, c'est juste que tu parais... si tendue ! On dirait que tu es sur le point d'exploser, comme un bouchon de champagne un soir de réveillon... (Il se tourna vers Cordélia pour lui chuchoter à l'oreille :) Elle est bonne, celle-là. Rappelle-moi de la ressortir à Oz !

— Et ce n'est pas ton cas, Alex ? demanda l'Elue. Ces créatures dévorent des gens aux quatre coins de la ville. Ça ne t'inquiète pas le moins du monde ?

— Si, bien sûr... Presque tout m'inquiète, d'ailleurs. C'est un miracle que j'arrive à dormir la nuit. En attendant, si Willow voit la plus belle... Euh... Mademoiselle Daruwalla, il n'y a pas de quoi en faire un plat ! Te voilà bien bouleversée pour rien...

Buffy laissa tomber ses livres sur la table.

— Nous devrions *tous* être bouleversés ! Tu ne comprends pas, Alex ? Ces créatures sont hindoues. Et Daruwalla est probablement la seule personne d'origine indienne en poste dans ce lycée !

— Peut-être, admit Alex, mais plusieurs élèves sont originaires de ce pays, comme de nombreux habitants de la ville.

— Buffy, il n'a pas tort, intervint Giles. Tu vas un peu vite en besogne, me semble-t-il.

— J'admire la concision des Anglais, souffla Alex à Cordélia. Tout ça pour dire : « Tu délires ! »

— C'est vrai, toi, tu es un modèle de sobriété...

— Nous ignorons beaucoup de choses sur ces créatures, continua Giles. Sans preuves, mêler mademoiselle Daruwalla à cette histoire serait une grave erreur. Il se peut qu'elle soit impliquée, mais nous n'avons pas de raison de la soupçonner plus que n'importe qui d'autre.

— Comme vous voudrez, dit la Tueuse. (Elle ramassa ses livres.) Il faut que j'y aille. Je veux réviser tôt, histoire de ne pas patrouiller trop tard. Cette ville est un vrai paradis pour dém...

Buffy se tut en voyant arriver Willow et Oz. Le désarroi de la jeune sorcière était manifeste, malgré ses efforts pour rester calme.

— Giles, que disiez-vous à propos de mademoiselle Daruwalla ? demanda-t-elle.

— Dis donc, Willow, ton timing est impeccable, lâcha Alex. C'est magique ou quoi ?

L'Observateur referma son livre et enleva ses lunettes. Comme chaque fois qu'il était troublé ou inquiet, il plissa le front, accentuant ses pattes-d'oie. A l'évidence, il se demandait comment dire à la jeune fille ce qu'il venait d'apprendre.

— Euh, Willow... Viens t'asseoir, dit-il en lui désignant la table.

Buffy inclina la tête, observant Willow. *Ça, c'est vraiment stupide ! Se prendre d'amitié pour un démon !* Elle décida de rester pour voir ce que Willow aurait à dire pour sa défense. Giles raconta à la jeune sorcière tout ce qu'ils savaient sur les Rakshasas. A mesure que l'Observateur détaillait leurs horribles penchants, l'intérêt de Willow cédait la place à la peur. Quand il précisa que ces démons étaient originaires d'Inde, la jeune fille explosa :

— Qu'essayez-vous d'insinuer, Giles ?

— Rien ! Je voulais seulement t'informer de nos dernières trouvailles.

— Alors, que racontiez-vous à propos de mademoiselle Daruwalla quand je suis entrée ? Vous pensez qu'elle pourrait être impliquée dans cette histoire, sous prétexte qu'elle est indienne ?

— Elle *a* quelque chose à voir dans cette histoire, lâcha Buffy, glaciale. Giles essaie d'être politiquement correct. De toute façon, qu'est-ce qui te prend ? Que trafiques-tu avec cette femme ?

L'Observateur fronça les sourcils.

— Ça ne nous regarde pas, Buffy...

— Si ! Elle a donné à Willow une espèce d'amulette,

n'est-ce pas ? En tout cãs, ça y ressemble furieusement ! Alors, qu'est-ce que c'est ?

— Un cadeau, rien de plus. (Willow se leva.) Tu l'as entendu comme moi. C'est une miniature réalisée par son frère, un sculpteur qui a beaucoup de succès en Inde.

— Et pourquoi te ferait-elle un cadeau ? Une conseillère d'orientation qui fait des cadeaux aux élèves ? Ne vois-tu pas à quel point ça a l'air louche ? Comme si les nazis récoltaient des fonds pour l'UNICEF... Ça ne tient pas debout !

Buffy et Willow s'affrontèrent du regard.

— J'ai admiré les statues qu'elle a dans son bureau, reprit la jeune sorcière. Alors elle m'a donné une miniature. C'est tout. Il n'y a rien de maléfique là-dedans.

— Que faisais-tu dans son bureau, pour commencer ?

— Elle m'avait invitée à prendre le thé.

— Bien sûr, ça arrive tous les jours... Et quand vous aurez les mêmes tatouages et que vous partagerez le même appartement, tu me diras encore que ça n'a rien d'étrange ni d'anormal !

Willow en resta bouche bée. Buffy se figea. On eût dit deux boxeurs sur un ring. Alors Alex avança, un index levé.

— Je crois que vous devriez reprendre votre calme.

— C'est n'importe quoi, Buffy ! s'indigna Willow. C'est... débile ! Tu te trompes sur toute la ligne ! J'ai parlé à Mila parce que j'avais besoin de me confier à quelqu'un et parce que c'est son boulot.

— Ça n'explique pas pourquoi elle t'a fait un cadeau.

Buffy et Willow semblaient sur le point d'en venir aux mains. La Tueuse sentit des picotements dans ses épaules... Son instinct lui commandait de *frapper* !

Giles s'interposa.

— Le manque de sommeil n'aurait-il pas des effets sur vos nerfs ?

Elles se jetèrent un regard noir, aucune ne voulant baisser les yeux la première.

— Willow, nous voulons seulement que tu sois consciente d'une chose, dit Giles. Il peut exister un rapport entre mademoiselle Daruwalla et nos soucis actuels. Ce n'est pas certain, mais... Quant à toi, Buffy, j'insiste : cesse d'affirmer et de trancher sans savoir. Tu es peut-être convaincue que mademoiselle Daruwalla est impliquée, mais en réalité, nous n'en savons rien.

Willow ne put contenir un sanglot... Elle fit volte-face, ramassa ses livres et s'apprêta à sortir.

— Je n'arrive pas à croire que vous pensiez ça d'elle ! (En larmes, elle dévisagea ses amis.) Ne vous est-il jamais venu à l'esprit qu'elle n'était peut-être... qu'une gentille fille ? Quand j'ai dit que j'avais un besoin désespéré de me confier, Buffy, tu n'as même pas cherché à savoir pourquoi... Tu t'en fiches bien ! Tu... chasses les monstres depuis si longtemps que tu en es devenue un !

— Qu'est-ce que ça veut dire ? grogna la Tueuse.

Oz rattrapa sa petite amie et lui posa une main sur l'épaule.

— Pas maintenant !

Willow se dégagea. Le jeune homme la regarda sortir dans le couloir. Puis il se retourna pour foudroyer Buffy du regard avant d'emboîter le pas à la jeune sorcière.

— J'ai l'impression d'avoir été téléporté en pleine zone de guerre, commenta Alex.

— Buffy, était-ce vraiment nécessaire ? demanda Giles. Si tu sais quelque chose que j'ignore, dis-le-moi !

La terrible colère qui bouillonnait en elle disparut.

La Tueuse eut l'impression de rapetisser... Comme la maison de *Poltergeist*.

— Laissez tomber !

Elle ramassa ses livres et se dirigea vers la sortie.

— Où vas-tu ? demanda le bibliothécaire.

— J'ai du travail !

Giles sentit sa nuque se raidir. Une migraine se développait et il en connaissait la cause. Il s'inquiétait pour Buffy et Willow. Leur comportement était très inhabituel. Bien sûr, ça pouvait venir des multiples problèmes auxquels les adolescents devaient faire face jour après jour. Mais il n'en était pas certain...

Tom Niles et Delbert Kepley, Mme Truman et Mlle Gasteyer, Lena Tesich et Miriam Webber... Chaque fois, il s'agissait d'amis de longue date. *Mais ont-ils compris, avant d'en arriver à un bain de sang, que quelque chose n'allait pas ? Y a-t-il eu des signes avant-coureurs ? Ou ce changement radical est-il survenu sans crier gare ? Une tornade qui pousse les gens à massacrer un être aimé puis à s'enfuir là où ils se font... dévorer... ?*

Giles secoua la tête afin de chasser des visions horribles. Oz était avec Willow. Bien qu'il soit intelligent, verrait-il un lien entre les menées des Rakshasas et la soudaine animosité entre Buffy et sa petite amie ? Mais la Tueuse, elle, restait seule... *J'aurais dû les avertir plus clairement...*

— Alex, pourrais-tu aller rejoindre Buffy ? J'aimerais que tu restes avec elle...

— Euh... Je ne sais pas trop. Elle n'avait pas l'air de souhaiter de la compagnie.

— C'est très important. J'ai peur que Buffy et Willow n'aient des ennuis. Jusqu'à présent, trois personnes ont été dévorées par les Rakshasas. Mais n'oublions pas que ces trois victimes avaient d'abord tué leur meilleur(e) ami(e) pour des raisons inconnues... Tu as vu comment Buffy et Willow se sont comportées. J'aimerais que tu gardes un œil sur Buffy, Alex.

— Attendez une seconde ! (Le jeune homme se leva.) Supposons que quelque chose ne tourne pas rond, et que ce soit en rapport avec ces *Roxannas*. Et si Buffy ne veut pas qu'on garde un œil sur elle ? N'oubliez pas que c'est la Tueuse !

— De quoi as-tu peur, Alex ? demanda Cordélia, un soupçon de mépris dans la voix.

— Tu veux le savoir ? Que Buffy ne soit manipulée et qu'elle s'en prenne à moi... Voilà ! Tu l'as vue se battre ? Elle pourrait m'envoyer dans le coma sans effort, et je me réveillerais juste à temps pour la crise de la quarantaine !

— Je t'en prie, Alex, fais de ton mieux, insista Giles. J'irais bien moi-même, mais je dois continuer mes recherches. Le savoir est une arme puissante. Pour l'instant, nous sommes pratiquement désarmés.

Il rouvrit son livre.

— Que suis-je censée faire ? demanda Cordélia.

— Ce que tu veux, je suppose.

— J'aimerais aller danser, dit-elle après réflexion.

— Parfait, Cordélia. Amuse-toi bien ! grogna l'Observateur en regagnant d'un pas rapide son bureau.

La jeune fille ramassa son sac à main et ses livres.

— Je suis ravie de voir que je ne sers à rien ici... Sinon, ça voudrait dire que je suis des vôtres, et je n'aurais plus qu'à me pendre au premier lampadaire venu ! Alex, tu es pitoyable, mais je vais quand même t'accompagner... Au cas où tu aurais besoin de protection.

CHAPITRE XII

Des chiens aboyaient dans la rue. Une alarme de voiture retentit au loin. Quelque part, du verre vola en éclats. Des bruits habituels qui, la nuit, ne méritaient probablement pas qu'on s'en inquiète. Buffy n'avait aucune certitude. Mais elle ne voulait pas se laisser distraire. La jeune fille tendit l'oreille pour guetter les bruits moins évidents, ceux qui se cachaient derrière d'autres... Ils venaient de partout. La Tueuse patrouillait depuis longtemps. Mais elle n'avait jamais connu de nuit comme celle-là...

Certains vampires surgissaient de leurs tombes, d'autres se laissaient tomber des arbres... Ce n'était pas ce déploiement d'activité fébrile qui ennuyait le plus Buffy, mais l'audace des morts-vivants !

Ceux qu'elle avait croisés en début de soirée déambulaient sur les trottoirs, cassant les boîtes aux lettres par pur défi... Un couple de vampires sortit de l'obscurité, couvert de boue et de brins d'herbe. Occupés à glousser, à regarder dans les boîtes aux lettres, puis à les détruire, les monstres n'avaient pas remarqué la Tueuse.

— Vous attendez un colis ? leur lança Buffy avant de leur mettre une raclée.

Du genre dont on ne se relève pas... Les cimetières grouillaient de morts-vivants. Ils se rassemblaient dans les allées et se confiaient leurs projets en léchant le sang qu'ils avaient encore sur les babines. Ils se promenaient aussi dans les rues, le plus tranquillement du monde, comme s'ils comptaient faire leur shopping ou s'ils sortaient du cinéma... Les crocs luisant au clair de lune, ils éclataient d'un rire inquiétant.

Pas un seul ne tressaillait quand la Tueuse surgissait devant eux, pieu au poing... Comme s'il pouvait la regarder dans les yeux sans rien redouter ! *On dirait que c'est la soirée des vampires*, pensa Buffy. Elle imagina un panneau à l'entrée de la ville : « SOIRÉE DES VAMPIRES ! ENTRÉE GRATUITE POUR LES MORTS-VIVANTS ! UN BLOODY MARY OFFERT SI VOUS VENEZ ACCOMPAGNÉ D'UNE MOMIE ! »

Mais ce n'était pas drôle. *Se peut-il qu'ils soient au courant de la présence des Rakshasas ?* se demanda-t-elle en se dirigeant vers un autre cimetière. *Et dans ce cas, que savent-ils ? Peut-être devrais-je les interroger avant de les tuer... Hum... Non.*

Un portail encadré d'un mur de pierre de trois mètres de haut permettait d'accéder aux sépultures. Buffy s'arrêta devant, alertée par un crissement, en hauteur... Un raclement de semelles sur du ciment mouillé... L'instant suivant, elle fit volte-face et enfonça son poing dans... des abdominaux peu développés. Alex partit à la renverse en émettant un bruit de tuba débouché. Il atterrit sur les fesses. Buffy *et* Cordélia se précipitèrent.

— Alex ! cria la Tueuse, horrifiée. Oh, je suis désolée ! Depuis quand es-tu si discret ?

— D'habitude, il ne se tait jamais assez longtemps pour ça, marmonna Cordy.

Alex grommela, les bras repliés sur le ventre.

— Bon Dieu, je suis contente de ne pas avoir tapé trop fort !

— Pas trop fort ? gémit Alex d'une voix grinçante.

— Ne t'avise pas de vomir sur moi ! couina Cordélia.

Une minute plus tard, Alex respirait de nouveau normalement et retrouva un timbre de voix qui n'évoquait pas des crécelles.

— La prochaine fois, je te préviendrai que c'est moi, assura-t-il.

Il se releva et marcha en rond, essayant de se tenir droit. Buffy entendit de nouveau des semelles crisser sur du béton... Elle sortit un pieu de sa veste. Une vampire s'était perchée sur le mur du cimetière, les mains entre les genoux... Elle bondit sur la Tueuse. Qui recula et frappa à l'instant où la créature se réceptionnait. La morte-vivante se volatilisa avant d'avoir pu esquisser un mouvement.

— Filons de ce camp de vacances pour zombies ! suggéra Buffy.

Elle traversa rapidement la rue, Alex et Cordélia sur les talons. Le jeune homme se tenait le ventre d'une main, refusant de se laisser distancer.

— Es-tu en retard pour un rendez-vous important ? demanda Cordélia.

— Je ne veux pas traîner près du cimetière avec vous dans mes pattes, dit Buffy. Nos amis débordent d'activité ! Impossible de bavarder avec vous tout en combattant les Habitants de l'Enfer !

Un léger cliquetis retentit. Devant eux, un enfant faisait rouler un cerceau en plastique. Buffy s'arrêta.

— Alex, désolée de t'avoir frappé, mais que venais-tu faire là ?

— Nous voulions voir comment tu allais.

— Comment je vais ? Style « Salut, comment ça va ? »

Le cerceau se rapprochait.

— Giles était inquiet, confia Cordélia. Alex, je commence à être trempée avec ce fichu crachin… On peut y aller maintenant ?

— Inquiet ? répéta Buffy. Pour moi ? Pourquoi ?

— Tu n'étais pas vraiment heureuse quand tu es partie, lui rappela Alex.

Un autre bruit se mêla à celui du cerceau : une sorte de râle, comme si un enfant enrhumé essayait de respirer par le nez.

— Je n'ai pas le temps de bavarder, dit Buffy. Rentrez, compris ? C'est dangereux ici. Et je ne plaisante pas.

Le râle devint un grognement. Buffy fit volte-face à l'instant où la créature délaissait son jouet… Cordélia cria : un visage enfantin ressemblant à celui d'une chauve-souris au nez qui coule obstrua son champ de vision. Le poing de Buffy se referma sur la gorge du mort-vivant, l'arrêtant dans son élan. Les yeux inhumains du « bambin » dardèrent sur elle un regard noir, sa langue jaillit entre ses crocs.

— C'est l'heure de faire un gros dodo ! ironisa Buffy en l'embrochant.

L'enfant vampire retomba en poussière. Le cerceau heurta la jambe de Cordélia, qui le repoussa d'un coup de pied.

— Ecoutez, je suis sérieuse ! Rentrez chez vous. Ce n'est pas un temps à mettre un chien dehors, désolée ! On dirait que ça empire de nuit en nuit…

Elle sonda les ténèbres, tous les sens aux aguets.

— Si Giles a du mouron à se faire, qu'il s'inquiète donc pour vous.

Alex fronça les sourcils.

— Hé, mais que se passe-t-il avec les vampires ? Les Anglais ont débarqué, ou quoi ?

— D'après ce que j'ai vu jusqu'à présent, ils devraient se mettre au déca...

— Tu crois qu'ils sont au courant, pour les Raquetteurs ? demanda Alex.

— Tu veux dire les Rakshasas ?

— Quel rapport avec eux ? fit Cordélia.

— Les vampires savent-ils quelque chose sur eux ? insista Alex.

— Je l'ignore, admit Buffy.

— Non, ils ne savent rien, affirma Angel en surgissant près de la Tueuse.

Elle se tourna. Derrière Angel se dressaient un jardin mal éclairé où était plantée une pancarte indiquant : « À VENDRE », et une maison aux fenêtres sombres.

— Salut !

Alex fit un signe de tête ; le visage de Cordélia s'illumina. Elle examina le vampire sous toutes les coutures, comme si elle envisageait d'en faire l'acquisition.

— Salut, Angel, répondit-elle en souriant de toutes ses dents.

Il y a des gens qui ne retiennent aucune leçon, pensa la Tueuse. Angel regarda l'Elue.

— Ils ne savent rien. Mais ils... *Nous* sentons quelque chose. Un changement.

— Que veux-tu... ?

Buffy s'interrompit, se raclant la gorge. Chaque fois qu'Angel la regardait dans les yeux et lui parlait, sa propre voix la trahissait.

— Que veux-tu dire, Angel ? De quel type de changement parles-tu ?

Il haussa les épaules.

— Peut-être une altération subtile dans le rapport de forces. A moins que ce ne soit un changement en *toi*.

La Tueuse eut l'impression qu'on venait de lui planter un pieu dans le cœur.

— Tu insinues que j'ai pris du poids ?
— Buffy, je suis sérieux.
— Tu crois que je plaisante ?
— Buffy, tu n'es pas à ce que tu fais.
— Quoi ?
— Ils savent que tu as l'esprit ailleurs. Tu te disperses à cause de ces meurtres, ou peut-être de problèmes personnels. Conscients de ton manque de concentration, ils en tirent avantage.
— Ce qui veut dire ?
— Que tu dois résoudre tes problèmes pour te concentrer sur ta mission.
— Je dois tout faire dans cette ville ! (Elle se tourna vers Alex et Cordélia.) Pourquoi êtes-vous toujours là ?
— On peut rester pour regarder la télé, maman ? demanda Alex.

Buffy leva les yeux au ciel.
— Oh et puis... Faites ce que vous voulez ! Mais ailleurs, d'accord ? Moi, j'ai des vampires à liquider !

Elle traversa la rue pour retourner au cimetière, Angel à ses côtés.
— Tu veux un peu de compagnie ?
— Un peu de compagnie ? Ce soir, je pourrais employer un corps d'armée...

Willow était chez elle. Mais au lieu de réviser, elle parcourait les autoroutes de l'information... Une heure et demie plus tôt, elle s'était connectée et avait tapé « Rakshasas » dans un moteur de recherche. Depuis, elle n'avait plus quitté son écran. Une infinité de sites faisaient référence aux Rakshasas, mais peu fournissaient des renseignements sérieux. Willow était retournée sur un site qu'elle visitait souvent : « *Dieux, démons et mortels* ». Ce site assez fruste, sautant souvent du coq à l'âne, était l'œuvre d'un certain « Phil Métaphysique ».

Willow lui avait envoyé des mails à deux ou trois reprises. Le vieux hippie passait le plus clair de son temps sur les routes, en caravane, en compagnie de son épouse, adepte de la sorcellerie et d'une sorte d'aérobic transcendantal. Ils sillonnaient le pays à la recherche de trophées à ajouter à leur collection consacrée au surnaturel. La plupart étaient en vente sur le site de Phil.

Un jour, il avait écrit à Willow : « *Internet est un Woodstock mondial pour les laissés-pour-compte et les parias de la planète. Sauf que la boue est remplacée par des fauteuils, les groupes par des méga-octets, le sexe et la drogue par... eh bien, le sexe. Plus ou moins.* »

Après avoir lu ça, Willow était restée plusieurs jours sans se connecter. Phil Métaphysique ne savait peut-être pas concevoir un site attractif et structuré, mais il en connaissait long sur les Rakshasas. Willow imprima les passages pertinents. Des liens hypertextes menaient à d'autres pages. Elle retrouva tout ce que Giles avait lu... et d'autres informations.

Les Rakshasas avaient un roi, également métamorphe. Pourtant, il était très différent de ses sujets. Il s'appelait Ravana et pouvait prendre la forme d'un bloc de granit, d'un nuage ou d'un filet de fumée... Il pouvait aussi déchaîner les tempêtes, et éventrer une montagne à mains nues.

— La belle affaire quand on a vingt mains... ! marmonna Willow.

Ravana possédait dix têtes, vingt bras et vingt yeux brûlant comme de la lave en fusion.

S'il tournait sur lui-même, pensa Willow, *il aurait l'air d'un manège infernal...*

Mila avait parlé de Ravana, mais la jeune fille ne se rappelait plus dans quel contexte. L'histoire, liée à celles d'autres divinités hindoues, formait un ensemble de récits de vengeances, d'amours, de trahisons, de morts, voire de meurtres entre dieux et démons.

Ravana avait gagné sa puissance grâce à des millénaires de pauvreté, de renoncement et de méditation. Ensuite, il était allé voir Brahma – un des membres de la Trinité hindoue et créateur, avec sa fille Vak, de l'humanité –, lui demandant le don de l'immortalité. Brahma commença par refuser. En réalité, il était prêt à négocier.

Il décida de rendre Ravana invulnérable aux quatre éléments, ce qui le rendait presque indestructible. Méprisant les êtres humains, qu'il jugeait plus insignifiants que des moucherons, il choisit de rester vulnérable à leurs actions.

Devenu quasi indestructible, Ravana se comporta en tyran. Il entendait que les femmes tombent à ses pieds dès qu'elles l'apercevaient. Quand ce n'était pas le cas, il les traînait par les cheveux dans son harem, où elles devaient avoir pour unique raison de vivre l'assouvissement de ses désirs.

Quand elle en fut à la rencontre entre Ravana et Rama, Willow toucha la miniature qui pendait à son cou. En lisant, elle ne cessait de repenser à Mila. Elle refusait d'envisager que la conseillère puisse être impliquée dans les meurtres… Mais le doute s'immisçait en elle.

Le mortel Rama était un dieu incarné, un héros aux exploits fabuleux, marié à la superbe Sita. Ravana, le démon chevauchant un chariot volant, était un éternel insatisfait. Sa jalousie, concernant Rama, s'était depuis longtemps transformée en haine. Il avait passé des années à chercher comment le détruire et s'emparer de ses possessions. Quand Ravana apprit que Rama avait insulté sa sœur – susceptible comme seule peut l'être la sœur d'un démon –, il décida qu'il était temps que ses rêves deviennent réalité. Ravana enleva Sita, la ramenant à Lanka dans son chariot volant.

Quoi qu'il fasse, quoi qu'il dise, quelle que soit l'apparence qu'il prenne, qu'il soit doux et charmant ou qu'il se comporte comme le monstre qu'il était, Sita se refusait obstinément à lui.

Considérant les pouvoirs de Ravana, Willow en déduisit que Sita aussi devait être très forte.

— Tiens bon, ma grande… ! murmura-t-elle.

Rama se lança dans un long périple, bravant de nombreux périls pour retrouver son épouse. Enfin, il débarqua sur l'île de Lanka. Mais pour retrouver Ravana et Sita, il devait d'abord traverser une forêt grouillant de Rakshasas. Même pour lui, c'était une redoutable épreuve.

Il en sortit vivant et affronta Ravana, armé d'un arc et de flèches. Ce fut une terrible bataille. Le sang coula. Ravana prit de multiples apparences pour effrayer ou désorienter son adversaire. Les flèches de Rama faisaient mouche, mais le corps indestructible du démon les expulsait aussitôt. Alors Rama utilisa une flèche fabriquée par le dieu Vishnou en personne. La prophétie se réalisa : Ravana fut vaincu par un mortel. Mais ce ne fut pas la fin de Ravana, car personne ne meurt vraiment dans la mythologie hindoue où les divinités ressuscitent encore et toujours.

Mais que font les Rakshasas à Sunnydale ? s'interrogea Willow.

Sur la page suivante, une illustration représentait une de ces créatures.

Devant ce dessin flou – comme tiré d'un rêve –, on avait l'impression que l'artiste n'avait pas réussi à déterminer comment dessiner le monstre. Court sur pattes et trapu, il portait un long manteau qui dissimulait son corps. Un faciès reptilien se laissait deviner sous la capuche. D'éléphantesques oreilles encadraient sa grosse tête. Deux protubérances surplombaient des yeux bridés injectés de sang. Willow s'aperçut qu'il s'agissait de cornes, semblables à celles d'une vache. Les crocs acérés comme des rasoirs du petit monstre donnaient l'impression qu'il souriait.

Quelque chose, dans cette image, fit frissonner Willow. La créature lui semblait presque... familière. Bien sûr, c'était ridicule. Elle ne connaissait pas la mythologie hindoue et était certaine de n'avoir jamais vu, au cours de ses recherches, de représentation des Rakshasas.

Pourtant... Les Rakshasas étaient les nervis de Ravana. Ils lui obéissaient avec empressement et exécutaient ses ordres sans hésitation ni états d'âme. Ils tuaient et mouraient pour lui, trouvant quand même le temps de dévorer des chiens ou des chevaux.

Mais alors, se demanda Willow, *si les Rakshasas sont les larbins de Ravana, pourquoi n'est-il pas ici, avec eux ?*

— A moins que je ne me trompe... ajouta-t-elle à voix haute.

Elle lut d'autres récits, et trouva la liste des sites qui traitaient de Ravana. Elle cliqua sur un lien nommé Abysse, qui l'amena directement au cœur du site sans passer par la page d'accueil. « COMMENT RESSUSCITER RAVANA » s'afficha en haut de la page, en lettres d'or sur fond bleu ciel.

Comme à chaque découverte importante, Willow frissonna. Elle relança l'imprimante, lisant sur écran. Quelques instants plus tard, ses épaules se voûtèrent. Elle soupira de soulagement. L'élément essentiel à la résurrection du dieu hindou avait été perdu.

Rien ne se ferait sans la statuette de Ravana. Personne ne savait de quelle époque elle datait, ni d'où elle venait, mais on prétendait que la statuette, mesurant soixante centimètres, avait été sculptée dans les os d'une des nombreuses victimes du démon. Elle était censée renfermer son essence, force vitale qui attendait sa renaissance.

Mais cette résurrection ne s'accomplirait pas sans les Rakshasas. Six pièces de moindre taille, les représentant, devaient accompagner la statuette de Ravana. Pour que la résurrection réussisse, il fallait d'abord invoquer les Rakshasas. Ils précédaient leur seigneur et maître, préparant son arrivée en semant la paranoïa et le soupçon chez les humains. Leur présence, connue ou non, devait avoir un effet très négatif sur les émotions et le comportement de la population locale. Ils attisaient les haines, dressaient les gens les uns contre les autres, transformaient l'amour en colère, la colère en haine et la haine en meurtre.

— Mais oui ! s'exclama Willow. C'est ce qui se passe ici ! Ils sont déjà là !

Ce qui commençait à petite échelle avec l'arrivée des Rakshasas prenait ensuite de l'ampleur. Le chaos représentait l'objectif ultime. Dans ce maelström de rancœurs, Ravana s'infiltrait sans difficulté parmi les humains, jetant de l'huile sur le feu... Avec l'aide des Rakshasas, l'autorité du démon s'étendait bientôt à de nouvelles régions. En peu de temps, il se taillait un royaume bâti sur le sang et les cadavres.

Mais où résidait l'intérêt de saccager son propre royaume ? La suite fournissait une réponse : « *Ravana gouverne dans son* propre *chaos.* » Willow lutta pour se calmer. Ses mains tremblaient. Elle avait vu juste dès le début : ces informations se révélaient capitales. Quelqu'un essayait de ressusciter Ravana. En admettant que ce ne soit pas déjà fait...

Les Rakshasas avaient déjà multiplié les victimes en

ville. Mila était-elle impliquée ? Willow comprenait pourquoi Buffy était persuadée que la conseillère se trouvait à l'origine du problème. C'était une conclusion on ne peut plus logique. Mais elle refusait encore de le croire. Giles avait parlé d'une *possibilité*... C'était encore trop ! Elle tenta de voir les choses de leur point de vue et y parvint. Mais la confiance qu'elle avait en Mila n'en fut pas ébranlée.

Elle étudia la miniature de Rama. Sa confiance aveugle prouvait-elle que Buffy avait raison ? Mila l'avait-elle envoûtée ? Et le sortilège était-il lié à cette reproduction de Rama ? Dans ce cas, pourquoi Rama ? C'était un héros généreux qui séduisait les femmes les plus belles et les plus populaires. Si Mila voulait se servir de Willow, pourquoi utiliser l'équivalent hindou d'une vedette du foot pour accomplir ses sombres desseins ? Ça n'avait aucun sens.

Au cours des siècles, la statuette de Ravana et les six miniatures de Rakshasas étaient passées de main en main, appartenant à des rois, puis à de vulgaires voleurs... Des gens avaient tué ou été tués à cause d'elles... Partout où elles apparaissaient, le sang et la folie suivaient. On perdait parfois la trace de la statuette du démon avant qu'elle refasse surface dans un musée ou une collection prestigieuse. On l'avait remarquée pour la dernière fois au début du siècle, dans un musée londonien, où elle avait été volée. Depuis, on ne l'avait pas revue.

Mais quelqu'un l'avait retrouvée et apportée à Sunnydale. Willow cliqua sur une photo de la statuette. La reproduction d'un vieux cliché noir et blanc pliée en deux et écornée... On voyait mal les détails, mais l'œuvre était flanquée de six Rakshasas un peu flous, comme s'ils se cachaient dans l'ombre. Comme s'ils guettaient.

Willow devait montrer à Giles sa trouvaille. Mais pour Mila, il lui fallait des certitudes... Si des doutes la travaillaient, refuser d'envisager qu'ils puissent être fondés était irresponsable. Elle poserait directement la question à la conseillère d'orientation. Malgré l'heure tardive, elle décida de consulter l'annuaire pour trouver l'adresse de Promila Daruwalla.

Si sa nouvelle amie essayait de ramener à la vie un démon hindou pour qu'il sème la zizanie et le chaos à Sunnydale, puis aux quatre coins du monde, elle voulait l'apprendre de sa bouche.

CHAPITRE XIII

Buffy et Angel approchèrent d'une supérette. Le vampire resta dehors pendant que la jeune fille entrait. Une minichaîne, derrière le comptoir, diffusait une chanson abrutissante d'un groupe de rap-métal au nom probablement idiot. Affalé sur son tabouret, le vendeur était plongé dans un magazine.

Dans un coin, un type aux cheveux bruns vêtu d'un long manteau noir jouait au flipper. La machine représentait un démon cornu au faciès rouge grimaçant. Chaque fois que le joueur perdait une bille, les yeux verts clignotaient, puis les mâchoires diaboliques s'ouvraient et se fermaient avec un rire guttural. D'emblée Buffy détesta la machine. Elle lui fichait la trouille... Cela dit, toutes les supérettes lui fichaient la trouille...

Ces lumières artificielles au bourdonnement de moustique... Ces tonnes de nourriture industrielle bourrée de produits chimiques et d'agents conservateurs, susceptible de « survivre » à une guerre nucléaire sans devenir fluorescente... Aux yeux de la Tueuse, les casiers de boissons pleines d'édulcorants et d'agents pas très naturels avaient tous quelque chose de... sinistre... Mais fallait-il s'en étonner ? Depuis longtemps, Buffy se trouvait en froid avec la « normalité ».

Elle prit une bouteille de cola allégé et un paquet de Twinkies, en dépit des agents chimiques et des carcinogènes, puis se dirigea vers la caisse. Le rire tonitruant du démon du flipper faisait écho au bruit de ses pas. Elle posa ses emplettes sur le comptoir sans que le vendeur à la casquette rouge et jaune daigne relever les yeux. La Tueuse dut le secouer pour attirer son attention. Le vendeur s'affaissa, heurtant le comptoir. Sa casquette atterrit aux pieds de Buffy, qui remarqua des traces de morsure sur son cou… Le rire démoniaque s'arrêta.

Le flipper cessa de bourdonner, de sonner et d'éructer.

Buffy pivota à l'instant où le vampire au manteau noir lui agrippait le cou, enfonçant un pouce dans sa gorge. Il empestait la boue et la charogne. Elle lui abattit la bouteille de cola sur le nez avec une violence telle que le verre, pourtant très épais, vola en éclats. Le mort-vivant lâcha la jeune fille, qui l'agrippa par le revers de son manteau et lui faucha les jambes. Puis elle le maintint plaqué au sol. Le cadavre du vendeur glissa et tomba de l'autre côté du comptoir.

Buffy plongea la main dans son blouson pour prendre un pieu. Elle n'en avait plus. Quand le mort-vivant tenta de se redresser, la Tueuse le frappa au visage.

A côté de la caisse, Buffy avisa une tasse remplie de crayons, de stylos et de marqueurs. Elle tendit le bras gauche pour l'attraper… Son adversaire en profita pour la repousser et l'attraper par le coude. Buffy referma le poing sur quelque chose – crayon ou stylo, elle n'aurait su le dire – juste avant que le mort-vivant ne lui expédie son pied dans la poitrine… Projetée dans les airs, la Tueuse s'écrasa contre un congélateur. Le vampire lui bondit dessus.

Il la souleva par le blouson et la plaqua derechef contre le congélateur, pressant son corps sur le sien. La main gauche coincée, Buffy était en mauvaise posture… Elle flanqua un coup de tête au vampire avant de lui faire perdre l'équilibre d'un croc-en-jambe. Puis elle tendit son bras gauche, sans même regarder ce qu'elle tenait... Le crayon s'enfonça dans la poitrine du buveur de sang. Le monstre explosa avant même d'avoir heurté le présentoir du *Weekly World News*... L'accroche annonçait que New York allait être victime d'une invasion de rats.

Comment ai-je pu oublier que je n'avais plus de pieux ? se demanda Buffy. Elle ouvrit la porte et sortit du magasin, se maudissant à voix haute.

— Bon sang ! J'ai trouvé le moyen d'être à court de pieux !

— Qu'est-ce qui t'a retenue ? demanda Angel, tapi dans les ténèbres.

— Un vampire ! lâcha-t-elle en pressant le pas. (Ils traversèrent le petit parking.) Ils s'approvisionnent dans des supérettes, maintenant ! A ce rythme-là, la semaine prochaine, ils se présenteront aux élections municipales. Et je n'arrive pas à croire que je n'ai plus de pieux ! Mais où ai-je la tête ?

— Avec toute cette activité, tu vas en consommer plus que d'habitude. Et le moment est mal choisi pour être en rupture de stock.

Avant que Buffy puisse répondre, elle vit des phares déchirer la nuit... La limousine blanche de la veille apparut. La vitre arrière se baissa, révélant un visage d'un blanc cadavérique aux yeux cachés derrière des lunettes noires dépolies. Ce visage semblait flotter en l'air, sans corps pour le soutenir... On aurait pu le croire suspendu dans l'obscurité qui régnait à l'intérieur de la voiture. Le regard invisible suivit le couple pendant que la limousine continuait son chemin. Puis elle disparut. Buffy et Angel non plus ne l'avaient pas quittée des yeux.

— Tu as déjà vu cette limousine dans le coin ? demanda Buffy.
— Non. Et toi ?
— Oui. Ce type te paraît suspect ?
— Il a surtout l'air mort.
— En ce qui me concerne, un suspect, donc… Au fait, où sommes-nous ? Plus près de chez moi ou du lycée ?
— Du lycée. Tu crois que Giles y sera encore ?
— Tu penses qu'il va au bal ? Qu'il a une vie sociale digne de ce nom ? (Elle le prit par la main.) Viens.

Quand Buffy et Angel arrivèrent à la bibliothèque, Giles n'était plus là. Même les Observateurs doivent manger ; de temps en temps, ils passent à l'épicerie. Giles faisait des courses quand il y pensait, ou quand son réfrigérateur le regardait dans le blanc de l'œil, évoquant un cercueil glacial…

Parfois, il était obligé de s'approvisionner tard le soir, quand la plupart des gens se trouvaient chez eux à regarder la télé. Par bonheur, il y avait en ville une grande épicerie ouverte vingt-quatre heures sur vingt-quatre, qui convenait parfaitement à ses horaires atypiques. La seule chose que le bibliothécaire n'aimait pas, c'était l'obsession propre aux vendeurs de la fameuse carte de fidélité. Ils insistaient sur les avantages qu'elle procurait, revenant sans cesse à la charge. Avec Giles, ils n'avaient pas fini de se casser les dents, car il n'avait aucune envie de devoir la présenter à chaque achat. Ça lui aurait trop rappelé les cartes de rationnement de la Seconde Guerre mondiale, ou les fameux *laissez-passer* des nazis, comme dans les films… *Guand nous zerons zûrs que fos bapiers sont en rècle, monsieur Giles, nous fous relâcherons. Enfin… beut-être ! Eh, eh…*

L'Observateur soupira... Il se sentait vraiment fatigué. S'il n'avait pas fait de liste, il savait qu'il n'avait plus de lait ni de pain... Conclusion, il était à court de tout. Giles tourna un peu trop vite, et rentra dans un autre Caddie.

— Excusez-moi !

Le Caddie adverse était poussé par une superbe rousse qui devait avoir à peu près son âge. Elle sourit.

— Il n'y a pas de mal, assura-t-elle.

Son beau sourire ravit Giles. Lui souriant à son tour, il passa son chemin, de bien meilleure humeur. Ce genre de petit incident ne faisait-il pas le sel de l'existence... ? Ah ! Flirter avec une parfaite inconnue... Que lui arrivait-il ? Décidément, il avait vraiment besoin de repos ! Revenant à ses moutons, il perdit aussitôt sa bonne humeur. Bien sûr, avoir l'esprit ailleurs n'arrangeait rien... La plupart du temps, il s'inquiétait pour Buffy.

Giles changea de travée, remarquant un homme, un peu plus loin. Il y avait, dans sa silhouette et dans sa démarche, quelque chose d'assez familier pour que l'Observateur fronce les sourcils. L'individu portait un costume italien très coûteux. Giles prit du café et fila discrètement le « costume italien ». Il tourna à droite au bout de la travée. L'inconnu se situait à quelques mètres devant lui. Il passa devant les rayons charcuterie et fruits de mer, puis s'engagea dans une autre travée. Cette dégaine, ce maintien rigide... Tout ça lui était très familier.

Giles s'arrêta net. Que faisait Ethan Rayne à Sunnydale ? Rien de bon, certes, mais encore ? Giles le suivit. Rayne s'arrêta devant les packs d'eau minérale. Faisait-il des stocks en prévision de quelque catastrophe ? Depuis qu'il était Observateur, Giles avait souvent eu envie de se prendre la tête à pleines mains et de crier à tue-tête : « *Que personne ne bouge jusqu'à ce que j'aie compris ce qui se passe !* »

De nouveau, cette envie le démangeait, depuis les derniers événements sanglants qui bouleversaient Sunnydale : des Chiens de l'Enfer mutants et des vaches rongées, en passant par les gens qui s'entretuaient avant d'être dévorés, jusqu'aux Rakshasas ! Sans compter la tension qui régnait entre Buffy et Willow, des amies pourtant très proches...

Et voilà que Giles tombait sur Ethan Rayne, mis sur son trente et un, qui achetait de l'eau minérale à plus de onze heures du soir... Ce costume devait coûter une fortune ! Rayne aimait être bien habillé, mais il n'était pas riche. En tout cas, pas aux dernières nouvelles... Rayne se retourna et sourit, comme s'il savait depuis le début que le bibliothécaire était là.

— Mais n'est-ce pas notre ménagère modèle qui fait ses courses ?

Giles ne lui rendit pas son sourire.

— Qu'est-ce qui t'amène à Sunnydale, Ethan ? demanda-t-il d'une voix neutre, soucieux de dissimuler son inquiétude.

Mais les deux hommes se connaissaient depuis trop longtemps. Ethan ne fut pas vraiment dupe.

— Rien. Je ne faisais que passer. Tu sais ce que je pense de l'eau du robinet. Surtout de celle des motels.

— A voir ton costume, tu devrais avoir les moyens de te payer un bon hôtel.

Il identifia les bouteilles qu'avait choisies Ethan. De l'eau distillée. Rayne redressa les épaules.

— C'est vrai, je ne m'en suis pas trop mal sorti, ces derniers temps...

— Et à quoi dois-tu cette réussite ?

— A l'amour, Giles. Je suis tombé amoureux, dit-il, tout sourires.

Le bibliothécaire regarda Rayne s'éloigner. *Ethan Rayne, amoureux ?* Il y avait de quoi hurler de rire. Mais Giles n'avait aucune envie de s'esclaffer... Que signifiait ce genre de confidence incroyable ? Et Rayne qui « ne faisait que passer... » A d'autres ! Le bonhomme ne se déplaçait jamais sans raison.

L'Observateur tenta d'établir un rapport entre Rayne et les Rakshasas... Hélas, il n'en savait pas encore assez sur eux. Il devait retourner chez lui et continuer ses recherches. Giles reposa le café et ses autres articles sur le premier présentoir venu, au milieu des paquets de bretzels, et regagna la sortie.

— Willow, que fais-tu dehors aussi tard ? demanda Mila.

La porte de son appartement entrouverte, elle dévisageait la jeune fille derrière les deux chaînettes de sûreté. Elle dut hausser la voix pour se faire entendre malgré le crépitement de la pluie battante.

— Oh, il n'est pas si tard ! Enfin, je crois...

Willow se trouvait sous le passage couvert qui longeait l'appartement de la conseillère, trempée de la tête aux pieds. Quand le vent s'était déchaîné, son parapluie ne l'avait plus protégée.

— J'étais en train de regarder le dernier bulletin d'information. Allez, entre vite... Quelque chose ne va pas ?

— Je devais... Je m'excuse de passer si tard, mais je... devais parler à quelqu'un. Non, à *vous*.

— Viens t'asseoir. (Mila la conduisit jusqu'au canapé de son petit salon.) Je viens de faire du thé. En veux-tu ?

— Oui, s'il vous plaît.

— Tu es venue à pied ?

— Vous n'habitez pas loin de chez moi. Il bruinait quand je suis partie, mais après, il s'est mis à tomber des cordes !

— Va prendre une serviette dans la salle de bains, la première porte à gauche, au bout du couloir.

C'était un petit appartement. Pourtant, il avait l'air spacieux. Un bar séparait la cuisine du salon. La jeune fille prit une serviette dans un placard, se sécha les cheveux, le cou et les bras, et essuya ses vêtements. Elle ressortit... et s'arrêta net.

La porte de la chambre, face à la salle de bains, était grande ouverte. Une veilleuse, à côté d'un lit à deux places, diffusait un peu de lumière. Dans un coin se dressait une statue haute d'un mètre vingt, que son piédestal rendait plus impressionnante encore. Willow s'approcha pour mieux voir, puis entra. La statue, en grande partie dans la pénombre, semblait représenter un arbre, dont les branches étrangement disposées partaient dans toutes les directions. Mais son faîte avait quelque chose de bizarre.

Willow avança encore... Et frémit en découvrant des visages ! Elle n'eut pas besoin de les compter pour en connaître le nombre. Ce n'était pas un arbre. Et ce n'étaient pas des branches.

Mila appuya sur l'interrupteur... La créature aux dix têtes qui montrait les crocs semblait sur le point de s'animer pour déchiqueter Willow... Elle cria de terreur et fit volte-face.

— Que se passe-t-il ? demanda Mila, une note de surprise et de peur dans la voix.

Willow paniquait... La statue ne prouvait rien. Mais elle n'avait plus qu'une idée en tête : fuir, aussi vite que son esprit tirait des conclusions hâtives.

— Tout va bien ? insista Mila en avançant pour poser une main apaisante sur l'épaule de la jeune sorcière.

— Ne me touchez pas ! dit Willow en reculant.

— Je t'en prie, Willow, dis-moi ce qui ne va pas... Veux-tu que j'appelle tes parents ?

— Non… Tout va bien. C'est cette statue… Elle m'a fait… sursauter. Je n'étais pas en train de fouiner, vous savez. C'est juste que…

— Je n'en doute pas, assura Mila avec un petit rire. Mes visiteurs entrent souvent ici pour l'examiner.

— Ravana, murmura Willow.

— C'est ça ! Comment le sais-tu ?

— Grâce à mes lectures.

— Il a fallu presque deux ans à mon frère pour le sculpter. Il en a fait beaucoup depuis, plus détaillés. Mais c'était le premier, et il me l'a donné. Je suis son cobaye préféré !

— Avez-vous entendu parler de la statuette de Ravana ? C'est un objet vieux de plusieurs siècles qui est accompagné par six petites pièces, les Rakshasas.

Mila s'assit au bord de son lit.

— Ce type de statuette est très courant en Inde. Tu en verrais des dizaines sur les marchés. On en trouve partout.

— Celle-là est différente.

Willow inspecta la pièce. Il y avait des statuettes sur toutes les étagères, même au milieu des livres.

— Dis-m'en plus.

— Elle est censée avoir été sculptée dans les os d'une victime de Ravana, et contiendrait son essence.

La conseillère d'orientation fronça les sourcils.

— Es-tu sérieuse ?

Willow se mordit les lèvres. Mila allait la croire folle…

— Je suis sérieuse, oui…

Mila partit d'un grand éclat de rire.

— Pardon, Willow ! Je ne ris pas de toi. Mais… je m'étonne d'apprendre que tu crois à la mythologie hindoue !

— Je pensais que c'était une religion.

— En effet. Mais ce n'est pas la mienne.

— Vous n'êtes pas pratiquante ?

— Au grand désespoir de mes parents, non. Je garde ces statues de dieux et de démons parce que j'aime mon frère, qui m'en a fait cadeau. Lui croit en tout ça. Je trouve ses sculptures magnifiques, mais les dieux et les démons ne représentent rien pour moi. Disons que je suis une athée originaire d'un milieu hindou.

Son sourire s'effaça quand elle vit la façon dont Willow la dévisageait.

— Vous voulez dire que vous ne croyez pas en tout ça ?

— Non.

— Alors, si je vous disais que la statuette de Ravana peut le ressusciter, vous ne le croiriez pas non plus ?

— Bien sûr que non !

— Vous ne croyez pas qu'il soit possible de ramener les Rakshasas à la vie ?

— Non. Pourquoi ?

Willow s'assit à côté de Mila.

— Donc, vous ne tenteriez pas de ressusciter Ravana et les Rakshasas ?

La conseillère d'orientation en tomba à la renverse sur son lit, pleurant de rire.

— Mais où vas-tu chercher tout ça ? Je ne m'amuserais jamais à ça !

Dans ces conditions, que Mila soit mêlée aux meurtres devenait hautement improbable sinon impossible. A moins, bien sûr, qu'elle ne mente... Mais la jeune fille en doutait. Même une excellente comédienne n'aurait pu simuler une hilarité aussi spontanée... Il n'y avait rien à redouter de la conseillère.

— J'espère que je ne t'ai pas vexée ? demanda Mila en s'essuyant les yeux. Mais tu m'as prise au dépourvu, vraiment... D'où sors-tu de pareilles questions ?

— Il faut vraiment que j'y aille… dit Willow, en s'apprêtant à sortir.

Elle s'apprêta à sortir.

— Attends !

Mila se leva et la rejoignit dans le couloir.

— Ne peux-tu me dire pourquoi tu m'as posé ces questions ?

— Eh bien, c'est une longue histoire.

— Tu ne vas pas marcher sous cette pluie ? Donne-moi le temps de m'habiller, et je te reconduirai chez toi.

— Non, ça ira. (Willow ouvrit la porte et jeta un coup d'œil dehors.) Vous voyez ? La pluie s'est arrêtée. Désolée de vous avoir dérangée si tard.

Alors que la jeune fille s'engageait dans le passage, Mila l'interpella.

— Mais je croyais que tu voulais me parler de quelque chose…

— C'est vraiment sans importance, et je suis déjà en retard. Je vous verrai demain, au lycée.

Willow dévala l'escalier et sauta sur le trottoir qui longeait l'immeuble. Elle regarda à droite et à gauche, se demandant quel était le chemin le plus rapide pour rallier la cabine téléphonique, face au magasin Handi-Spot. Elle aurait pu appeler de chez Mila, mais elle voulait parler à Giles…

Un crachin glacial succédait à l'averse. L'humidité avait généré une brume qui, tel un fantôme, flottait sous la lumière des réverbères. Des éclairs zébraient le ciel. Dans le lointain, le tonnerre grondait.

Willow prit à droite, et à droite encore, à l'angle du pâté de maisons. Elle ne voulait pas attendre le lendemain pour parler à Giles de ses trouvailles sur Internet, surtout maintenant que Mila était hors de cause. Cent mètres devant elle, des gens marchaient dans sa direction. Entre la lumière d'un lampadaire et leur reflet sur la chaussée humide, elle aperçut des silhouettes qui se fondaient pour ne former qu'une seule ombre.

Par mesure de sécurité, Willow changea de trottoir.

Si Giles était préoccupé, il vit tout de même le groupe de piétons surgir de nulle part au milieu du croisement alors qu'il passait au vert. Il écrasa le frein. Sa DS faillit partir en tête-à-queue.

Jusqu'à ce que les phares les illuminent, ces piétons étaient des silhouettes, des ombres vivantes, des visages masqués par l'obscurité... La lumière révéla leurs crocs et leur front plissé. La voiture de Giles en heurta un qui vola par-dessus le capot. Sa tête défonça le pare-brise. De ses mains griffues, le vampire attrapa l'Observateur par les épaules et le plaqua contre son siège. Le moteur cala. Les autres morts-vivants approchèrent de la DS.

— Tu devrais être plus prudent au volant ! ironisa la créature qui tenait l'Observateur.

Son souffle nauséabond charriait une odeur de viande avariée. D'une main, il tira en arrière la tête de sa victime et se pencha vers la gorge dénudée...

CHAPITRE XIV

Aucun Observateur digne de ce nom ne sort de chez lui sans emporter au moins un pieu. Giles ne faisait pas exception à la règle. Il en fourrait dans les poches de ses vestes en tweed, et dans sa sacoche.

Pendant que le vampire s'apprêtait à le mordre, il sortit tranquillement un pieu de sa poche. Le mort-vivant dénuda ses crocs. Giles lui transperça la poitrine et le cœur. Le vampire se désintégra à quelques centimètres de son visage...

Giles se redressa... mais son siège ne suivit pas le mouvement. Un couple de vampires lui fit un sourire narquois, de l'autre côté de la portière. Deux mortes-vivantes se dressaient devant la voiture.

— Problèmes mécaniques ? lâcha un vampire avant de partir d'un rire idiot.

Giles recula quand un poing traversa la vitre. Il remit le contact. Le moteur vrombit. Il écraserait les deux vampires qui prétendaient lui barrer la route ! Sans les éliminer, ça leur ferait assez mal pour qu'il puisse fuir. Il n'avait pas que ça à fiche !

Alors qu'il allait appuyer sur l'accélérateur, il entendit une voix familière.

— Giles ! appelait Willow.

Le bibliothécaire tourna la tête et vit la jeune sorcière accourir. Le vampire poussa un grognement de plaisir en la voyant approcher. Pieu au poing, Giles ouvrit sa portière.

— Reste là ! ordonna le buveur de sang.

Il flanqua un coup de coude sur le nez de l'Observateur, qui perdit connaissance.

— Alors, quoi de neuf ? lança Angel pendant que Buffy et lui approchaient du lycée.

— J'ai des exams la semaine prochaine, et je ne suis pas prête. Rien de bien nouveau...

— Comment va ta mère ?

— Oh, une femme bizarre la rend dingue en la harcelant pour qu'elle expose sa collection.

Buffy fronça les sourcils et s'arrêta. En chemin, ils avaient croisé plusieurs vampires Si l'Elue n'était pas montée dans un arbre, pour en redescendre avec des branches au bout acéré, ils auraient été désarmés. Fatiguée et affamée, elle aspirait à rentrer chez elle pour manger et dormir.

— Qu'y a-t-il ? demanda Angel.

— C'est la voiture de Giles, là-bas !

Ils piquèrent un sprint jusqu'à la DS du bibliothécaire, qui se trouvait à l'arrêt, au milieu d'un carrefour, phares allumés et portière du conducteur ouverte. Deux silhouettes se battaient, quelques mètres plus loin. Lorsqu'un cri déchira la nuit, Buffy reconnut immédiatement la voix de Willow ! La Tueuse accéléra. *Que faire ?* se demandait-elle, furieuse.

Willow tentait d'échapper à son agresseur. Lui flanquant un coup de genou entre les jambes, elle recula et détala à toute vitesse.

— Hé, mocheté ! cria Buffy.

Le buveur de sang releva la tête, avisant la Tueuse.

Son visage s'illumina et il lui fit un sourire lascif. Sans préambule, Buffy lui plongea sa branche brisée dans le cœur... Elle se tournait déjà vers la Citroën quand il explosa.

Coinçant son arme improvisée entre ses dents, l'Elue attrapa par les cheveux deux morts-vivants et leur tira la tête en arrière. Surprises, les créatures firent un vol plané et tombèrent sur la chaussée.

Sur son siège, Giles était sans connaissance. En tout cas, Buffy l'espérait. Elle ne voulait pas envisager la possibilité qu'il soit mort... La Tueuse vit le pieu qu'il serrait encore à la main, se pencha et s'en saisit. Faisant aussitôt volte-face, elle le lança sur une vampire qui s'apprêtait à l'attaquer par-derrière. La buveuse de sang disparut en un clin d'œil. Angel s'était chargé des deux autres... Willow accourut.

Angel se tenait déjà près de Giles quand la Tueuse s'agenouilla à côté de lui.

— Il est inconscient, la rassura-t-il.

Le bibliothécaire rouvrit les yeux, puis grimaça en tentant de se redresser. Le vampire l'aida à se remettre debout. Giles s'appuya au toit de sa voiture et se passa une main sur le visage.

— Bon sang, ça fait mal !

— Giles, je n'ai plus de pieux, dit Buffy. Incroyable, non ? On croirait que c'est l'heure de pointe pour les vampires... Il faut que je retourne m'approvisionner à la bibliothèque.

— La tête me tourne, avoua Giles. Je ne suis plus en état de conduire.

— Je peux prendre le volant, proposa Willow. Enfin, si je suis la bienvenue...

La Tueuse ne répondit pas et ne regarda pas non plus son amie. Elle se sentait tendue, tout à coup.

— Quelle question idiote ! lança l'Observateur en faisant lentement le tour de la DS.

— Que s'est-il passé ? demanda Willow.

— Eh bien, un maudit vampire m'a flanqué un coup de coude…

Buffy redressa le siège du conducteur avant de s'installer à l'arrière. Elle leva les yeux vers Angel.

— Tu viens ?

— Non, allez-y. Nous nous reverrons plus tard.

— Entendu.

Willow mit le contact. Personne ne souffla mot pendant le trajet. Buffy avait une conscience aiguë de la présence de Willow, et ça lui tapait sur les nerfs. L'ambiance était pesante.

— Que disais-tu à propos de cette statuette ? demanda Giles.

Assis à une table, il avait ouvert trois volumes devant lui. Dès leur arrivée à la bibliothèque, Willow avait appelé Oz pour lui demander de venir. Quelques minutes plus tard, il était arrivé en compagnie d'Alex.

— Elle est indispensable pour ressusciter Ravana, répéta Willow.

La jeune fille fit le tour de la table. Trop nerveuse pour rester assise, elle se méfiait trop de Buffy pour cesser de la tenir à l'œil. Elle ignorait ce qui la mettait dans cet état, mais elle n'arrivait pas à se reprendre.

Les lampes de bureau fournissaient un peu de lumière. Le reste de la bibliothèque était plongé dans l'obscurité. Willow révéla tout ce qu'elle avait appris sur la statuette et les six figurines.

— Et les Rakshasas sont déjà là… soupira Giles en se massant les tempes.

— Ça veut dire que quelqu'un a commencé à invoquer le démon, conclut Alex. Euh… c'est bien ça ?

— Ils sont quelque part à Sunnydale, murmura Giles. Mais où ? Et qui est derrière tout ça ?

Buffy se leva.

— Eh bien, pour ce qui est du « où », je donne ma langue au chat. Mais je ne crois pas que le « qui » soit un grand mystère. (Elle jeta un regard glacial à Willow.) N'est-ce pas ?

— Du calme, Buffy, lâcha Alex.

— Buffy ! renchérit son Observateur, je crois que vous êtes l'une et l'autre sous l'influence des Rakshasas. Il est...

— C'est l'autre point que je voulais aborder, lança Willow à son amie. (Elle cessa de tourner en rond et posa les mains sur la table.) Promila Daruwalla n'est pas mêlée à cette histoire. Elle n'est même pas croyante ! C'est une athée pour qui ces divinités ne représentent rien. Mila ne pourrait jamais faire des choses aussi monstrueuses !

— C'est ce qu'elle t'a dit ? demanda la Tueuse.

Sa voix vibrait de colère et elle sentait une boule dans sa gorge. La situation échappait à son contrôle, et ça empirait sans cesse.

— Et tu as gobé tout ce qu'elle t'a raconté !

— Il faudrait être idiote pour ne pas la croire. A ma place, tu n'aurais plus le moindre doute non plus !

A cet instant, Buffy s'abandonna à la colère qui montait en elle. Soudain, plus rien ne comptait... Les murmures qu'elle avait entendus en rêve sifflaient comme autant de serpents dans son esprit. Mais cette fois, tout était clair... Elle n'avait pas de mal à se rappeler le message, aussi limpide que si elle avait fait ce rêve en ce moment, alors qu'elle était éveillée...

Elle est la cause de tout ce qui cloche dans ta vie... C'est une sangsue qui profite de toi... Elle prend, mais ne donne jamais... Un boulet que tu dois traîner... Tel un buveur de sang, elle te vole ton énergie, ta bonté, ta force vitale... Elle t'épuise...

Willow entendit également les voix diaboliques, dans sa tête et dans son cœur.

Elle est le voile qui assombrit ta vie et t'empêche de progresser... La source de tous tes problèmes... Tu n'avais jamais eu d'ennuis avant de la rencontrer... Puis elle est arrivée dans ta vie... Te submergeant de soucis et de tracas... Le mal, le chaos... Elle est la cause de tout ce qui cloche dans ta vie... Alors tue-la. Tue-la. Tue-la. Tue-la !

Willow se surprit à répéter silencieusement ces paroles. *Tue-la !* Elle se sentit comme galvanisée...

Ce n'était pas une sensation désagréable. Loin de là.

Elle s'empara d'une chaise et la brandit au-dessus de sa tête. Buffy venait de monter sur la table quand Willow lui jeta le siège à la tête. Le bord métallique toucha la Tueuse au front. Elle tomba.

Willow ne voyait plus que Buffy, qui tentait de se relever. Elle n'entendait que ses grognements de douleur. Pour elle, rien ni personne d'autre n'existait plus dans cette pièce... *Tue-la. Tue-la !*

Tue-la. Tue-la !

Malgré sa chute, les voix continuaient leur litanie haineuse dans l'esprit de Buffy. Un instant, la bibliothèque s'assombrit... Allait-elle perdre connaissance ? Le vertige passé, la douleur resta. Le crâne en feu, le sang cognant aux tempes, l'Elue se redressa sur un coude, puis se releva sur des jambes vacillantes. Elle leva les yeux à temps pour voir Willow sauter de nouveau sur elle. Alex et Oz bondirent.

— Les filles ! cria Giles. Arrêtez ça tout de suite !

Buffy poussa violemment Willow. Elle heurta plusieurs chaises, mais revint en un clin d'œil à la charge.

Giles frissonna en voyant Buffy et Willow se sauter à la gorge. Le cœur battant la chamade, la gorge serrée, il sut que l'Elue allait tuer son amie…

… Et il commençait à comprendre pourquoi.

Buffy frappa Willow si fort qu'elle s'écroula comme un sac de pommes de terre. La Tueuse se jeta sur elle, toutes griffes dehors, telle une chatte s'abattant sur une vieille souris fatiguée.

A califourchon sur son ancienne amie, elle lui décocha un uppercut puis lui serra le cou, les pouces enfoncés dans sa gorge. La jeune sorcière leva les mains pour serrer à son tour la gorge de la Tueuse. Des gargouillis sortirent de leurs trachées comprimées sans qu'elles lâchent prise.

Alex et Oz se précipitèrent sur Buffy et essayèrent de lui faire lâcher prise. D'un revers de la main, elle les repoussa comme de vulgaires moucherons. Alex percuta une chaise et tomba. Projeté contre une étagère, Oz grogna de douleur.

Willow luttait pour aspirer un peu d'air et continuait à étrangler Buffy. Cramoisie, la Tueuse tordit les poignets de son adversaire et lui fit lâcher prise. Puis elle la martela de coups de poing. La lèvre inférieure et la joue gauche de Willow saignèrent.

— *Buffy !* cria Giles.

Il s'empara d'un gros livre et le jeta de toutes ses forces sur la table.

— Buffy, *arrête* !

La jeune fille s'immobilisa, le poing dressé. Elle leva la tête vers Giles, le regard haineux. Mais elle baissa lentement le bras. L'Observateur s'approcha, l'aida à se relever et l'entraîna loin de Willow. Oz s'agenouilla près de sa petite amie. Hébétée, le visage tuméfié, elle n'était pas gravement blessée. Après avoir dévisagé le jeune homme de ses yeux vitreux, elle eut un nouveau rictus de rage.

— Où est-elle ? grogna-t-elle en se relevant.

— Tu devrais laisser le catch aux professionnels, tu ne crois pas ? lança Oz en la forçant à se rasseoir.

Giles poussa Buffy sur une chaise. Le regard vide, elle ne semblait pas consciente de la présence du bibliothécaire, murmurant sans cesse quelque chose d'incompréhensible. D'abord, Giles crut qu'elle répétait : « *Tu l'as... Tu l'as... Tu l'as.* » Puis il comprit :

— *Tue-la... Tue-la... Tue...*

— Buffy... (L'Observateur s'agenouilla et la prit par les épaules.) Regarde-moi ! Tout ça est l'œuvre des Rakshasas. Ils s'en sont pris à toi et t'ont manipulée... Tu dois combattre ces pensées ! Ce ne sont pas les tiennes ! Rejette-les, Buffy ! Tu m'entends ? Est-ce que tu m'entends ?

La jeune fille plongea son regard dans celui du bibliothécaire.

— Giles, je...

Elle grimaça, se palpant le front d'une main hésitante. Une énorme bosse se formait...

— La seule présence des Rakshasas peut avoir un effet néfaste sur la personnalité et le comportement des gens qui les côtoient, rappela Giles.

Buffy ferma les yeux.

— Je suis certain que c'est ce qui vous est arrivé, continua l'Observateur. Ce sont les...

— Oh mon Dieu ! souffla l'Elue.

— Quoi ?

— Les cauchemars !

— Quels cauchemars ? dit Giles en fronçant les sourcils.

— J'en ai eu récemment mais... (Elle secoua la tête.) Je doute qu'ils aient été de vrais cauchemars...

— Willow m'a dit qu'elle avait fait de mauvais rêves. Pourquoi ne l'ai-je pas écoutée... ?

— Willow !

Buffy voulut se lever sur des jambes mal assurées. Giles posa une main sur son épaule.

— Tout est redevenu normal ?

— Je les sens toujours, murmura-t-elle. Moins fort maintenant que je sais ce que c'est, mais... ils sont toujours là.

Elle fit le tour de la table. Oz et Alex maintenaient Willow, qui se débattait et marmonnait quelque chose. Buffy s'agenouilla près d'Alex.

— *Tue-la, tue-la !* grogna Willow.

Buffy se pencha sur son amie.

— Je suis désolée. Je...

Postillonnant de rage, Willow se débattit de plus belle. Alex et Oz luttaient pour la garder hors d'état de nuire.

— Willow, écoute-moi ! Ce n'est pas toi qui parles, mais les Rakshasas ! Ils ont... Ils ont...

L'Elue se redressa, sondant les ténèbres anormales qui enveloppaient la bibliothèque. S'éloignant de Willow, elle tendit l'oreille, et capta un bruissement. Un mouvement ? Le raclement d'un objet qu'on traîne sur de la moquette ?

— Buffy, qu'y a-t-il ? demanda Giles.

Elle serra les poings en identifiant un autre bruit : les murmures venimeux de ses cauchemars...

— Les Rakshasas sont dans cette pièce !

La Tueuse avança au bord de la plage de lumière puis s'aventura dans l'obscurité. Longeant un rayonnage, puis un autre, elle sonda les ténèbres encore plus épaisses d'un troisième. Au bout, *quelque chose* se tenait, tapi dans l'obscurité...

— Allumez la lumière au fond de la salle ! cria Buffy en sortant de son blouson son dernier pieu.

La chose approcha avec un halètement qui faisait penser à un rire forcé.

— Eclairez le fond de la salle ! répéta la Tueuse.

Les lampes au néon s'allumèrent, révélant un nain à face de lézard, affublé d'yeux rouges, de crocs acérés, et d'une queue rose.

Avec un cri perçant, il sauta à la gorge de Buffy.

CHAPITRE XV

La Tueuse planta son pieu dans le petit ventre rond et gris de la créature. Une langue noire et fourchue se faufila entre deux rangées de crocs. Le monstre piailla de douleur. Son haleine répugnante empestait la viande pourrie.

La Tueuse retira son pieu. Le petit démon s'effondra face contre terre, sa queue rose de rat balayant le sol. Mais il n'avait pas dit son dernier mot... Roulant sur lui-même, il se redressa d'un bond. Une substance visqueuse d'un jaune verdâtre coulait de sa plaie... qui se résorba à vue d'œil avec un immonde bruit de succion. Aspiré, le fluide qui s'écoulait de la blessure disparut.

La jeune fille réagit vite, flanquant un coup de pied dans le ventre de son adversaire, projeté à l'autre bout du rayonnage. Buffy le rejoignit et posa un pied sur lui. *J'ai perdu l'habitude d'affronter autre chose que des vampires*, songea-t-elle en enfonçant plusieurs fois son pieu dans le corps du monstre.

Contrairement aux morts-vivants que l'Elue avait l'habitude d'affronter, le Rakshasa n'explosa pas. Elle continua à le poignarder jusqu'à ce qu'il cesse de se tortiller. Puis, restant sur ses gardes, elle le regarda se décomposer rapidement, cédant la place à une flaque de liquide gluant d'un jaune verdâtre. La substance commença à s'évaporer, comme si le sol l'absorbait. En quelques secondes, tout fut fini. Seule subsista une tache à l'odeur écœurante.

— Buffy, au-dessus de toi ! cria Giles.

Relevant la tête, elle vit, perchée sur une étagère, une autre créature aux yeux rouges qui la foudroyait du regard. Le monstre sauta. La Tueuse fit un roulé-boulé et se releva d'un bond à l'instant où le Rakshasa atterrissait derrière elle. Pieu au poing, elle fit volte-face, prête à réduire la créature en bouillie. Mais ce n'était pas un monstre au visage de lézard qui lui faisait face.

— Bonsoir, Buffy, dit Angel avec un sourire chaleureux.

Il portait un jean noir, mais pas de T-shirt.

— Ce n'est pas Angel, Buffy ! cria Giles. J'ai vu ce monstre se transformer en plein vol !

— Je sais, souffla la jeune fille, le regard planté dans les magnifiques yeux marron du vampire. Tu venais dans ma chambre la nuit, n'est-ce pas ? Tu me murmurais des horreurs à l'oreille dans l'obscurité. Tu voulais que je tue ma meilleure amie, pas vrai ?

— Je... j'ignore de quoi tu parles, Buffy...

Un parfait sosie d'Angel. Il avait même probablement un tatouage dans le dos... Si Buffy le touchait, la peau du métamorphe aurait la texture veloutée de celle d'Angel... La jeune fille en aurait mis sa main à couper.

Mais ce n'était *pas* Angel. La Tueuse dut se le répéter avant de pouvoir enfoncer son pieu dans le ventre du monstre qui se dressait devant elle... La chair ondula comme la surface d'un étang. La créature redevint rapidement ce qu'elle était vraiment : un Rakshasa. Buffy fondit sur lui et le poignarda encore. Le Rakshasa planta ses crocs dans l'avant-bras de la Tueuse, qui cria de douleur sans cesser ses attaques. Elle visa l'œil gauche de la créature.

Le monstre couina, son sang visqueux éclaboussant Buffy. Puis il se liquéfia... jusqu'à être absorbé par le néant.

A l'instant où le second Rakshasa se désintégrait, Willow cessa de lutter contre Alex et Oz. Les yeux ronds, désorientée, elle regarda les garçons penchés sur elle.

— Willow ? l'appela doucement Oz.
— Que s'est-il passé ?
— Euh... tu as trébuché sur une chaise, dit Alex.
— Nous ne le savons pas avec certitude, corrigea Oz.

Willow s'assit et baissa un regard stupéfait sur ses mains.

— Mais je saigne ! Pourquoi, Oz ?
— Ça non plus, ce n'est pas très clair...

Du regard, il implora Alex de lui venir en aide. A ce moment-là, Buffy les rejoignit.

— Tout va bien, Willow ?

Elle grimaça à la vue des ecchymoses de son amie, se pencha et examina son visage tuméfié.

— Alex, Giles... Allez chercher de l'alcool à quatre-vingt-dix degrés et de la glace.
— Prends-en assez pour deux, ajouta l'Observateur, à l'adresse d'Alex qui se dirigeait vers le bureau.
— Je suis désolée, Willow, s'excusa la Tueuse.
— Désolée ? De quoi ?
— As-tu oublié ce qui s'est passé ?
— La dernière chose dont je me souviens, c'est que nous parlions de Ravana et des Rakshasas... Puis je me retrouve par terre, couverte de sang et avec un affreux mal de tête.
— Willow, as-tu eu des cauchemars, ces derniers temps ?

— Euh… oui. J'ai fait plusieurs fois le même. Pourquoi ?

— Dans ton cauchemar, entendais-tu des murmures ? A ton réveil, te sentais-tu en colère, tendue, et pourtant ravie comme si tous tes problèmes étaient résolus…

— Oui… Comment le sais-tu ?

— J'ai fait le même cauchemar… Sauf que ce n'en était pas vraiment un.

Alex revint avec un sac en plastique plein de glace et une boîte blanche frappée d'une croix rouge. Il les tendit à Buffy, puis se tourna vers Oz.

— Sais-tu de quoi elles parlent ?

Oz ne répondit pas et ne regarda pas son ami.

— Voyais-tu des yeux rouges dans ton cauchemar ?

Willow hocha la tête, de plus en plus troublée.

— Moi aussi. Il s'agit des Rakshasas. Ils s'infiltrent dans notre chambre la nuit, et nous chuchotent leurs instructions. Peut-être nous plongent-ils dans une sorte de transe. En tout cas, ce n'est pas un cauchemar. Ils nous ont poussées à nous entretuer.

— *Quoi ?* lâcha Willow.

Buffy ouvrit la trousse de premiers secours, imbiba un bout de coton d'alcool et tamponna doucement le visage de son amie. Willow gémit de douleur, puis posa avec précaution le sac de glace sur sa joue.

— O Dieu ! lança-t-elle.

— Qu'y a-t-il ? demanda Buffy.

— Ça… Ça vient juste de me revenir… Ce qui s'est passé il y a quelques instants… entre nous.

— Ce n'était pas vraiment nous. C'était *eux*. Ils voulaient que l'une de nous tue l'autre, puis leur serve de dîner.

— Mais comment ont-ils pu nous manipuler à ce point ? Pourquoi n'avons-nous même pas eu la puce à l'oreille ?

— Nous faisons tous des rêves que nous oublions à notre réveil, dit Giles. Mais ils subsistent dans notre inconscient. Je suppose que c'est à votre inconscient que s'adressaient ces créatures, afin que vous gardiez un souvenir embrumé de leurs visites.

— Euh... Merci de ne pas m'avoir arraché la tête, Buffy ! Si tu avais voulu...

— J'en serais probablement arrivée là si Giles ne m'avait pas arrêtée.

Après avoir soigné Willow, la Tueuse se cala sur une chaise et s'abandonna aux soins de son Observateur qui nettoya son avant-bras blessé, puis le pansa.

— Les Rakshasas ont provoqué le même phénomène aux quatre coins de la ville, ajouta le bibliothécaire. Dieu sait où ils frapperont encore...

— Giles, vous avez dit que la seule présence des Rakshasas modifiait la personnalité et le comportement de ceux qui les côtoyaient...

— C'est exact.

— Eh bien, ça n'affecte pas que les humains ! Les vampires sont devenus si téméraires qu'on croirait qu'ils ont descendu une caisse de whisky chacun, et je parie que c'est à cause des Rakshasas.

— Raison de plus pour mettre un terme à cette affaire avant que les choses n'empirent encore, conclut Giles. Willow, donne-nous plus de détails. Arrêtons ça avant que d'autres innocents ne soient tués.

— Et dévorés, marmonna Buffy, le bras enveloppé dans de la gaze.

Willow se releva lentement puis s'assit, tirant de son sac une liasse de papier pliée en deux.

— Giles... Voilà ce que j'ai trouvé sur Internet.

Puis elle avala quelques gorgées du gobelet d'eau que son petit ami était allé lui chercher, s'éclaircit la gorge, grimaça, puis but de nouveau.

— Pourquoi voudrait-on ramener à la vie une telle engeance ? Que peut-on espérer de la résurrection de Ravana ? Il ferait de la Terre un véritable enfer ! Quel irresponsable pourrait s'amuser à ça ?

— J'ai peur d'avoir une petite idée, lâcha l'Observateur en parcourant les documents. J'ai croisé Ethan Rayne dans une épicerie, ce soir.

— Rayne ? répéta Buffy. Que fait-il à Sunnydale ?

Elle lisait ce qu'avait imprimé Willow, étudiant la photo de la statuette de Ravana et des six Rakshasas.

— C'est ce que je lui ai demandé. A l'en croire, « il ne faisait que passer ». Naturellement, je ne l'ai pas cru. Mais je n'arrive pas à imaginer pourquoi il voudrait ressusciter un antique démon hindou. Car Rayne ne fait jamais rien pour rien.

— Ethan Rayne dans une épicerie... *Ça*, c'est déjà difficile à imaginer ! dit Alex, le front plissé. Faisait-il vraiment ses courses ?

— Oui. Et il m'a dit qu'il était tombé amoureux ! Pour ce qui est des courses... il s'intéressait surtout à l'eau. Il est reparti avec deux bouteilles et c'est tout, je crois.

Willow bâilla, vite imitée par Alex.

— Il se fait tard, dit Giles. Je vous ramène chez vous, et nous reprendrons demain. Nous avons tous besoin de repos.

— Et en ce qui concerne le « cauchemar » ? s'inquiéta Willow. Rien ne dit que ces démons cesseront de nous manipuler dans notre sommeil...

— J'aimerais pouvoir te donner un moyen de les tenir à distance. Mais je ne le connais pas, avoua Giles. Pas encore...

— Nous savons maintenant comment ils agissent, Willow, dit Buffy. A nous de nous préparer en conséquence. Verrouille bien ta chambre sans oublier les fenêtres. Dors toutes lumières allumées pour qu'ils ne puissent pas se tapir dans le noir. Et s'ils viennent quand même...

La Tueuse n'avait rien d'autre à proposer.

— On y va ? proposa Giles.

Quand Buffy rentra chez elle, sa mère était déjà au lit. La Tueuse avait une faim de loup, mais elle ne se trouva pas l'énergie de se préparer quelque chose. Elle fit le tour des lieux pour s'assurer que les portes et fenêtres étaient bien fermées, puis elle monta dans sa chambre.

Elle verrouilla sa porte, puis vérifia le loquet des fenêtres. Elle se déshabilla rapidement, mettant sa longue chemise de nuit *South Park*. Le plafonnier toujours allumé, elle se glissa entre ses draps, alluma la lampe de chevet, et s'assura que l'alarme de son réveil était branchée. Puis elle se pelotonna sous ses couvertures. S'endormirait-elle en dépit de la boule de colère et de peur qui se formait dans son ventre ?

Buffy ferma les yeux. Le doux bruit de la pluie avait quelque chose d'apaisant et de réconfortant. La Tueuse se sentit presque aussitôt basculer dans le sommeil... vers des rêves, ou vers ce cauchemar très particulier...

Quelque chose l'arracha à son demi-sommeil. Rouvrant les yeux, elle leva la tête, tous les sens aux aguets. Rien. La porte et les fenêtres étaient verrouillées. La maison tout entière était fermée à double tour.

Buffy se rallongea. Le lit bougea. La Tueuse rouvrit les yeux en un éclair. Elle s'assit en prenant appui sur ses mains... Et sentit un mouvement sous le lit.

Alors, elle mesura l'étendue de son erreur... Elle avait bien fermé toutes les portes et les fenêtres de la maison, mais les Rakshasas se trouvaient là *avant* son arrivée. Ils l'avaient guettée sous son propre lit !

Buffy réfléchit à toute vitesse. Eliminer les deux créatures de la bibliothèque avec un pieu en bois lui avait pris un temps fou... S'ils étaient plusieurs à se tasser sous le lit, un couteau bien aiguisé serait beaucoup plus efficace. Elle tourna la tête vers sa coiffeuse. Dans le tiroir où elle rangeait son armement, elle gardait un couteau particulièrement tranchant.

Il y eut de nouveau un mouvement furtif, sous le lit. Buffy repoussa ses couvertures, prit une profonde inspiration, puis plongea vers son objectif. A l'instant où ses pieds touchaient le sol, une main surgit pour agripper sa cheville gauche.

CHAPITRE XVI

Le sol de la chambre se déroba sous les pieds de Buffy. Une deuxième main lui enserra la cheville droite. Elle sentit des griffes acérées lui égratigner la jambe. La créature la tira sous le lit. Malgré sa petite taille, le Rakshasa était très fort.

Buffy se cramponnait en vain à la moquette. Puis, cessant de résister, elle roula sur le dos et s'assit. Surprise, la créature se retrouva sous ses mollets et lâcha prise. Aussitôt, la Tueuse l'attrapa par les oreilles, lui fourra la gueule entre ses cuisses et lui fit une prise d'étranglement de catcheur. Le Rakshasa se débattit.

Ses hideux congénères surgirent de leur cachette dans une démoniaque bousculade. Un bras tendu, Buffy s'empara d'un crayon, sur son bureau, et le planta successivement dans l'œil droit puis gauche de son premier adversaire. Elle l'agrippa par une de ses oreilles en chou-fleur avant de lui larder la gueule de coups, sourde à ses piaillements.

Le liquide jaune verdâtre caractéristique éclaboussa les jambes et les mains de la Tueuse avant que la créature ne se réduise en une infâme bouillie qui disparut l'instant suivant.

D'autres petites mains griffues se tendirent pour empoigner les chevilles de l'Elue… et mordirent la poussière. Deux Rakshasas sortirent de sous le lit.

Buffy ouvrit alors le tiroir de sa coiffeuse pour prendre le couteau et fit face à ses agresseurs. Cinq créatures se dressaient devant elle.

— Buffy ? cria sa mère, dans le couloir. Que se passe-t-il ? (Joyce appuya sur la poignée.) Ouvre cette porte !

— Une seconde, maman !

La Tueuse remit le couteau en place, cherchant une autre arme. Elle tira une petite machette de son fourreau en cuir.

— Bon... le match peut commencer !

Tenant sa machette comme une batte de base-ball, elle avança et frappa. Son premier coup décapita la créature la plus proche qui se liquéfia en quelques secondes. Buffy frappait tout ce qui se trouvait devant elle. A chaque coup, elle sentait l'impact de la lame sur les Rakshasas... Les petits démons hachés menu poussaient en chœur des glapissements stridents.

— *Buffy !* scandait Joyce en martelant la porte. Que se passe-t-il ?

— Une seconde, maman !

La dernière créature agrippa la jambe de la Tueuse, tentant de lui grimper dessus ! Ulcérée, la jeune fille l'empoigna par la queue pour l'obliger à lâcher prise. Puis elle abattit sa machette. Le silence retomba. Buffy inspecta sa chambre. Des flaques d'un jaune bilieux maculaient le sol, le lit, le mur et la table de chevet... Elles s'évaporèrent rapidement.

— Buffy, ouvre !

Cette fois, il y avait plus de colère que de peur dans la voix de Joyce. La jeune fille obéit. Echevelée, les paupières encore gonflées de sommeil, sa mère inspecta la chambre. Son regard s'arrêta sur la machette que sa fille tenait... Elle prit Buffy dans ses bras.

— C'était quoi, ce raffut ? Qu'est-il arrivé ?

— Tout va bien, maman.

Les humeurs jaune verdâtre des démons avaient disparu sans laisser de trace. Joyce posa les mains sur les épaules de sa fille.

— « *Tout va bien, maman* » ? C'est tout ce que tu trouves à dire ? Et pourquoi as-tu cette… ?

Quelque chose, derrière la jeune fille, attira le regard de Joyce. Les yeux ronds, elle recula en hurlant. Le cœur encore emballé par le combat qu'elle venait de livrer, la Tueuse pivota, prête à tout.

Un dernier Rakshasa venait de ramper de sous le lit. Buffy se baissa, plaçant sa machette au niveau de l'abdomen de la créature… Horrifiée, celle-ci ne put s'arrêter à temps. Elle s'embrocha sur la lame acérée.

La Tueuse saisit son arme à deux mains. Le Rakshasa toujours embroché, elle la leva au-dessus de sa tête, puis l'abattit comme une massue. Les pieds de la créature touchèrent le sol en premier et la machette la découpa de haut en bas. Le Rakshasa se flétrit rapidement, bientôt remplacé par une immonde flaque qui disparut à son tour.

— Mon Dieu, Buffy, qu'est-ce que c'était ? demanda Joyce, livide.

— Maman, sortons d'ici !

Buffy posa la machette sur sa coiffeuse, puis poussa sa mère dans le couloir et referma la porte derrière elles.

— Attends-moi ici, je reviens dans une seconde.

— Mais, que vas-tu… ?

— Juste une seconde !

Buffy alla inspecter la chambre de Joyce. Elle s'assura que les fenêtres étaient bien fermées, puis ressortit dans le couloir. Qu'allait-elle raconter à sa mère ?

— C'est bon. Tu peux retourner te coucher si tu veux.

— Retourner me coucher ? Avec les hurlements que

j'ai entendus, c'est un miracle que je n'aie pas mouillé mon lit !

— Je sais. Désolée. Ça ne se reproduira plus.

— C'est peut-être une question spécieuse, mais as-tu rapporté du... travail... à la maison, ce soir ?

Buffy hocha la tête.

— Oui. Un problème de Tueuse qui a échappé à mon radar... Mais tout est fini, maintenant.

Joyce fronça les sourcils. Puis elle toucha délicatement le front de sa fille.

— Où as-tu récolté cette bosse ?

— Oh, ça... A la bibliothèque, j'ai heurté une chaise.

— Eh bien... (Joyce prit une profonde inspiration.) Je n'arriverai jamais à me rendormir. Toutes ces émotions m'ont creusée... Je mangerais bien quelque chose.

La faim faisait également gargouiller l'estomac de Buffy.

— Moi aussi ! Je n'ai pas dîné.

— Veux-tu que je nous prépare à manger ?

— Pas la peine. Je vais juste...

— Ne sois pas ridicule. Je mets ma robe de chambre et... (Elle fronça les sourcils, l'air pensif.) Non, attends, j'ai une meilleure idée. Allons en ville.

— Sais-tu l'heure qu'il est ?

— *Chez Denny*, on pourrait prendre un bon petit déjeuner. (Joyce enfonça un index malicieux dans les côtes de sa fille.) Allons, viens... Ce sera amusant !

— J'ai cours tout à l'heure.

— Je n'arriverai pas à me rendormir avant une éternité...

— Moi non plus, avoua Buffy.

— Habillons-nous avant de changer d'avis.

La jeune fille choisit une salopette et un sweat-shirt. Puis elle téléphona à Willow pour la prévenir.

Même à cette heure matinale, et dans une modeste petite ville comme Sunnydale, il y avait plus de monde *Chez Denny* que Buffy ne l'aurait cru. Sa mère et elle s'installèrent dans un box en face de la baie vitrée. Il pleuvait toujours à verse.

— Une omelette, ça me dirait ! lança Joyce après avoir consulté le menu. Et toi ?

— Je ne sais pas. Peut-être un muffin, fit Buffy, indécise.

— Un muffin ? Pour l'amour du ciel, Buffy, tu n'as plus rien avalé depuis midi. Prends un vrai petit déjeuner. Je vais commander pour toi !

— Parfait. Tu auras mon cholestérol et mes kilos en trop sur la conscience.

La Tueuse referma la carte. Avant de partir, elle avait appelé Willow, lui conseillant de quitter sa chambre pour dormir dans le salon. Des Rakshasas devaient s'être embusqués sous son lit. Son amie lui avait demandé de patienter quelques instants. Elle était revenue une ou deux minutes plus tard, disant qu'elle avait passé un bâton sous son lit. Il n'y avait rien.

— Es-tu folle ? s'était exclamée la Tueuse. Ils auraient pu être là !

— Eh bien, ce n'était pas le cas.

Buffy se demanda s'ils avaient été prévenus. Les Rakshasas pouvaient-ils communiquer par télépathie ? C'était possible. Les créatures qui devaient s'occuper de Willow avaient peut-être été averties que leur secret était éventé. Ou peut-être avaient-elles senti la mort de leurs congénères. Alors, elles avaient décidé de ne pas courir le même risque...

La serveuse approcha. Joyce commanda une omelette pour elle, des œufs, deux tranches de bacon, deux saucisses, des boulettes de viande et des toasts pour sa fille. Plus du chocolat chaud pour deux.

— J'aurai de la chance si je ne fais pas un infarctus après avoir englouti tout ça, soupira Buffy.

— N'exagère pas. Ça ne te tuera pas !

— Pas ce soir, en tout cas.

— Alors, vas-tu enfin m'expliquer ce qui s'est passé ?

— C'est une longue histoire, maman. Des créatures… peu plaisantes… s'étaient embusquées sous mon lit. Je leur ai réglé leur compte.

Joyce sourit.

— Tu disais tout le temps ça quand tu étais petite. Ah, les vilains tapis sous ton lit… Tu te souviens ?

Buffy hocha la tête en souriant.

— Je ne pouvais pas non plus dormir quand la porte du placard était ouverte, car le monstre qui s'y cachait m'observait… (La jeune fille tenta de dévier la conversation sur des sujets moins horribles.) Alors, il y a du nouveau à la galerie ?

— Tu es au courant ? dit Joyce, écarquillant les yeux.

— Au courant de quoi ?

— La galerie a été fermée toute la journée. Hier matin, nous avons découvert que quelqu'un était entré par effraction et avait tout mis sens dessus dessous.

— Oh non ! Qu'est-ce qui a été volé ?

— Rien. C'est ça le plus étonnant. La galerie a été saccagée. Nous avons passé la journée à nettoyer, et à évaluer le montant des dégâts.

— Sais-tu qui a fait ça ? Et si c'était cette cinglée… ? Comment s'appelle-t-elle, déjà ?

— Lovecraft. Phyllis Lovecraft.

Buffy se reprocha de n'avoir pas parlé d'elle à Giles. Elle le ferait dès qu'elle le reverrait. Elle avait déjà entendu ce nom – et dans la bouche de son Observateur !

— J'ai pensé à elle, continua Joyce. Mais mes

employés sont convaincus que le vandale est plutôt l'homme étrange qui est venu la veille.

— Quel homme étrange ? demanda la Tueuse.

— J'ignore son nom. Il est entré, a regardé les œuvres, a parlé à Beth, puis il est reparti. Mais il a fait une forte impression sur tout le monde...

— Pourquoi ? Qu'avait-il de si étrange ?

— *Tout*, dit Joyce en riant doucement.

La serveuse apporta leur commande. Buffy examina son plat.

— Si j'avais su qu'il y aurait tant de graisse, j'aurais apporté des outils à lubrifier.

— Oh, n'exagère pas !

— Alors, comment était cet homme ?

— Très grand. Dans les un mètre quatre-vingt-quinze, je dirais. Il portait un imperméable et un chapeau noir à large bord... du style de celui de Shadow dans ce film.

— Quel film ?

— *The Shadow*...

La jeune fille haussa les épaules.

— Eh bien, continua Joyce, même s'il était tout de noir vêtu, ses habits ne paraissaient pas bizarres en soi... mai *lui* était blanc comme... de la craie, avec un visage de fantôme.

— Et ses yeux ?

— Il portait des lunettes de soleil dépolies.

Comme le type de la limousine ? se demanda Buffy. Elle rassembla ses souvenirs... Avait-il un chapeau noir à large bord ?

— Mais j'ai aperçu ses cheveux, reprit Joyce. Et crois-moi ou pas, ils avaient également l'air d'être blancs... Ou platine, peut-être...

— Donc, il pourrait avoir saccagé la galerie ?

— J'en doute. Pourquoi aurait-il fait une chose pareille ? Rien n'a été volé. Et il est arrivé en limousine.

— Une limousine blanche ?

— Oui. Comment le sais-tu ?

— J'en ai vu une sillonner les rues, tard le soir. Un homme très pâle avec des lunettes noires regardait par la vitre arrière.

— Sais-tu qui c'est ?

— Non.

— Quand je l'ai vu sortir de la limousine, je me suis dit qu'il ne devait pas être d'ici... De Los Angeles ou peut-être de Santa Barbara.

— Ça se pourrait. Ou d'encore plus loin.

— Notre petit déjeuner refroidit...

Elles mangèrent en silence.

— Tu sais, reprit Buffy, bien que mes pauvres artères en prennent un coup... c'est vraiment délicieux !

— Tu vois ? triompha Joyce.

— Le type au chapeau a-t-il parlé d'une statuette ?

— D'une statuette ? Non, pas que je sache. Mais Beth ne m'a pas répété ce qu'il lui avait dit. Pourquoi ? De quoi s'agit-il ?

— Ce n'est pas important.

— J'aimerais que tu ne te comportes pas comme ça, Buffy. Je ne vais pas faxer tes confidences au *Los Angeles Times*, tu sais ! (Elles restèrent un moment silencieuses.) Y a-t-il un rapport avec ces meurtres horribles ?

— Des meurtres ? (La Tueuse leva les yeux.) Quels meurtres ?

— Comment peux-tu ne pas être au courant ? Tous les journaux en font leurs choux gras ! Il y a eu ces deux enseignantes de ton lycée, le vieil homme qui a massacré son ami avec sa tondeuse à gazon et qui ensuite... eh bien, il lui est arrivé quelques broutilles... Sans oublier la femme qui a poignardé son amie avant de...

172

enfin... de subir le même sort que le vieil homme... Ils ont été dévorés !

— Oh, *ces* meurtres... C'est vrai, il y a un rapport. Quelque chose de nouveau en ville. D'inédit. Et c'est lié à une statuette. Je me demande si le type de la limousine y est mêlé...

— Tu vois ? Etait-ce si dur ?

Buffy lui rendit son sourire et prit une nouvelle bouchée.

— De l'eau distillée, marmonna Giles pour lui-même.

Dans son appartement, entouré de nombreux livres, il relisait l'article d'Internet. Ce qu'avait imprimé Willow n'indiquait pas comment ressusciter l'antique démon hindou. En revanche, on citait quelques objets indispensables à l'opération. Comme de l'eau distillée...

La preuve qu'Ethan Rayne essayait bien de ramener Ravana à la vie ! Mais ça n'expliquait pas pourquoi... Si Ravana revenait, quel profit Rayne – ou n'importe qui d'autre – en retirerait-il ?

Giles trouva la réponse, à la page suivante. Il la lut tout haut :

— « *Une fois ressuscité, Ravana récompensera le mortel qui aura aidé à établir son nouveau règne. Ce mortel siégera à la droite du démon, recevra son propre fief, et aura le rang de prince au royaume de Ravana.* »

Giles relut le paragraphe, la bile lui montant à la gorge... La liste de ce qu'il n'aimait pas chez Ethan Rayne était très longue, mais sa soif démesurée de pouvoir occupait la première place...

Giles avait bu du café toute la nuit, mais ça ne suffisait pas. La fatigue était plus forte que la caféine. A ce stade, il avait absolument besoin de repos. Il se leva, s'étira et bâilla. Après avoir éteint la lampe de son bureau, il gagna sa chambre.

Pendant que Joyce conduisait sous la pluie, Buffy alluma la radio pour savoir s'il y avait eu d'autres meurtres.

Armé d'une hache, un habitant de Sunnydale avait tué son épouse et leurs jumeaux de huit ans. La police avait retrouvé l'homme dans un conduit, au-dessus de son garage. Aucun détail n'avait été communiqué sur la manière dont il était mort, ni sur l'état de son cadavre, mais Buffy savait à quoi s'en tenir.

La voiture garée, la Tueuse et sa mère gagnèrent le perron, pelotonnées sous leur grand parapluie. Joyce sortit ses clés et ouvrit le battant.

— Oh, non ! cria-t-elle alors que sa fille refermait la porte.

Buffy fit volte-face. On aurait dit qu'une tornade avait balayé le domicile des Summers. La table basse renversée, les coussins à l'autre bout du salon, le canapé éventré sur toute sa longueur... Et tout ce qui avait décoré les murs gisait sur le sol.

— Comme à la galerie, murmura Joyce d'une voix tremblante.

Buffy en eut l'estomac retourné. Elle monta dans sa chambre, hésitant avant de pousser la porte... Même après des semaines de désordre, elle n'avait jamais été dans cet état. Le matelas déchiqueté, le placard vidé, les tiroirs renversés... Les couteaux, les pieux et les autres armes étaient éparpillés sur la moquette.

Joyce passa dans le couloir en coup de vent pour inspecter sa propre chambre.

— Ces salauds ont saccagé toute la maison ! cria-t-elle, au bord des larmes.

Buffy en était malade. On s'était introduit chez elles pour casser, briser et salir... Voir son intimité ainsi violée et son habitat saccagé avait de quoi ficher la nausée... Non content de polluer de sa seule présence l'atmosphère de la maison, le coupable avait osé souiller de ses sales pattes les affaires personnelles de Buffy... Aurait-elle le cœur de les garder, maintenant qu'un intrus les avait touchées ?

La jeune fille se rendit dans la cuisine, et alluma. Elle y découvrit les placards grands ouverts, le sol jonché de porcelaine brisée, d'éclats de verre et de débris de vaisselle. Sous l'évier, le placard était ouvert et vide. Même le bac à légumes avait été sorti du réfrigérateur, posé sur le plan de travail et vidé.

— Il s'agit de quelqu'un qui cherchait une chose particulière, murmura Buffy. Et je parie que je sais quoi.

D'abord, quelqu'un met la galerie sens dessus dessous. Puis la maison de la propriétaire... Quels que soient les coupables, ils recherchent la statuette de Ravana.

Giles avait dit qu'Ethan Rayne se trouvait à Sunnydale, le soupçonnant d'être derrière tout ça... Mais sans certitude. Et si Rayne cherchait simplement la statuette ? Si un autre cinglé l'avait en sa possession... ? Il faudrait qu'elle en parle à Giles.

Buffy entendit sa mère pleurer, à l'autre bout du couloir. Afin de la consoler, elle envisagea de passer un coup de balai. Elle traversa prudemment la cuisine, tâchant de contourner les débris. Pas toujours avec succès... Quand elle ouvrit le placard à balais, un visage pâle comme la mort, aux yeux rouges et aux dents métalliques, surgit du rectangle obscur pour fondre sur elle.

CHAPITRE XVII

Le « monstre du placard » fut plus rapide que Buffy. Il plaqua une main gantée sur le visage de la jeune fille et la repoussa. La Tueuse trébucha, tombant sur des débris de verre et de porcelaine qui lui labourèrent le dos.

L'inconnu sortit de la cuisine en courant. Buffy saisit le rebord de la table de travail pour s'asseoir, remonta les genoux contre sa poitrine, puis se redressa tant bien que mal, tandis que la porte d'entrée claquait.

— Buffy ! cria Joyce.

La Tueuse traversa la cuisine aussi vite qu'elle put, et trouva sa mère dans le salon, à l'entrée du couloir.

— Qui était-ce ?

Buffy éclaira le porche avant de sortir, traversa la pelouse et s'arrêta sur le trottoir. Elle aperçut des phares, puis distingua une limousine blanche. La jeune fille courut, prête à défoncer les vitres à coups de pied. Mais la limousine s'engagea sur la route et s'éloigna. Buffy vit les feux arrière disparaître rapidement.

— Buffy, c'était l'homme de la galerie ! dit Joyce quand sa fille revint.

— Je sais ! Il était dans la cuisine.

— Ses yeux…

— C'est un albinos.

176

Elle avait aperçu le visage de son agresseur alors qu'il surgissait devant elle. Les iris roses lui faisaient penser aux Rakshasas. Elle avait d'abord cru qu'il était l'un d'entre eux, ou un hybride d'humain et de Rakshasa... L'éclat argenté de ses dents l'avait troublée... Ne s'agissait-il pas plutôt d'un robot ?

L'instant suivant, elle avait compris qu'un vulgaire appareil dentaire en métal recouvrait ses dents. Alors le puzzle s'était mis en place. Devant elle se tenait un albinos – probablement celui dont sa mère lui avait parlé *Chez Denny*.

— Et il a un appareil dentaire. Comme un enfant de dix ans !

— Eh bien, c'est certainement le plus grand enfant que j'aie jamais vu ! Mais qu'est-ce qu'il nous veut ?

— Il cherche la statuette de Ravana... Il a d'abord essayé la galerie, et il s'en prendra certainement aux maisons de tes employés, si ce n'est pas déjà fait.

— J'appelle la police, dit Joyce.

— Attends ! Je ne suis pas sûre que ce soit une bonne idée. (En général, la police compliquait la tâche de la Tueuse.) Je pensais...

— Quoi ? Si je ne porte pas plainte, l'assurance ne nous remboursera pas.

L'Elue soupira. Joyce passa un bras autour des épaules de sa fille.

— Tu devrais aller te coucher. Tu as classe demain. Enfin... aujourd'hui.

— Mon matelas est par terre, en piteux état.

— Alors, refaisons ton lit.

— Puisque je suis debout, je devrais aller patrouiller...

— Hors de question. Va te coucher ! Et lave-toi les dents pendant que j'appelle la police et mes collègues. Ensuite, je t'aiderai...

Joyce avait raison. Buffy se sentait recrue de fatigue, la tête en capilotade. Dans la salle de bains, du bout du pied, elle poussa dans un coin les débris de verre et se brossa les dents. Dans sa chambre, elle remit sa chemise de nuit, puis hissa le matelas sur le sommier. Y tombant comme une masse, elle s'endormit en quelques secondes.

Le lendemain matin, Willow partit pour le lycée. Il bruinait. A l'horizon, les nuages noirs s'amoncelaient. Mais à l'est, un coin de ciel bleu se découpait.

Willow était trop préoccupée pour y prêter attention. Elle venait d'apprendre qu'un nouveau meurtre avait été commis la veille. Combien de drames similaires, avant qu'ils ne découvrent comment enrayer le mal ? Willow comptait aller à la bibliothèque avant les cours, se connecter à Internet, et continuer ses recherches sur Ravana et les Rakshasas. Mais les meurtres ne représentaient pas son seul souci. Elle n'arrivait pas à oublier l'événement de la veille. Si elles avaient été seules, Buffy et elle seraient mortes… Ça lui donnait envie de se terrer dans un trou de souris pour n'en jamais ressortir. Mais à quelque chose malheur est bon. Willow avait les réponses aux questions sur sa relation avec Buffy. Quel soulagement de ne plus se faire de reproches. Comme si elle s'était débarrassée de quinze kilos superflus en une nuit.

La veille, avant de sortir de la voiture de Giles, elle avait lancé à Buffy :

— Alors… toujours amies ?

L'Elue avait souri, la serrant dans ses bras. Radieuse, Willow était rentrée chez elle, répétant à voix basse :

— Toujours amies ! Toujours amies !

Elle avait presque réussi à dissimuler sous du maquillage un bleu sous l'œil gauche. Sa lèvre inférieure restait gonflée, mais la coupure paraissait moins grave qu'elle ne l'avait redouté. La perspective d'être interrogée toute la journée au sujet de ses hématomes ne l'enchantait guère...

Au moins, elle *marchait* jusqu'au lycée. Elle pouvait s'estimer heureuse de ne pas être clouée sur un lit d'hôpital. Elle trouva les couloirs déserts. Trop tôt pour y croiser d'autres élèves... A la bibliothèque, le bureau de Giles n'était pas éclairé. Willow s'installa devant son ordinateur et l'alluma. Elle entendit un bruit, si léger qu'elle ne put l'identifier. Un bruit... de succion ? La jeune fille se leva lentement. Le bruit montait de derrière une étagère. Elle longea le rayonnage et... leva les yeux au ciel.

— Je ne connais personne d'aussi peu discret que vous !

Alex et Cordélia s'écartèrent en sursaut, reboutonnèrent leurs vêtements et se recoiffèrent à la hâte.

— Tu aurais pu nous prévenir au lieu de nous faire peur comme ça ! s'indigna Alex.

Willow éclata de rire.

— Avec tout ce vacarme ? Vous faisiez autant de boucan que des hippopotames qui s'ébattent dans la boue !

Un sourire aux lèvres, elle retourna à son ordinateur. Alex et Cordélia la suivirent.

— Dis, es-tu au courant pour le meurtre ?
— Oui. Les Rakshasas ont de nouveau festoyé.
— As-tu vu Giles ? demanda Alex.
— Pas encore.
— Et Buffy ?
— Non plus. Mais il est encore tôt. Les Rakshasas lui ont rendu une petite visite hier soir. Je viens faire des recherches sur Internet. Et vous, que fabriquiez-vous ici ? ajouta-t-elle, narquoise.

179

Alex ignora la remarque.

— Alors, qu'en penses-tu ? demanda-t-il.

— De quoi ?

— Des trucs bizarroïdes que nous affrontons ?

Willow leva les yeux vers son ami, réalisant qu'il était on ne peut plus sérieux. Comme ce n'était pas courant chez lui, ça l'inquiéta.

— Eh bien, je n'y ai pas assez réfléchi pour me forger une opinion. Entre prendre la défense de Mila et rechercher des informations sur...

— Moi, ça me fait peur. C'est vraiment grave.

Willow lui accorda toute son attention.

— Tu sais, continua Alex, je suis le premier à reconnaître que j'ai à peu près autant de courage qu'une dinde à l'approche de Noël... Et je garde généralement profil bas. Je déteste la douleur et les suspenses à la noix du style : « Vais-je vivre ou mourir ? » Mais ce truc... (il secoua la tête, dégoûté) ... Ce qui s'est passé hier soir, entre Buffy et toi, m'a fichu une trouille bleue ! Je n'ai pas dormi de la nuit, de peur de faire le fameux cauchemar et d'avoir envie de te régler ton compte ! Ou celui de Cordélia... Imaginer que ces sales farfadets puissent débarquer dans ma chambre et me regarder dormir me donne envie de passer les prochaines semaines dans la salle des coffres d'une banque !

— Ils nous guettent sous notre lit, précisa Willow.

— Ils... quoi ? demanda Alex en pâlissant.

— La nuit dernière, Buffy m'a appelée pour m'avertir qu'elle venait d'avoir un tête-à-tête avec nos amis à face de lézard... Elle avait verrouillé ses fenêtres et sa porte, mais ça n'a pas marché puisqu'ils étaient déjà là... Ils attendaient sous son lit qu'elle s'endorme.

— Sous... son lit. Eh bien... merci pour cette précision. Génial ! Je venais de me débarrasser de mes hantises d'enfant et tu me dis que le « monstre tapi sous mon lit » existe bel et bien ! On se croirait dans un épisode de *La Quatrième dimension* !

— Alex, nous trouverons un moyen d'arrêter ces créatures. Je ne serais pas surprise que ce soit aujourd'hui, tenta-t-elle de le rassurer.

— Tu le penses vraiment ?

Willow n'eut pas le cœur de mentir à son ami, qui semblait si vulnérable. Il faisait penser à un petit garçon recroquevillé dans la salle d'attente du dentiste...

— Je l'espère.

— Espérer, c'est moins bien que penser, et penser, c'est moins bien que savoir ! Bon... je m'en contenterai.

La jeune fille retourna s'asseoir.

— Mais je ne m'approcherai pas de mon lit tant que cette histoire ne sera pas terminée !

Quand il entra dans la bibliothèque, Giles semblait plier sous le poids des ans. Il portait sa mallette comme si elle eût été pleine de plomb, et ses cernes s'étaient creusés. Même ses habits paraissaient pendre tristement sur lui...

— Ah, bonjour Willow, Alex... lâcha-t-il.

Cordélia les rejoignit.

— Vous arrivez trop tard, Giles. Nous avons pris possession de votre bibliothèque ! lança-t-elle en souriant.

— Vu la forme que je tiens, je serais assez tenté de t'en faire cadeau...

Il entra dans son bureau et en ressortit peu après, une tasse de thé à la main.

— Seriez-vous malade ? s'enquit Willow.

— Non, épuisé... J'ai veillé très tard pour lire tes documents.

— Qu'avez-vous trouvé ?

— Beaucoup de choses, et j'aimerais en discuter. Mais pas sans Buffy. Tu l'as vue ?

— Pas encore.

— Pourrais-tu l'appeler ? Je voudrais qu'elle nous rejoigne au plus vite.

— Je m'en occupe.

Willow se leva. L'Observateur passa derrière le comptoir et s'assit, buvant son thé à petites gorgées.

— Avez-vous trouvé comment arrêter ces monstres ?

— J'ai bien peur que non. Mais je crois avoir découvert ce qui motive cette tentative de résurrection.

— Vraiment ?

Willow fronça les sourcils. Elle ne se souvenait pas d'avoir lu quelque chose à ce sujet dans les pages qu'elle avait imprimées...

En se réveillant, Buffy entendit la voix de sa mère dans le salon. Elle se leva et avisa le capharnaüm... Tout lui revint à l'esprit. Elle aurait donné cher pour pouvoir se rendormir et oublier le monde. La jeune fille chercha son radio-réveil. En morceaux, il n'indiquerait plus jamais l'heure. Elle s'étira. Il faisait jour. Un autre jour morne et pluvieux... Sa mère s'était-elle couchée ? Ou avait-elle passé la nuit à nettoyer en oubliant de réveiller sa fille ? Buffy sortit de sa chambre et s'engagea dans le couloir.

— Les flics n'ont pas trouvé ça très grave, disait sa mère au téléphone.

Elle était installée sur le canapé, de nouveau à l'endroit, coussins en place, face à la table basse. Le salon faisait moins pitié à voir, mais les murs restaient nus. Joyce ne remarqua pas l'arrivée de sa fille.

— On croirait que notre maison a subi un tremblement de terre, mais ils se sont contentés de prendre quelques notes. Apparemment, j'ai interrompu une de leurs pauses beignets... Ou peut-être ont-ils pris ça à la légère parce qu'il n'y a pas de traces d'effraction. Le vandale a dû crocheter la serrure. Mais qu'on se donne tant de mal pour ne rien voler, ça me dépasse.

La pendule n'était plus au mur...

— Maman ? Quelle heure est-il ? demanda Buffy d'une voix pâteuse, constatant qu'elle ne pouvait plus consulter la pendule au mur.

— Ne quitte pas ! lança Joyce en sursautant, avant d'éloigner le portable de son oreille. Je ne t'avais pas entendue descendre, ma chérie. J'ai perdu la notion du temps. (Elle regarda sa montre.) Il est presque huit heures vingt.

— *Quoi ?* Il faut que je m'habille !

Buffy retourna dans sa chambre en courant.

— Je te rappellerai plus tard, Beth, dit Joyce. (Après avoir raccroché, elle suivit sa fille.) Tu as encore le temps. Je t'emmènerai au lycée.

Elle se tenait sur le seuil de la chambre pendant que la Tueuse cherchait ses vêtements.

— Il faut que je voie Giles ! On dirait que l'étal d'un brocanteur a explosé dans cette pièce...

— Veux-tu un petit déjeuner ?

— Nous en avons pris un il n'y a pas si longtemps, je te rappelle.

— Tu devrais avaler quelque chose avant de partir. Je vais griller des toasts. Enfin, si le grille-pain marche toujours...

En retournant dans la cuisine, Joyce appuya sur la touche « rappel » de son portable.

Buffy trouva une chemise bleue à manches longues et un pantalon qui n'étaient pas trop froissés. Puis elle se débarbouilla, se brossa les dents, et se passa quelques coups de brosse dans les cheveux. N'ayant pas le temps de se maquiller, elle se résigna... Tout le monde verrait sa bosse. Tant pis.

Dans la cuisine, Buffy remarqua que sa mère avait balayé les débris de verre et de porcelaine. Deux toasts jaillirent du grille-pain posé sur le plan de travail. Joyce les mit dans une assiette, qu'elle tendit à sa fille.

— Je les mangerai dans la voiture, marmonna la Tueuse. Allons-y !

— Je te laisse, Beth, dit Joyce en faisant un signe de tête à Buffy. J'emmène ma fille au lycée. Ensuite, je finirai de nettoyer, ce qui me prendra certainement la journée. Tiens-moi au courant si tu as des nouvelles de la cinglée et de ses affreuses œuvres indiennes. Salut ! (Elle posa le portable sur le plan de travail.) Bon, je prends mes clés, et nous y allons.

Buffy avait entamé un toast. Elle s'étonna d'avoir si faim, malgré le copieux petit déjeuner pris au milieu de la nuit. Soudain, elle cessa de mâcher et regarda devant elle. Que venait de dire sa mère au téléphone ? N'avait-elle pas parlé d'art indien ? Il s'agissait certainement d'art amérindien. Oui, probablement... Buffy avait remarqué des œuvres d'artistes amérindiens la dernière fois qu'elle avait visité la galerie.

— Prête ? lança Joyce.

Buffy voulut répondre, mais elle avait la bouche pleine. Elle mâcha rapidement, puis avala.

— Au téléphone, tu n'as pas parlé d'art indien ?
— Si.
— D'art amérindien, c'est ça ?
— Non, *indien*. D'Inde. Dis, je croyais que tu devais manger dans la...

La Tueuse laissa tomber son toast dans l'assiette.

— Quel art indien ?
— Buffy, je suis juste devant toi. Inutile de crier.
— Quel art indien ?

— Il s'agit de la collection de Phyllis Lovecraft. Enfin, elle dit que c'est indien. Mais c'est si laid que je ne suis pas sûre que...

— Sa collection d'art ? Mais tu ne m'avais pas dit que c'était de l'art *indien* !

— Je... j'ignorais que c'était important. Et... tu ne m'avais pas posé la question.

— Que représentent ses pièces ?

— C'est indien, tu sais... Il y a des éléphants, des dieux hindous, des...

— A quoi ressemblent-ils ?

— Pourquoi est-ce si important, Buffy ?

— Ça l'est, maman, crois-moi. S'il te plaît, dis-moi à quoi ils ressemblent.

— Je ne sais pas trop. Elle avait beaucoup de pièces. Je croyais que tu allais être en retard.

— Maman, je t'en prie, tu dois te rappeler... Y avait-il la statuette d'une créature à dix têtes et vingt bras ?

— Elle m'a donné des photos mais je ne me rappelle plus où je les...

— Tu as des *photos* ?

— Veux-tu bien te calmer ? Tu me fais peur !

— Ecoute, maman ! Tu te rappelles la statuette indienne dont je t'ai parlé cette nuit, *Chez Denny* ? Elle est quelque part à Sunnydale. Nous devons la retrouver avant que d'autres innocents soient dévorés ! S'il te plaît, dis-moi...

— Dévorés ?

— Les photos ! Les as-tu toujours ?

Joyce ouvrit le tiroir du plan de travail et fouilla.

— Je les avais mises là... je ne me souviens pas les avoir vues...

— Je t'en prie, dis-moi qu'il ne les a pas prises !

— Les voilà ! s'exclama Joyce en sortant une enveloppe grand format.

Buffy la lui arracha des mains.

Elle en sortit les photos si vite qu'elle faillit les faire tomber. La première représentait une femme à plusieurs bras, les suivantes, des éléphants, des dieux inconnus et un palais sculpté en pierre.

— Oh mon Dieu ! lâcha Buffy.

La statuette de Ravana, entourée par six petits Rakshasas, la regardait d'un œil noir.

— C'est elle qui l'a, murmura la Tueuse. Lovecraft !

CHAPITRE XVIII

— Oui, ce nom me dit quelque chose, Buffy, fit Giles.

Assis derrière le comptoir, il faisait face aux jeunes gens. Alex massait les épaules de Cordélia.

— D'ailleurs, il me semble connaître une Phyllis Lovecraft... Mais où l'ai-je vue... ?

Il se leva pour aller fouiller dans son bureau. Willow se tourna vers Buffy.

— Comment va ton bobo ?

La Tueuse effleura la grosse bosse décolorée.

— C'est pas joli à voir, mais au moins c'est indolore. Sauf quand je le touche.

— Abstiens-t'en, conseilla Oz.

— Tu as meilleure mine que je ne l'aurais cru, dit Buffy en souriant.

— C'est grâce au maquillage, dit Willow en haussant les épaules.

— Je n'en ai pas eu le temps, précisa l'Elue.

Son sourire disparut et son visage arbora de nouveau un air préoccupé.

— Ça va ? s'inquiéta Willow.

Buffy hocha la tête.

— Benson Lovecraft était un collectionneur d'œuvres d'art, annonça Giles en sortant de son bureau.

Il parcourait un livre à l'aspect étonnamment

commun, pour une fois : un ouvrage relié de taille moyenne. Sans être neuf, loin s'en fallait, il n'était pas plusieurs fois centenaire, contrairement au reste de la précieuse documentation de l'Observateur...

Giles était devenu un redoutable collectionneur d'œuvres liées à son véritable centre d'intérêt : l'occultisme.

— Mais à quand cela remonte-t-il ? demanda la Tueuse. Cette femme a dans les quarante-cinq ans, je dirais.

— Ce n'est pas récent, confirma Giles. S'il vit encore, Lovecraft doit avoir plus de cent ans. Mais on n'est pas certain qu'il soit mort. Au fil des ans, une rumeur s'est propagée : toujours de ce monde, il habiterait une île privée, au large des côtes de l'Etat de Washington. Ah, voilà...

Il survola une page en continuant son exposé.

— Lovecraft était l'héritier d'une riche famille. Vivant en reclus, il aimait pratiquer la magie noire. C'était un contemporain et un ami du célèbre Aleister Crowley. Il a également rédigé plusieurs journaux intimes, censés contenir les plus dangereuses incantations jamais écrites.

« On a perdu trace de Lovecraft après son quatre-vingt-quinzième anniversaire. D'après cette biographie, il a eu plusieurs enfants, illégitimes pour la plupart. Ah, voilà : le cadet de ses fils a eu une fille prénommée Phyllis.

— Qu'en dit l'auteur ? demanda Buffy.

— Juste qu'il s'agit de la petite-fille de Lovecraft.

— Elle est bien plus que ça ! cria la Tueuse en sortant une photo de sa poche pour la poser sur le comptoir.

Giles se leva et se pencha ; les autres s'approchèrent.

— C'est ça ! s'exclama Willow.

L'Observateur étudia le cliché.

— Où as-tu trouvé ça, Buffy ?

— Ma mère me l'a donnée.

Tous la regardèrent, attendant la suite. Elle se contenta de sourire.

— Buffy, lâcha Giles, j'ose espérer que tu as l'intention de nous expliquer ce qu'il en est.

La Tueuse parla de Phyllis Lovecraft et de sa détermination à exposer sa collection d'œuvres indiennes.

— Pourquoi ne nous en as-tu rien dit ?

— Parce que je ne savais pas tout ! Ma mère a passé la semaine à se plaindre d'elle, mais j'ai découvert la vérité ce matin !

Buffy enchaîna avec l'albinos. La limousine intrigua Giles.

— Quand j'ai croisé Ethan, il portait un costume vraiment couteux, et il semblait très fier de sa réussite.

— Croyez-vous qu'il soit impliqué dans cette affaire ?

— Je l'ignore. Très franchement, je n'ai pas la moindre idée de ce qui arrive. Quelqu'un doit utiliser la statuette, sinon les Rakshasas ne feraient pas des ravages en ville.

— Si Phyllis Lovecraft se sert de la statuette pour ressusciter Ravana, dit Willow, pourquoi tenir à ce qu'elle soit exposée ?

— Ce n'est peut-être pas elle qui veut faire revenir Ravana, suggéra Oz.

— Alors qui ? demanda sa petite amie.

— Et si Phyllis Lovecraft est en possession de la statuette, renchérit l'Elue, qu'utilise-t-on d'autre pour ramener le démon à la vie ?

— Pourrait-il y avoir plusieurs statuettes ? demanda Alex.

— S'il y en a d'autres, ce sont des faux, assura

Giles. D'après les informations de Willow par Internet, il n'y en a qu'une, vue pour la dernière fois dans un musée de Londres, au début du siècle. Cela dit, il est possible que Benson Lovecraft se la soit procurée.

« Dans ma jeunesse, je dévorais tout ce que je trouvais sur Lovecraft. Je me souviens d'avoir découvert une liste partielle de ses acquisitions. Sa collection m'avait stupéfié. Il réussissait à dénicher des pièces millénaires considérées comme perdues ! Si cette femme est bien la petite-fille de Benson Lovecraft, elle peut avoir accès à sa collection. Et donc à la statuette... Mais ça n'explique pas pourquoi elle voudrait qu'elle soit exposée.

— Quand je l'ai vue, précisa Buffy, elle semblait beaucoup y tenir. A la réflexion, on aurait cru qu'elle avait peur que sa collection ne soit *pas* exposée.

La porte s'ouvrit et un groupe d'élèves entra, fonçant vers les rayonnages. Giles soupira.

— Buffy, est-il possible d'entrer en contact avec mademoiselle Lovecraft ?

La jeune fille tira de sa poche une page du calepin de sa mère. Elle la posa sur le comptoir ; ses amis se penchèrent pour lire.

— Elle est au motel *Rocking R* ? fit Alex. Je crois ne pas trop m'avancer en disant que la limousine blanche ne lui appartient pas !

— Avant tout, dit le bibliothécaire, nous devons lui parler.

— Alors, allons-y ! lança la Tueuse.

— Non, Buffy ! objecta Giles. Je ne veux pas que tu rates d'autres cours cette semaine. Je vais devoir...

A cet instant, la classe de littérature de Mlle Beakman s'engouffra dans la bibliothèque, livres et surligneurs à la main. Buffy posa les yeux sur Willow, qui la regardait ; elles échangèrent un sourire discret. Sans un mot, elles comprirent qu'elles allaient rendre une petite visite à Phyllis Lovecraft... Tout de suite !

— Que peuvent-ils faire ? grogna Oz, au volant de son van. Me filer *encore plus* d'heures de colle ?

— C'est Buffy qui court le plus grand risque, rappela Willow. Si le proviseur Snyder apprenait qu'elle a séché, il l'écraserait comme un insecte.

— Et ensuite, ma mère écraserait ce qu'il resterait de moi, renchérit la Tueuse. Surtout si elle découvre que c'était pour parler à Phyllis Lovecraft...

Alex et Cordélia étaient partis de leur côté, promettant de couvrir Buffy et ses complices si on les interrogeait. Il pleuvait de nouveau, et les essuie-glaces d'Oz couinaient comme un cochonnet. La radio était branchée sur la station d'informations.

— Indique-moi la route, demanda Oz.

— Va tout droit jusqu'à Cobblestone. Ensuite, tourne à droite. Willow, une fois que nous aurons repéré la statuette, la prendre et déguerpir ne sera pas une option... Pas si elle est utilisée pour ressusciter Ravana.

— Son essence maléfique nous en empêchera sûrement.

— Nous devrons la détruire, confirma Buffy. Enfin, s'il n'est pas... trop tard. Et c'est là que tu interviens, Willow.

— Comment ? Qu'aurai-je à faire ?

— Crois-tu pouvoir détruire la statuette *et* l'essence de Ravana par la magie ?

— L'essence de Ravana, marmonna Oz, amusé. On dirait le nom d'un parfum.

— Je ne sais pas, avoua Willow. (Le front plissé, elle se mordilla l'ongle d'un pouce en réfléchissant.) Et si la statuette n'avait pas vraiment été sculptée dans les os d'une victime ?

— Nous devons supposer que c'est le cas. Nous n'avons pas le choix… Tourne à droite, Oz.

— Nous n'avons pas le choix, répéta Willow. A Rome, il faut vivre comme les Romains. Et en Inde, comme les Hindous.

— Alors, qu'en penses-tu ? demanda Buffy. Jouable ? Injouable ?

— Je crois que je peux trouver quelque chose.

— J'aurais préféré un oui franc et massif, mais bon… avec un délai aussi court, je m'en contenterai.

Au motel *Rocking R*, Buffy demanda à Oz de se garer le long du trottoir plutôt que sur le parking, clos sur trois côtés par le vieux bâtiment en forme de U. Un coup de peinture n'aurait pas fait de mal au motel délabré. L'enseigne rectangulaire qui surplombait l'accueil semblait sortir des années cinquante : un grand *R* rouge chevauchant un fauteuil à bascule.

Plus bas s'inscrivait : TÉLÉ ÂBLÉE DANS TOUTES LES CHAMBRES. Apparemment, le C de CÂBLÉE était tombé. Le mot *complet* n'était pas allumé.

Buffy et Willow sortirent du van. La Tueuse se tourna vers Oz et murmura :

— Si tu vois des ennuis à l'horizon, klaxonne, d'accord ?

Alors que les jeunes filles s'éloignaient, le guitariste marmonna :

— Ça sent *déjà* les ennuis.

La Tueuse et la sorcière se dirigèrent vers l'allée couverte qui longeait le parking du motel. Buffy sortit le morceau de papier de sa poche.

— Chambre 107. (Du menton, elle désigna le premier étage.) C'est là-bas…

Elles montèrent l'escalier et longèrent une série de portes orange avant d'arriver à la 107.

— Laisse-moi lui parler, conseilla Buffy, et confirme tout ce que je dirai.

Willow acquiesça. Son amie frappa à la porte. Elle n'obtint pas de réponse.

— Je ne crois pas qu'elle soit là, dit Willow.
— Peut-être prend-elle une douche…

L'Elue tapa du poing sur la porte.

— Apparemment, il faudra revenir en compagnie de Giles, conclut Willow.

Buffy examina les alentours. Il n'y avait personne au premier étage. Elle agrippa la poignée de la porte et tenta de la faire tourner. Sans succès.

— J'aurais bien aimé voir ce que mademoiselle Lovecraft cache dans sa chambre.

— Hé ! s'exclama Willow. Il y a un truc que je veux essayer, et ça me semble l'occasion rêvée !

— De quoi s'agit-il ?

— Pardon… (La sorcière éloigna gentiment son amie de la porte.) Couvre-moi ! lança-t-elle.

Elle s'agenouilla et murmura dans le trou de la serrure. La Tueuse n'entendit pas ce que disait son amie, surtout qu'il pleuvait encore à verse… Un cliquetis se produisit dans la serrure. Willow se releva.

— Applaudissements, s'il vous plaît !

La jeune sorcière tourna la poignée et la porte s'ouvrit.

— Entre vite ! (Buffy la poussa à l'intérieur et referma derrière elles.) Excellent ! exulta-t-elle en souriant à Willow.

— Jour après jour, je m'améliore !
— As-tu montré ce nouveau talent à Giles ?
— Euh, non. Et ne lui en parle pas, d'accord ?
— Promis.

Elles examinèrent la pièce. Un vrai capharnaüm ! Le lit défait, les couvertures traînaient par terre. Lovecraft avait dû demander qu'on ne fasse pas le ménage dans sa chambre. Il y avait des canettes de bière vides sur la table de chevet et sur le bureau, à côté de la télévision. Phyllis avait entassé ses habits et ses sous-vêtements sur le dossier des deux sièges, sur le bureau, et au pied du lit. D'autres vêtements étaient suspendus dans le placard.

— Dis donc, lança Buffy en ramassant une chemise, quelque chose cloche…

Willow regarda le vêtement que tenait son amie, puis le pantalon, les sous-vêtements et… les cravates posées sur le bureau.

— Ce sont des habits d'homme !

— Bravo. (Buffy lança la chemise sur le lit.) Ou nous nous sommes trompées de chambre, ou elle vit avec quelqu'un.

La Tueuse consulta de nouveau sa feuille de papier, puis la remit dans sa poche.

— Non. C'est bien la 107, et je doute qu'elle ait donné un faux numéro à ma mère. (La jeune fille ouvrit un tiroir et le trouva vide.) Si tu logeais là, où cacherais-tu un objet précieux ?

— Si je devais sortir, je ne le laisserais pas ici.

— Encore gagné, concurrente Willow ! (Tous les tiroirs étaient vides…) Mais on se sert de la statuette. Tu en sais long sur la façon de ressusciter Ravana ?

— Pas vraiment. De plus, je doute qu'on puisse facilement transporter la statuette.

— C'est bien ce que je me disais. Donc elle n'est pas ici, mais Lovecraft ne l'a pas non plus sur elle. (Elle se tourna vers le lit.) Notre homme dort à gauche…

Elle désigna les canettes de bière. Willow s'approcha de la table de chevet et du réveille-matin. Ouvrant le tiroir, elle en sortit un livre de poche ; une page était écornée. Sur la couverture, un Apollon au torse avantageux enlaçait une beauté fort peu vêtue... Le titre, *Passion sauvage*, était calligraphié en lettres rouges et en relief.

— Elle en a quatre autres ici, nota Willow.

— Ça ne m'étonne pas. Mais un homme... (Buffy secoua la tête.) Il faudrait que tu la voies. C'est la vieille fille dans toute sa splendeur : pas d'alliance, aucun bijou. Elle avait l'air si... emprunté ! Mal à l'aise dans sa peau, mal fagotée... Je ne te parle pas de sa méchante robe verte ! J'aurais parié qu'elle n'avait jamais eu de rendez-vous amoureux... Alors, qui peut partager son lit ?

Willow remit le roman à sa place, et referma le tiroir.

— Peut-être est-ce tout ce qu'ils font ensemble. Partager un lit, je veux dire.

— Dans ce cas, pourquoi ne pas prendre des chambres séparées ?

— Peut-être parce qu'ils n'en avaient pas les moyens ?

— Giles a dit que Benson Lovecraft était riche.

— Ça ne veut pas dire qu'elle l'est aussi...

— Inspectons leurs bagages. (Dans le grand placard ouvert, elles comptèrent six valises...) Ils en ont beaucoup.

Buffy s'agenouilla, posant une valise devant elle.

— Attends, dit Willow, pensive. Nous fourrons notre nez partout, alors que nous ne savons rien de ces gens ! Nous n'avons pas été invitées et je me sens... coupable.

— Oh. (Buffy s'assit en tailleur.) Eh bien, ce petit écart de conduite n'est pas dans nos habitudes, pas vrai ? A moins que ce ne soit nécessaire. Et c'est le cas, car si nous ne trouvons pas cette statuette, d'autres innocents connaîtront un sort affreux... Toi et moi, nous l'avons échappé belle hier ! Tu n'as pas oublié ? Et si ça continue comme ça, Ravana fera du monde entier son terrain de jeu !

Willow fixa du regard son amie, indécise. Puis elle s'assit par terre et s'empara d'une autre valise.

— Au travail !

Deux valises étaient vides. Deux autres contenaient des chaussures, des cartes routières, des bonbons à la menthe, des écharpes et des paires de gants.

— Regarde ! lança Willow. D'autres romans ! C'est une grande lectrice.

— Ce genre de trucs n'est pas vraiment de la lecture.

La Tueuse trouva une pile d'enveloppes ouvertes, tenues par un gros élastique. Elle les examina. Toutes avaient pour destinataire Phyllis Lovecraft, à une boîte postale de Mossrock, dans l'Etat de Washington. Pas d'adresse de l'expéditeur...

Elle enleva l'élastique, sortit une lettre au hasard, et la déplia : sur une feuille de papier ordinaire, le texte occupait une partie du recto. L'écriture était soignée et visiblement masculine.

« Ma très chère Phyl,

Te revoir m'a rendu goût à la vie. Mais nous passons trop peu de temps ensemble. J'attends avec impatience nos retrouvailles. Entre-temps, ton visage ne me quitte plus. La nuit, sans cesse, je sens encore tes caresses...

As-tu commencé à rassembler la collection hindoue de ton grand-père ? Ce que tu m'as montré est ravissant. J'aime tout particulièrement la statuette de Ravana et les six pièces qui l'accompagnent. La façon dont les têtes et les bras du démon hindou sont disposés est vraiment remarquable. Il ne fait aucun doute que la galerie à laquelle je pense partagera mon enthou-

siasme. Dès que j'aurai réglé mes affaires à New York, nous partirons.

Je te reverrai dans deux semaines, mon amour. Nous prendrons la route avec les merveilles de ton grand-père. Mais ce qui sera encore plus beau, ce sera d'être enfin avec toi, ma chérie. »

La lettre finissait sur un « *Avec tout mon amour, Lloyd* ».

— Je crois que je vais vomir ! lança Buffy.
— Tu es malade ?
— Non. Je viens de lire cette lettre. Elle date du 19 du mois dernier, écrite par un certain Lloyd.

La Tueuse remit la feuille dans l'enveloppe, et en prit une autre qu'elle survola.

— Et alors ? s'impatienta Willow.
— Il parle sans cesse de la statuette de Ravana, résuma Buffy. Et de la collection de grand-père Lovecraft. Mais il est visiblement obsédé par Ravana.
— Et ça te donne envie de vomir ?
— Non, mais ces boniments me dégoûtent. Dans ces lettres d'amour, il est toujours question de la statuette. Ces missives ressemblent aux livres qu'elle lit.

L'Elue tendit une des lettres à son amie.

— Berk ! cria Willow après l'avoir lue. Vite, de l'insuline ! C'est trop sirupeux !
— Il ne mentionne Sunnydale nulle part, mais il parle tout le temps d'une galerie. Sans doute celle de ma mère... (Elle continua à survoler les missives, qu'elle remettait dans leur enveloppe après lecture.) Il semble que Lloyd ait eu l'idée d'exposer cette collection. Et chaque fois qu'il en parle, il mentionne Ravana.
— C'est ce que je ne comprends pas, dit Willow. Quel est l'intérêt de l'exposer s'ils veulent s'en servir pour ressusciter Ravana ?

Buffy continuait à lire.

— Ecoute ça : « *La collection de ton grand-père est si importante que je suis certain que ses pièces hindoues ne lui manqueraient pas, malgré la valeur de la statuette de Ravana. Dès que nous serons arrivés, je te promets que…* » Oh, euh… (Elle grimaça.) Il lui promet de lui sucer les doigts de pied.

— Plutôt romantique…

— Pas si tu sais à quoi elle ressemble ! On dirait que Benson Lovecraft est toujours en vie… « *Je suis certain… bla-bla-bla… ne lui manqueraient pas* ». Tu te rappelles ce que Giles a dit à son propos ? S'il est toujours vivant, il est plus que centenaire.

— Pour Lloyd, c'est peut-être une simple figure de style, suggéra Willow. Après tout, certains parlent des morts au conditionnel, du genre : « *Je suis sûre que grand-père aimerait ça* ». Tu vois ?

— Je ne crois pas que ce soit ça. Ce type est toujours sur son île.

— S'il vit encore, ça ne doit pas être la grande forme. Il est sûrement perfusé et intubé…

— Ce serait logique. (Elle lut une nouvelle lettre.) Qui est ce Lloyd ? Je ne le connais pas, mais je n'arrive pas à voir ce qu'il peut trouver à quelqu'un comme Phyllis Lovecraft !

Soudain, Buffy écarquilla les yeux.

— Tu viens de comprendre quelque chose ? demanda son amie.

— Il ne lui trouve rien, souffla-t-elle. Il n'y a *rien* à trouver chez Phyllis Lovecraft… Je ne veux pas avoir l'air méchant, Willow, mais… cette femme est plus laide qu'un bocal de verrues ! Et je crois vraiment qu'elle a une araignée au plafond, si tu vois ce que je veux dire… Lloyd se sert d'elle pour s'emparer de la statuette de Ravana ! C'est indéniable. Il… devait savoir que la statuette appartenait à Benson Lovecraft, mais il ignorait comment la lui prendre. Jusqu'à ce qu'il découvre que le vieux bonhomme a une petite-fille pas très brillante, seule, à la recherche de l'amour…

— De l'amour *irréaliste* dont il est question dans ses chers livres.

— Exactement ! (Buffy replaça les lettres dans la pile.) Lloyd veut ressusciter Ravana, mais impossible de l'avouer à Phyllis… Donc, il lui dit que ces objets hindous devraient être exposés afin que les gens puissent les admirer.

— Mais pourquoi veut-il les apporter à Sunnydale ? Il y a des musées plus prestigieux, tout de même !

— Si tu devais ramener un démon à la vie, tu le ferais là où les chances de réussite sont les plus grandes, pas vrai ?

Willow réfléchit, puis comprit où son amie voulait en venir.

— Sur la Bouche de l'Enfer !

— Eh oui ! Notre ville est l'équivalent démoniaque de Lourdes. Cette démarche est logique.

— D'accord, mais… S'ils sont ici, pourquoi cette femme tient-elle tant à ce que ses objets soient exposés ? Tu m'as bien dit qu'elle harcelait ta mère, n'est-ce pas ?

— Je… je ne sais pas… (Buffy regarda le lit défait.) Je me demande si c'est Lloyd qui lui avait fait cet œil au beurre noir quand elle est venue chez nous…

— Le beurre noir se marie mal avec l'eau de rose ! dit Willow.

Buffy replaça l'élastique autour des lettres, et les rangea dans la valise. Son amie et elle refermèrent les bagages qu'elles avaient inspectés.

Un bruit de clés, dehors, les fit sursauter. Elles se regardèrent, surprises.

— Que faire ? souffla Willow.

Sa question à peine posée, une clé tourna dans la serrure.

CHAPITRE XIX

A cette heure de la journée, la bibliothèque était très fréquentée. Les élèves empruntaient des livres, d'autres en rapportaient. Un petit groupe s'était formé autour d'un ordinateur.

Assis derrière le comptoir, Giles prenait des notes. En fin de journée, ils iraient parler à Phyllis Lovecraft. Avec un peu de chance, elle les conduirait à la statuette de Ravana… Mais même s'ils la trouvaient, ils ne sauraient qu'en faire. Elle devait être détruite et l'essence du démon éliminée. Mais comment ? Quand il reverrait Willow, il en parlerait avec elle. La jeune fille se documentait sur les sortilèges, les incantations et les philtres. Peut-être détiendrait-elle une information capitale…

— Giles ? Giles ?…

Le bibliothécaire releva la tête et vit Alex, les bras croisés sur le comptoir.

— Vous dormez ?

— Non. Excuse-moi, j'étais plongé dans ma lecture. Que puis-je pour toi, Alex ?

— Je me demandais si vous aviez vu Buffy ou Willow.

— Non, pourquoi ?

Alex eut l'air embarrassé.

— Nous devions nous retrouver ici pour… euh…

étudier. Vous savez, compulser des livres… Et… elles sont en retard.

— En retard ? Alex, la cloche vient de sonner !

Giles leva les yeux vers la pendule. Alors, son instinct d'Observateur – ou, plutôt, l'expérience acquise au contact de sa Tueuse et de ses amis – l'alerta.

— Mon Dieu, qu'ont-elles encore fait ?

Buffy et Willow s'étaient cachées sous le lit de Phyllis Lovecraft. A l'instant où la clé avait tourné dans la serrure, l'Elue avait remis la dernière valise en place du bout du pied avant de se glisser sous le lit. Willow l'avait tout de suite imitée.

La Tueuse vit d'abord les chaussures de Phyllis Lovecraft… Moches à pleurer ! Phyllis boitait… et pleurait. Le poids de son corps portait surtout sur sa jambe droite. *Où est Lloyd ?* se demanda Buffy. *Vient-elle de le quitter ?* Elle se souvint de Phyllis, un œil au beurre noir, en train de parler avec sa mère sur le perron. *Lloyd l'a-t-il encore frappée ?*

La jeune fille n'en aurait pas été surprise. Après tout, le triste sire se servait d'elle pour mettre la main sur une statuette qui lui permettrait de régner sur le chaos aux côtés d'un antique démon… Un type de cette espèce était capable de tout.

Phyllis Lovecraft enleva ses chaussures et fit couler de l'eau dans le lavabo, à côté de la salle de bains, pour se laver les mains. En reniflant, elle revint s'asseoir sur le lit. Buffy l'entendit décrocher le combiné et composer un numéro.

— Bonjour, Seth. C'est Phyllis. (Sa voix était pâteuse et rauque, le résultat de trop de pleurs et de fatigue.) Oh non, ça va. En fait, je… Oui, eh bien, j'appelle pour savoir comment va grand-père. (Elle s'allongea sur le lit… et bondit quelques instants plus tard.) *Quoi ?*

Comment a-t-il... ? Mais je l'ai fermé ! J'ai tout remis en place *exactement* comme je l'avais trouvé ! Seth, tu lui as dit ?

Quand Phyllis reprit la parole, sa voix n'était plus qu'un murmure.

— Oh, Seth, tu n'es pas sérieux... (Elle se laissa tomber sur le lit ; Willow grimaça, craignant d'être écrasée.) Mais il ignore où je suis ! Tu ne le lui as pas dit, n'est-ce pas ? Bien sûr que non, tu ne sais même pas où je suis... (Au ton de sa voix, elle paraissait sur le point de craquer.) Oh, son bazar surnaturel ! Où a-t-il dit qu'il allait ? A Sunnydale ? Oh... Quand est-il parti ? Oh...

Elle est pathétique, la pauvre, soupira Buffy.

Phyllis poussa un long soupir.

— Je dois te laisser, Seth... J'ai beaucoup à faire. Oui, toi aussi... Salut !

Elle reposa le combiné, se releva puis alla dans la salle de bains faire couler de l'eau. Buffy et Willow se tournèrent aussitôt l'une vers l'autre, se sourirent et hochèrent la tête.

Phyllis ressortit et se déshabilla au pied du lit, lançant ses vêtements par-dessus les autres. Ses gros pieds arpentaient nerveusement le plancher. Retournant dans la salle de bains, elle laissa la porte entrouverte. Puis elle passa sous la douche.

— C'est bon, chuchota Buffy en rampant hors de sa cachette.

Une fois debout, toutes deux sortirent à pas de loup. La Tueuse prit soin de refermer derrière elles.

— On a eu chaud ! dit Willow en descendant l'escalier.

Enivrées par leur petite aventure, elles sortirent sous une pluie battante sans sourciller.

— A ton avis, qui a-t-elle appelé ? demanda Willow.

— Quelqu'un en qui elle a confiance, chez elle, à

Washington. Et qui sait qu'elle a emporté la collection indienne...

— On dirait que le grand-père a découvert le pot-aux-roses et qu'il a eu recours au surnaturel pour localiser sa voleuse de petite-fille.

— Oui. D'après Giles, le vieux Lovecraft est un expert. Et ça a marché, puisqu'il s'est envolé pour Sunnydale... Il est en ville ou ça ne tardera plus.

— Crois-tu qu'un type aussi vieux se déplace facilement ?

— Un type *aussi riche*, oui !

Elles montèrent dans le van. Buffy repensa à la limousine qu'elle avait vue...

Bingo !

— Qu'est-ce que vous fabriquiez ? grogna Oz. Vous regardiez la télé, ou quoi ?

— Nous avons été retenues, dit Buffy.

— Ouais ! confirma Willow. Elle est arrivée pendant notre fouille et nous avons dû nous cacher sous le lit. On se serait crues dans *Mission impossible* !

— C'était encore mieux que le film, renchérit la Tueuse.

— Es-tu grognon parce que nous t'avons fait louper tes cours, Oz ? demanda Willow.

Elle se pencha pour l'embrasser sur la joue. Le jeune homme mit le contact et s'éloigna du motel.

— J'aimerais être prêt pour les exams, au cas où nous survivrions à Ravana.

— Alors, ramenez-nous au lycée, chauffeur. Et plus vite que ça !

Assis à son bureau, la tête entre les mains, Giles écoutait Buffy. Willow, silencieuse, se tenait à côté de l'Elue. Même si les deux filles lui avaient désobéi, ce qu'elles avaient appris valait le coup. Il renonça à les réprimander comme il aurait dû.

— Je n'arrive pas à croire que tu aies fouillé dans ses affaires, Buffy.

— Que pouvais-je faire d'autre ? Ecoutez, Lloyd a fait la cour à une femme laide souffrant sans doute de problèmes psychologiques, histoire de l'embobiner et de la pousser à voler la collection d'art hindou de son grand-père... D'après ses lettres, il voulait que les œuvres soient exposées pour que les gens puissent les admirer, au lieu de les laisser dans une caisse, au fond d'un débarras. Quel baratineur !

« Maintenant qu'il a la statuette et qu'il a commencé à ramener Ravana à la vie, il n'a plus à se fatiguer à jouer la comédie... Il doit même passer ses nerfs sur cette pauvre Phyllis. La première fois que je l'ai vue, elle avait un œil au beurre noir. Quand ma mère l'a interrogée à ce sujet, ça l'a rendue très nerveuse. Tout à l'heure, elle boitait. A mon avis, elle est en danger. Si Lloyd réussit à ressusciter Ravana, nous serons tous dans un sacré pétrin ! Mais si quelque chose tourne mal, il se vengera d'abord sur Phyllis.

Si elle n'était pas la Tueuse, pensa Giles, *elle ferait une excellente détective privée.*

— Cette femme est peut-être étrange, ajouta Willow, mais elle est aussi très triste. Elle ne mérite pas ça. Personne ne mérite d'être trompé et traité de la sorte.

— Comment êtes-vous entrées dans sa chambre ? demanda Giles.

Buffy et Willow échangèrent un coup d'œil.

— Oh, euh... Nous... Disons qu'on s'est débrouillées. Mais il n'y a pas eu effraction.

— Buffy... insista-t-il en plissant le front.

— D'accord... Nous avons crocheté la serrure.

— C'est ça, confirma Willow. Nous l'avons crochetée.

— Je vois...

— J'oubliais : Benson Lovecraft est probablement à Sunnydale à l'heure qu'il est.

Giles tomba des nues.

— De quoi parles-tu ?

— Les rumeurs étaient fondées. Il est toujours en vie et il s'est aperçu que sa petite-fille a pris la...

— Es-tu sérieuse ?

— Tout à fait.

— C'est... extraordinaire !

— Ouais... Il s'est aperçu que Phyllis avait emporté sa collection hindoue et il a quitté l'Etat de Washington pour venir à sa recherche.

— Je ne suis pas sûr de vouloir savoir comment tu as appris ça.

— Nous l'avons entendue parler au téléphone pendant que nous nous cachions sous le lit.

— Vous vous cachiez sous le lit ? (L'Observateur eut l'air consterné.) Vous étiez dans sa chambre, avec elle ?

— Phyllis ne s'est jamais doutée de notre présence. Dès qu'elle est passée sous la douche, nous avons filé.

Giles se leva, fit quelques pas et se tourna vers la Tueuse.

— Là n'est pas la question, jeunes filles ! Avez-vous conscience du danger ? Nous ne pouvons pas prendre de tels risques ! Il est très facile de faire une erreur quand on fouille dans les affaires de quelqu'un comme un vulgaire cambrioleur. Si vous aviez été prises, quelle explication... ?

— Ecoutez, Giles, coupa Buffy, vous vouliez attendre la fin des cours pour aller parler à Phyllis Lovecraft. Mauvaise idée ! Allons-y tout de suite. Elle ne sait sans doute plus où elle en est... Il ne faudrait pas grand-chose pour qu'elle se retourne contre Lloyd, surtout maintenant que son grand-père va arriver. Si nous lui parlons sans perdre un instant de plus, nous tirerons quelque chose d'elle. Comme la cachette de la statuette, par exemple… Si vous tardez, Lloyd reverra Phyllis et se la remettra dans la poche avec ses belles promesses.

— Je me pose des questions sur ce type. C'est probablement…

— Il y a eu de nouveaux meurtres, coupa Buffy.

— Encore ?

— Je l'ai entendu à la radio en revenant ici. Au commissariat, plusieurs flics ont perdu les pédales et se sont canardés… Il y a une dizaine de morts. Inutile de préciser que les survivants ont disparu…

Giles soupira.

— Je vais demander à madame Tucker, du secrétariat, de venir me remplacer.

— Excellente idée, Giles, commenta la Tueuse en souriant.

— Willow, il nous faut quelque chose pour détruire la statuette et l'essence du démon. As-tu… ?

— Vous plaisantez ? dit la jeune fille, aux anges.

Elle prit son sac, où elle gardait ses composants de sorts.

— Il y a des livres sur mon bureau, ajouta l'Observateur. J'ai marqué des pages et pris des notes. Jettes-y un coup d'œil. N'hésite pas si tu as des suggestions. Mais ne passe pas à la pratique avant mon retour, d'accord ? Je ne serai pas longtemps absent.

— Compris, chef ! lança Willow.

Elle alla s'installer dans le bureau.

— Vous voulez dire que *nous* ne serons pas longtemps absents.

— Non, Buffy. Toi, tu restes. Tu en as assez fait pour le moment.

— Mais vous ignorez où loge Phyllis Lovecraft...

— Elle est au... (il ferma les yeux quelques secondes) ... au motel *Rocking R*.

— Quelle chambre ?

— Je ne m'en souviens pas. Quel est le numéro ?

— Pas question que je vous le donne...

Giles soupira de nouveau, se massant les tempes. Il plongea la main dans sa poche et tendit ses clés à la jeune fille.

— Va m'attendre dans ma voiture. Je te rejoins dès que madame Tucker sera là.

— Buffy, lança Willow du bureau, une fois Ravana neutralisé, il faudra que nous devenions les stakhanovistes de la révision. D'accord ?

— Je t'adore, Willow ! lança la Tueuse en sortant.

Elle laissa son parapluie derrière elle. Dehors, elle courut jusqu'à la DS de Giles. Alors qu'elle ouvrait la portière, elle vit une ambulance se garer dans le parking du lycée, suivie par deux voitures de police.

— Oh, oh...

Buffy s'engouffra dans la Citroën. Peu après, Giles se glissait au volant.

— Que se passe-t-il ? demanda la Tueuse.

— Le concierge a poignardé un représentant en produits de nettoyage...

— Croyez-vous que ce soit l'œuvre des Rakshasas ? Ou ne supportait-il plus ce type ?

— Le concierge a disparu.

— Ah... Les Rakshasas !

Buffy laissa Giles la précéder jusqu'à la chambre de Phyllis, après lui en avoir donné le numéro. La jeune fille espérait que la femme ne la reconnaîtrait pas, après leur dernière brève rencontre. Giles frappa à la porte.

— Lloyd ? appela Phyllis.

Le bibliothécaire frappa de nouveau. La porte s'ouvrit. Phyllis portait une robe de chambre bleu clair d'une propreté douteuse et d'énormes pantoufles à fourrure rose. Son coquard était moins apparent. Elle dévisagea ses visiteurs.

— Que voulez-vous ?

— Mademoiselle Lovecraft ? demanda l'Observateur.

— Ça dépend. Qui êtes-vous ?

— Rupert Giles. Un grand admirateur de l'œuvre de votre grand-père.

Le regard de Phyllis s'assombrit. Elle recula.

— Vous travaillez pour mon grand-père ?

— Pas du tout ! Je voudrais juste vous poser quelques questions.

— Entrez... Vous, la blonde, je vous reconnais. Vous êtes la fille de la dame de la galerie.

— Contente de vous revoir, articula Buffy en se forçant à sourire.

Il n'y avait plus de vêtements sur le lit et moins de désordre.

— Merci de nous recevoir, dit Giles. Je suis bibliothécaire, et j'ai de nombreux livres de votre grand-père.

— Il ne dédicace plus ses livres, alors si c'est ce que vous...

— Non, il ne s'agit pas de ça. Mademoiselle Lovecraft, j'ai de bonnes raisons de penser que vous êtes en danger.

— Mais qui êtes-vous donc ? Un représentant en armes ? dit-elle d'un air triste et soucieux.

— Un représentant en... ? Oh, non ! A propos, pourriez-vous me dire où est Lloyd ?

— Vous êtes un ami à lui ?

— Eh bien, il faudrait vraiment que je le voie.

— Donc, vous le connaissez ?

— Euh, pas tout à fait... Mais je sais ce qu'il manigance. Et ça nous fait courir à tous – vous comprise – un grand danger. Alors, s'il vous plaît, dites-moi où il est. Où a-t-il emporté la statuette de Ravana ?

Phyllis posa les poings sur ses hanches.

— Vous *travaillez* pour mon grand-père ! Eh bien, dites-lui que je ne reviendrai pas. J'ai trouvé quelqu'un qui tient à moi et qui *m'aime* !

— Non, mademoiselle Lovecraft, intervint Buffy, il ne vous aime pas. Il s'est servi de vous pour s'emparer de la statuette de Ravana. Il savait qu'il n'arriverait jamais à la voler à votre grand-père sans l'aide d'une personne de son entourage. Il n'a jamais eu l'intention de voir cette collection exposée dans une galerie, et il...

— Comment savez-vous tout ça ?

— Lloyd a obtenu ce qu'il voulait, mademoiselle Lovecraft ! Il n'a plus besoin de vous. Voilà pourquoi il vous bat. Vous êtes devenue un obstacle, et si vous ne nous dites pas ce que nous avons besoin de savoir, il...

Phyllis leva une main tremblante pour gifler la jeune fille. Giles lui saisit le poignet.

— Votre colère est mal dirigée. Savez-vous ce que votre ami est en train de faire avec la statuette de Ravana et les six pièces qui l'accompagnent ?

Elle baissa le bras et détourna les yeux, sans répondre.

— Vous le savez... Ou, en tout cas, vous en avez une idée. Pensez-vous vraiment que vous survivrez à ce qu'il prépare ?

— Il... m'aime.

— Cette résurrection fera basculer le monde dans les ténèbres, mademoiselle Lovecraft. Croyez-vous réellement que Lloyd tienne à vous ?

Elle marmonna quelque chose.

— Pardon ? demanda Giles.

Quand elle releva la tête, elle le foudroya du regard.

— J'ai dit... *foutez le camp !*

La Tueuse et son Observateur sursautèrent. Phyllis s'engouffra dans la salle de bains.

— J'ai l'impression qu'elle ne nous apprendra pas grand-chose, Giles, souffla Buffy. Vous êtes de mon avis ?

— Tout à fait. Nous devrions...

Phyllis reparut. Elle tenait un couteau.

— Dites à mon grand-père de me laisser en paix ! Je ne suis plus une petite fille ! lança-t-elle en avançant vers eux.

Buffy et Giles reculèrent. Puis le bibliothécaire ouvrit promptement la porte.

— On y va, Buffy ?

— Dites-lui que Lloyd Kaufman est quelqu'un de bon, et qu'il m'aime ! Il *m'aime* !

L'Observateur et sa Tueuse descendirent rapidement l'escalier et traversèrent la rue sans se retourner. Ils remontèrent dans la voiture... Giles enleva ses lunettes et se frotta les yeux.

— Vous voyez ? fit Buffy, sarcastique. Ça n'a pas pris longtemps.

— Tu avais raison sur un point. Cette femme est très instable. Crois-tu que Lloyd l'ait frappée pour se défendre ?

— Vous plaisantez ? Vous l'avez entendue comme moi... Elle *sait*, mais **elle** persiste à dire que Lloyd est « *quelqu'un de bon* ». (L'Elue secoua la tête.) Elle est mordue...

— C'est sans doute le seul homme qui s'est intéressé à elle. Ces femmes-là sont des proies idéales...

— C'est bien triste. J'ai de la peine pour elle, même si elle nous a menacés.

— Mais qui est-il ? s'interrogeait Giles. J'ai d'abord

cru qu'Ethan était derrière cette histoire. Il est avide de pouvoir comme ce n'est pas permis ! Etre assis à la droite de Ravana, régner tel un dieu... il adorerait ça ! (Il sortit la clé de contact.) Retournons au...

Il s'interrompit. Sur le parking du motel, Phyllis Lovecraft venait d'apparaître. Elle avait enfilé un long manteau vert par-dessus sa robe de chambre, les pantoufles toujours aux pieds... Elle monta dans une Ford Taurus, puis faillit emboutir une camionnette en faisant marche arrière.

Giles démarra. Phyllis quitta le parking sur les chapeaux de roues, sans vérifier si la voie était libre. Tournant à gauche, elle fit une embardée et zigzagua d'une file de stationnement à l'autre avant de reprendre le contrôle de sa Ford.

Giles la prit en filature ; une Toyota roulait entre sa Citroën et la voiture de Phyllis.

— Espérons qu'elle va voir Lloyd.

— Habillée comme ça, fit Buffy, ça m'étonnerait qu'elle aille faire ses courses !

Phyllis conduisait à grands coups de volant. Elle accélérait, faisait des écarts, et grillait les stops. Giles la suivait de loin, autant pour ne pas attirer l'attention que par souci de sécurité. Le style de conduite de Lovecraft incitait à garder ses distances.

Elle se rendit à la périphérie de Sunnydale, dans un quartier aux immeubles vides et condamnés. Le gang de Scoubidou y était passé plus tôt dans la semaine, faisant le tour des bars malfamés à la recherche des Chiens de l'Enfer. Phyllis ralentit un peu et tourna. Le bibliothécaire bifurqua à temps pour la voir sortir de sa Ford. Elle s'était garée face à l'ancienne gare routière délabrée.

— J'ai peur qu'elle ne nous repère si je m'arrête

aussi, dit Giles. Garde l'œil sur elle pendant que je continue.

Buffy vit Phyllis se frayer un chemin dans la boue. Après avoir longé le bâtiment, elle s'enfonça dans une ruelle qui séparait la gare routière désaffectée d'un immeuble tombant en ruine où trônait un panneau à peine lisible : « BILLARD ». Puis la jeune fille la perdit de vue.

— Elle a disparu !
— Elle est entrée là-dedans ?
— Ça, je n'ai pas pu voir, mais je suppose...
— Je crois que nous avons trouvé la statuette.
— Oui. Mais cette vieille ruine a l'air aussi peu stable que Phyllis Lovecraft...
— Un bâtiment désert est l'endroit idéal... Lloyd est à l'abri des regards indiscrets. Par les temps qui courent, même les sans-abri se font rares à Sunnydale !
— C'est vrai, admit Buffy. Dans nos rues, on trouve surtout des vampires, des démons, des loups-garous, et compagnie...

La Tueuse alluma la radio ; ils écoutèrent un reportage sur le meurtre perpétré au lycée. Le concierge n'avait pas été retrouvé.

— Allons-nous investir cette gare routière aujourd'hui ? demanda Buffy.
— Les livres donnent peu de détails sur le processus de résurrection de Ravana, dit l'Observateur. Mais il peut prendre jusqu'à sept jours. Jamais plus ! Nous ne savons pas avec certitude quand ça a commencé, mais une chose est sûre, le temps nous est compté !
— Il doit probablement y avoir des tonnes de Rakshasas là-dedans...
— Je suppose.
— Génial. Je mettrai de vieux vêtements.

— Tu les as affrontés dans ta chambre. Ce combat t'a-t-il appris quelque chose d'utile ?

— Seulement qu'avoir un objet long et pointu sous la main est une bonne idée. La machette a bien servi, mais une arme plus longue aurait été préférable. Comme... Vous n'auriez pas des épées, par hasard ?

— Si. Dans mon appartement.

— Allons les chercher !

— Je veux d'abord retourner au lycée. Après ce qui s'est passé, les élèves seront certainement invités à rentrer chez eux... Et nous allons avoir besoin de renforts.

CHAPITRE XX

A part l'arrivée de l'ambulance et de la police pendant les cours, rien n'indiquait que quelqu'un avait été tué. Deux policiers étaient entrés dans le bureau du proviseur Snyder par une porte dérobée. Ils y interrogèrent le seul témoin du drame, l'assistant du concierge. Le meurtre s'étant produit au sous-sol, le travail des inspecteurs sur les lieux du crime ne perturba pas le va-et-vient des élèves entre les cours.

Mais le concierge restait introuvable… Un tueur en liberté mettait les élèves et le personnel de l'établissement en danger. Les inspecteurs décidèrent d'évacuer tout le monde et de fermer le lycée pour la journée. Une fois de plus.

Un peu avant que la décision ne soit suivie d'effets, le téléphone du proviseur sonna… On venait de découvrir, au sous-sol du gymnase, des restes humains… fraîchement dévorés. Les inspecteurs échangèrent un regard entendu. Ils commençaient à avoir l'habitude… Du coup, la fermeture de l'établissement ne s'imposait plus, car les restes étaient forcément ceux du concierge. Ils se rendirent au sous-sol…

Aux yeux de Buffy, les aiguilles de la pendule se montraient aussi lentes qu'une queue au supermarché, le samedi après-midi… Elle attendait impatiemment

215

que la cloche sonne pour rassembler ses amis avant qu'ils ne filent chacun de leur côté, ou qu'ils aillent répondre aux questions de la police.

Par la fenêtre du couloir, elle regarda le ciel s'assombrir. Les nuages couleur charbon avaient grossi. La pluie, balayée par un vent violent, tombait en biais. A la réflexion, ces précipitations diluviennes n'étaient-elles pas inhabituelles pour la saison… ? Depuis quelque temps, il pleuvait sans cesse des trombes d'eau ! Etait-ce bien normal… ? *Avec Ravana*, pensa Buffy, *et une invasion de Rakshasas, qui sait* ?

Quand la sonnerie retentit, la jeune fille guettait ses amis dans le couloir. Dès qu'elle les vit, elle les appela. Ensuite, ils gagnèrent la bibliothèque.

— Etes-vous prêts à casser du Rakshasa ? demanda la Tueuse.

— Tu parles de ces créatures sorties tout droit d'un cauchemar de Steven Spielberg ? voulut savoir Alex.

— Ouais !

— Eh bien, euh… serons-nous armés ?

— Lourdement ! le rassura-t-elle.

— Et où cet affrontement aura-t-il lieu ? demanda Cordélia, circonspecte.

— Eh bien… Je vous dirai tout dès que nous serons à la bibliothèque.

La Tueuse se rappela avec quelle facilité les Rakshasas, grâce à leur art de la métamorphose, s'étaient joués d'elle. Elle ne tenait pas à aborder un sujet aussi sensible dans le couloir.

La bibliothèque était vide, à l'exception notable de Willow, qui travaillait consciencieusement dans le bureau de Giles. Munie d'un pilon, elle réduisait quelque chose en poudre avec un mortier.

Quand Buffy et les autres entrèrent, elle s'arrêta et secoua la main droite en grimaçant.

— Ça fatigue le poignet !

— Giles t'a-t-il parlé de notre visite à mademoiselle Lovecraft ? demanda Buffy.

Willow hocha la tête.

— Il a aussi parlé de l'ancienne gare routière.

— L'ancienne gare routière ? répéta Alex. Vu l'état de la nouvelle, je n'ose imaginer à quoi ressemble l'ancienne !

Buffy leur résuma la conversation que Giles et elle avaient eue avec Mlle Lovecraft, puis la filature.

— Phyllis vous a menacés avec un couteau ? s'étonna Alex. Elle est vraiment dingue !

— C'est triste, ajouta Oz.

— Oui, c'est aussi mon avis, reconnut la Tueuse.

— C'est sûr, c'est... *triste*. Et dingue, résuma Alex.

— Et tu es expert en la matière, marmonna Cordélia.

— En revanche, dit Buffy, nous ne savons rien de Lloyd Kaufman.

— Quel nom d'abruti ! ricana Alex.

— Là aussi, tu es expert en la matière, dit Cordélia.

Le jeune homme se tourna vers elle.

— Hé, j'essaie d'écouter ce que dit Buffy, d'accord ?

Ils entendirent des pas dans le couloir. Giles entra, portant sous le bras un long paquet enveloppé de couvertures, qu'il posa sur le comptoir.

L'Observateur était trempé, des gouttes d'eau ruisselant sur ses verres de lunettes. Il sortit un mouchoir de sa poche pour les essuyer.

— Cet orage est de plus en plus violent... (Il remit ses lunettes.) Les as-tu mis au courant, Buffy ?

— Je leur ai dit l'essentiel.

Le bibliothécaire examina la poudre, au fond du mortier, puis Willow.

— Comment t'en sors-tu ?

— J'ai presque fini.

— Excellent. Dans ma voiture, j'ai l'alcool et les os de hibou broyés.

— Des os de hibou, répéta Alex, pensif. Où trouvez-vous ce genre de... choses ?

— Par bonheur, j'en avais chez moi, dit Giles.

— Ah, bien sûr... Qui n'en a pas ?

L'Observateur se tourna vers Willow.

— As-tu mémorisé l'incantation ?

— Oui, elle est assez courte. Mais êtes-vous sûr que ça ne posera pas de problème si je la récite dans notre langue ?

Il lui tapota l'épaule.

— Ça marchera... ou pas, Willow. Nous n'avons plus le temps de la traduire. (Il regarda les autres.) J'ai peur que notre tâche ne soit très dangereuse. Buffy et moi sommes obligés d'y faire face. Mais rien ne vous oblige à courir de tels risques. Sachez que vous êtes libres de...

— Vous ne nous avez pas encore dit ce que nous devions faire, l'interrompit Willow. Comment savoir si nous sommes partants ou pas, si nous ignorons de quoi il retourne ?

— Moi, je sais déjà que cette histoire ne m'inspire pas confiance, avança Cordélia. En outre, je... (Elle hésita, embarrassée.) Je l'avoue, j'ai rendez-vous chez mon coiffeur. Et j'en suis fière. Je sais que ce genre de considérations ne représente rien pour des gens comme vous, mais pour moi, c'est très important.

Alex leva les yeux au ciel.

— Tu ne peux pas déplacer ton rendez-vous ?

— Tu plaisantes ! s'indigna Cordélia. Mon coiffeur a une liste d'attente plus longue que l'autoroute de Los Angeles ! De plus... (elle se passa une main dans les cheveux) ... je ne veux pas être inhumée avec une coupe pareille !

— Personne ne va mourir ni être enterré, assura Buffy, peut-être moins convaincue qu'elle ne l'aurait souhaité. Mais cette fois, nous ne serons pas en terrain connu...

— Nous ignorons la disposition des lieux, précisa Giles. Et de l'extérieur, le bâtiment n'a pas l'air solide. Donc, la gare elle-même pourrait représenter un danger. Un plancher qui s'effondre ou une poutre qui tombe risquent de nous faire plus de mal que les Rakshasas.

— Ça, c'est pas sûr, dit Willow. Je préférerais me casser une jambe plutôt que d'être dévorée vivante !

Buffy arbora une mine soucieuse.

— Y a-t-il un risque qu'ils fassent ça, Giles ? Qu'ils nous dressent les uns contre les autres, puis mangent les survivants comme à leur habitude ?

— Ils agissent ainsi par sadisme, dit Giles. C'est toute la différence entre voir un film au cinéma, et en voir un chez soi. Dans le premier cas, ça coûte plus cher et c'est moins pratique, mais c'est bien plus agréable. Dans le second cas, c'est plus commode.

— Alors, euh... Que sommes-nous ? demanda Alex. Une bobine 35mm ou un DVD ?

— Les Rakshasas aiment manipuler les gens, expliqua le bibliothécaire, et ils adorent les voir s'en prendre à leurs amis. La mise en scène aiguise leur appétit. Mais bien entendu, ils peuvent s'alimenter dans n'importe quelles circonstances. Ils mangeront tous ceux qu'ils tueront... et ils tueront tous ceux qui offensent Ravana.

Buffy sentit son estomac se nouer.

— Alors, quand ils étaient dans ma chambre...

— Si tu n'avais pas réagi assez vite, ou si tu n'étais pas la Tueuse, oui, ils t'auraient dévorée... (Giles regarda les autres.) Voilà pourquoi je tenais à vous prévenir. Nous ignorons à combien de Rakshasas nous aurons affaire. Mais ils seront très nombreux.

— Alors, vous aurez besoin de toute l'aide possible ? conclut Alex.

— C'est vrai, mais je ne peux pas te demander de...

— En quoi est-ce différent des autres fois où nous vous avons épaulé ? demanda Willow. Plus on est de fous, plus on rit. J'en suis !

Sur ce, elle retourna broyer sa poudre.

— Moi aussi, dit Oz.

— Idem, fit Alex.

Il se tourna vers Cordélia.

— Je réfléchis !

— Je me suis dit qu'il ferait certainement très sombre, là-bas, ajouta Giles. Alors, en chemin, je me suis arrêté dans une quincaillerie pour acheter des lampes torches. Il faudra éviter de s'en servir à tort et à travers pour ne pas dévoiler notre présence trop tôt. En plus, elles sont assez lourdes pour servir d'armes.

— Holà ! s'exclama Alex. Vous voulez dire... que nous allons là-bas armés de... *torches* ? Que comptez-vous faire ? Les éclairer jusqu'à ce que mort s'ensuive ?

Giles se tourna vers le comptoir et déballa le paquet qu'il avait apporté. Tous s'agglutinèrent autour de lui pour mieux voir. Sept longs objets enveloppés dans des serviettes apparurent.

— J'en ai apporté sept au lieu de six, au cas où...

— J'espère que je ne vous interromps pas !

Angel venait d'apparaître sur le seuil... Buffy sourit d'aise. La nuit n'était pas encore tombée, mais grâce aux égouts qui reliaient le lycée à son manoir, et aux vitres noircies du van d'Oz, il pouvait se déplacer avant le coucher du soleil.

Giles arqua les sourcils.

— ... Au cas où Angel nous rejoindrait, finit-il.

Il tendit à chacun un des objets enveloppés...

— Saperlipopette ! s'exclama Alex en découvrant le sien, impressionné.

— *Wow !* lâcha Willow.

— Cool, fit Oz en souriant.

— Vous voulez que j'attrape une hernie, ou quoi ? gémit Cordélia.

— A une exception près, il s'agit d'armes de forme et de longueur similaires, dit l'Observateur. Elles pèsent un kilo et demi et peuvent se manier à deux mains comme d'une seule.

Alex sortit son arme de son fourreau, la posa sur le comptoir et admira la fine lame en acier étincelante. Il fit quelques moulinets, ponctuant chaque mouvement d'un sifflement.

Le jeune homme se tourna vers Cordélia, imita une respiration sourde et heurtée, comme si l'oxygène lui parvenait à travers un tuba, et déclara de sa voix la plus grave :

— Je... suis... ton père, Luke... Maintenant, va ranger ta chambre !

Cordélia le foudroya du regard.

— Ce n'est pas ici, la convention *Star Trek* !

Alex baissa sa garde, secouant la tête.

— *Star Trek* ? C'est *Star Wars* ! Et j'imitais Dark Vador !

— Ça ressemblait plutôt à un ringard imbibé de whisky qui fume trop... Autrement dit, toi dans vingt ans !

— Dis donc, je ne fume pas !

Angel se racla ostensiblement la gorge.

— Apparemment, j'arrive à temps, Buffy...

— Ne t'inquiète pas. Je te ferai un résumé des derniers événements en chemin.

— Où allons-nous ?

— Je te l'expliquerai aussi, promis ! lui dit-elle avec un grand sourire.

Comme toujours en présence d'Angel, la jeune fille avait une voix plus grave... Presque un ton de conspirateur, comme si tout ce qu'elle lui disait devait rester confidentiel. Ce n'était pas intentionnel, mais machinal... et plus fort qu'elle.

— Ton arme est un peu différente des autres, Buffy, dit Giles. J'ai trouvé qu'elle te ressemblait. Elle est plus lourde, avec une lame à double tranchant.

Une rainure rouge vif courait au centre de la lame, longue d'environ quatre-vingt-dix centimètres. L'épée s'achevait par une pointe en forme de flèche sertie d'un diamant. Une corne renversée, des deux côtés d'un crâne en métal plat, faisait office de garde. La poignée en bois sombre partait du sommet du crâne, pour finir sur un pommeau représentant également une tête de mort aux yeux rouges, flanquée d'une corne renversée.

— Cette épée sort vraiment de l'ordinaire ! dit Buffy.

— N'est-ce pas ? Un ami me l'a donnée. Il l'avait fait fabriquer spécialement pour moi.

— Vraiment ? Vous devez y tenir, Giles... Et s'il lui arrivait quelque chose ?

— Avec toi, Buffy, je n'ai rien à craindre. Je n'en dirais pas autant des Rakshasas qui croiseront ton chemin...

— C'est un cadeau ? demanda Alex, qui faisait toujours des moulinets.

— Certainement pas ! Ces armes font partie de ma collection personnelle.

— Vous collectionnez ces trucs ? s'étonna Cordélia.

Elle tenait son épée à bout de bras, comme s'il s'agissait d'un serpent mort.

Le bibliothécaire haussa les épaules, un peu gêné.

— Depuis mon enfance, je m'intéresse aux épées. Mais c'est une passion coûteuse. Ma collection n'est pas impressionnante.

— Pourquoi voulez-vous que nous nous servions d'épées ? demanda Angel.

— Je te l'expliquerai en chemin, dit la Tueuse.

— Mieux vaudrait que la route soit longue, soupira le vampire.

— Avant de partir, ajouta l'Observateur, vous familiariser avec votre arme serait une bonne idée. A la gare routière, vous devrez réfléchir et agir vite, alors préparons-nous.

— J'ai un travail à finir, dit Willow en retournant à son pilon et à son mortier.

Alex posa une main dans le dos de Cordélia.

— Viens, je vais te montrer comment tenir ce genre d'engin.

La jeune fille s'écarta et planta ses yeux dans les siens.

— C'est une blague ? Parce que si...

Alex leva une main en signe de bonne foi.

— Non, je suis sérieux ! N'y vois aucun sous-entendu ! Vraiment !

Elle l'observa un moment.

— Bon, d'accord... Mais ça ne veut pas dire que je vous accompagne.

— Tu n'as plus besoin d'aller chez le coiffeur ! affirma Alex alors qu'ils gagnaient le fond de la salle avec Oz. Ces lames sont si tranchantes que je pourrais te couper les cheveux.

Buffy et Giles rejoignirent Willow.

Angel semblait mal à l'aise.

— Ça prend tournure ? demanda l'Elue.

— Oui, ça devrait faire une bonne crème au Ravana, répondit la sorcière. Enfin, j'espère…

— Tu espères ?

— Nous avons trouvé beaucoup de documents sur Ravana et sur la méthode de résurrection, mais rien sur la façon d'arrêter ou d'annuler le processus, dit le bibliothécaire. Une potion semble vaguement appropriée, mais les résultats sont loin d'être garantis. Willow a fait quelques suggestions…

— Et elles ont plu à Giles, ajouta la jeune fille avec un sourire à l'adresse de Buffy.

— Elle a proposé d'y ajouter l'ingrédient actif et le catalyseur d'autres potions, dit l'Observateur. Nous n'aurons de certitudes qu'au moment de vérité, mais je crois que cette potion de dissolution sera très efficace.

— Willow est devenue une vraie petite sorcière, hein, Giles ? demanda la Tueuse.

— C'est une *élève* très douée pour la magie.

Au fond de la salle résonna un bruit métallique.

— Oh non ! cria l'Observateur. *Pas de contact !* Contentez-vous de les avoir bien en main !

Buffy se pencha vers Willow et murmura :

— On dirait que tu as impressionné Giles… Peut-être te laissera-t-il pratiquer la magie librement ?

— Je ne sais pas… Je ne suis pas sûre que cette potion marche.

— Ne t'en fais pas. Si ça ne fonctionne pas, ça n'aura plus aucune importance… Nous serons tous morts.

Willow regarda fixement son amie, terrifiée. La Tueuse se hâta de préciser :

— Je plaisantais !

— Je sais… Mais je me sens sous pression, et si j'échoue, ce sera ma faute si nous mourons tous.

— Willow, n'y pense pas ! Si je raisonnais comme

ça, mes dents pousseraient à l'envers et me troueraient la cervelle !

— Alors que suis-je censée me dire ?

— Que tu as fait de ton mieux. Et si ça ne marche pas, nous essaierons autre chose !

Un roulement de tonnerre retentit, à l'extérieur. Buffy, Willow et Angel levèrent les yeux au plafond, comme s'ils pouvaient voir le ciel à travers.

— La nuit idéale pour ce genre d'activités, marmonna l'Elue.

— Pourrais-tu enfin me mettre au courant ? demanda Angel. Autrement, si tu préfères, je peux toujours repartir.

— Non ! (Buffy s'approcha de lui et lui posa une main sur le bras.) Nous avons besoin de toi, crois-moi !

Elle l'entraîna à l'écart et lui expliqua la situation, laissant Willow finir sa tâche.

Sous son pull, la jeune sorcière sentait sur sa peau la minuscule sculpture de Rama. Elle était soulagée que Mila n'ait pas découvert les accusations de la Tueuse contre elle... Ça l'aurait probablement fait rire, mais elle préférait qu'elle ne l'apprenne jamais.

Elle repensa au frère de Mila. A quoi ressemblait-il ? Combien d'heures passait-il chaque jour à sculpter les dieux et les démons de sa religion ? Au contraire de sa sœur, il était croyant. A ses yeux, les sculptures que Willow trouvait agréables représentaient des êtres bien réels, pas seulement des monstres ou des super-héros...

Pour un tel homme, la miniature de Rama qu'elle portait autour du cou était aussi importante qu'un crucifix pour un chrétien, ou qu'une étoile de David pour son père. Les multiples divinités de l'hindouisme et les nombreuses identités de chaque dieu paraissaient tellement éloignées de tout ce qu'elle connaissait qu'il lui avait été difficile de ne pas trouver ça idiot. Mais cette religion en valait une autre... Et elle existait depuis plus longtemps que la plupart de ses concurrentes.

Pas étonnant qu'on fasse si souvent la guerre au nom de la religion...

Willow aurait aimé que le frère de Mila fût ici, pour qu'il leur donne une idée plus précise de ce qu'ils allaient affronter, et il leur aurait montré comment vaincre Ravana : une prière ou un verset sacré, peut-être... Et si ça ne marchait pas, cela aurait été sa faute, et non celle de Willow.

Sous la pluie, la gare routière prenait des allures de fantôme. Ses fenêtres condamnées par des planches clouées constituaient autant d'yeux aveugles. Les fissures et les trous qui constellaient ses murs noircis évoquaient des blessures exsangues jamais cicatrisées. Le terrain boueux qui l'entourait était parsemé de blocs de pierre – les vestiges d'un trottoir. Le sol paraissait bouillonner et dégager des bulles, tels des sables mouvants.

Dans l'obscurité, le bâtiment semblait à l'affût, guettant quelque chose – ou quelqu'un – pour lui sauter dessus... Mais quand un éclair l'illuminait, il devenait un visage monstrueux révulsé par la douleur avec ses yeux-fenêtres clos, et sa bouche-portail ouverte sur un hurlement silencieux et torturé...

Dans le van d'Oz, tous examinaient la gare routière par le pare-brise. Aucun n'avait hâte de sortir.

— Elle a l'air affamé, marmonna Oz.

Willow avait terminé sa potion. Elle emportait deux récipients dans un sac en nylon qu'elle tenait sur l'épaule. Le premier, métallique et fermé par un couvercle en plastique, contenait la poudre qu'elle avait moulue à la main ; le second, en plastique, le liquide qui devait être ajouté à la poudre avant que la potion ne soit utilisée. Dès qu'elle le verserait, elle devrait réciter une incantation. La potion deviendrait active à l'instant où les deux ingrédients entreraient en contact.

Giles les avait prévenus : une fois dans la gare routière, ils croiseraient probablement des rats et des chats errants.

— Ne les laissez pas vous effrayer ou vous distraire ! Si vous les entendez bouger dans le noir, ça signifie simplement qu'ils essaient de s'éloigner de vous.

Il avait aussi rappelé que les Rakshasas pouvaient être tués par des coups répétés.

— Comme me l'a suggéré Buffy, une épée est l'arme idéale contre eux. Elle vous permettra de garder vos distances et vous évitera d'être mordus. Des moulinets vous permettront d'en faucher plusieurs d'un coup.

A la bibliothèque, Alex avait tenté de convaincre Cordélia de participer à l'aventure. Giles était intervenu. Il ne fallait pas pousser la jeune fille à agir contre sa volonté. Rien de bon n'en sortirait. Alex s'était rebellé. Cordélia avait la réputation de ne jamais dire non ! Ulcérée, la jeune fille lui avait botté le derrière…

— Puisque c'est comme ça, tu te téléporteras toi-même, si tu vois ce que je veux dire !

Puis elle s'était décidée à venir. Elle pourrait toujours prendre un autre rendez-vous chez son coiffeur. Malgré l'attente, ce serait toujours mieux que de ne plus **jamais** avoir de brushing, au cas où ses amis seraient **vaincus** par Ravana à cause de leur infériorité numérique…

— **Ça me** rappelle la fête foraine, lâcha Alex.

— La fête foraine ? répéta Cordélia. Tes syntaxes ont de nouveau des ratés…

— Pas syntaxes, *synapses* !

— Peu importe.

— Ça me rappelle la fête foraine, insista le jeune

homme. Quand j'étais petit, à chaque fois, je voulais aller dans la maison des horreurs. Mon père prenait deux tickets pendant que je regardais les images effrayantes peintes sur les murs. Ça me faisait tellement d'effet qu'à l'instant où mon père recevait les tickets, je criais que j'avais trop peur pour entrer ! Il me prenait sous le bras et m'emmenait dedans… Ce n'était jamais aussi effrayant que je me l'étais imaginé… Ça faisait à peine peur. Mais chaque année, ça recommençait ! (Il se gratta la tête.) C'est peut-être pour ça que j'aime traîner avec toi, Buffy… Mon père m'a si souvent traumatisé avec cette maison des horreurs que ça m'a mis les idées à l'envers ! Maintenant, j'aime vraiment avoir peur.

— Je ne te porterai pas, l'informa Cordélia. Inutile de me le demander !

— Prenons notre matériel et allons-y, dit Giles.

Ils descendirent, sortirent leurs épées et vérifièrent leurs torches électriques.

— Toutes les issues semblent condamnées, ajouta l'Observateur. Pourtant, mademoiselle Lovecraft y est entrée. Par où est-elle passée tout à l'heure ?

— Elle a emprunté cette ruelle, indiqua la Tueuse, à droite du bâtiment…

Elle ouvrit la marche sous la pluie.

— Vos épées vont rouiller, Giles, prévint Alex.

— J'en doute. Mais même… peu importe. Si elles nous assurent la victoire, ça aura plus de valeur à mes yeux que leur apparence !

Ils étaient convenus de se servir de leurs torches en dernier recours. Ils ne voulaient pas qu'on les voie approcher de la gare routière. Les lourdes lampes noires restèrent accrochées à leur ceinture.

Ils pataugeaient dans la boue et les flaques. La ruelle était jonchée de décombres, de panneaux noircis et d'ordures qui devaient dégager une odeur pestilentielle dès qu'il faisait chaud. Angel leur indiquant le chemin, ils n'eurent pas besoin d'allumer leurs torches. Il s'arrêta devant une porte métallique, sur le côté du bâtiment. Quand le vampire tourna la poignée, le battant s'ouvrit de quelques centimètres.

— Par là, murmura Buffy.

Le mort-vivant ouvrit la porte en grand. La Tueuse et lui entrèrent.

— C'est un couloir. Enfin, je crois…

Angel hocha la tête. La jeune fille s'engagea la première, tournant bientôt à droite, puis à gauche. Elle arriva devant une porte s'ouvrant sur les ténèbres, et appuya sur l'interrupteur. L'éclairage révéla un sol en céramique cassée, des lavabos et des urinoirs brisés, certains renversés…

— Les toilettes…

Elle éteignit. Ils continuèrent prudemment. Bientôt, la pluie fut remplacée par un bruit d'eau différent. Buffy passa devant d'autres toilettes. Au fond du couloir, elle distingua une porte. Au-delà, il semblait y avoir… de la lumière ? Une lueur incroyablement ténue, perdue au milieu d'une profonde obscurité…

Alors que l'Elue s'en approchait, elle lui parut… danser…

— N'allumez pas vos torches. On dirait que c'est éclairé, là-bas.

— En effet, confirma Giles.

Le bruit s'était intensifié, comme si une canalisation passait devant Buffy. Soudain, des trombes d'eau arrosèrent la jeune fille qui recula, heurtant le bibliothécaire.

— Le toit fuit ! lança Giles. Tenons-nous sur nos gardes…

Leurs yeux s'étant accoutumés à l'obscurité, les amis

de Buffy virent qu'un incendie avait carbonisé les murs couverts de couches de tags. Au milieu des noms de gangs et des dessins pornographiques figuraient des aphorismes, des numéros de téléphone et des heures de rendez-vous...

Alors que la Tueuse avançait, Angel chuchota :

— Des chandelles...

Jetant un coup d'œil à droite, elle constata qu'il avait raison. D'un bout à l'autre de la pièce, il devait y en avoir une centaine. Un angle se trouvait plus éclairé : de la taille d'un four à micro-ondes, une forme indistincte diffusait par intermittences une lueur d'un vert blafard. Derrière, une vague forme émettait une lueur rouge sombre.

Le gang de Scoubidou examina les étranges lumières, derrière les chandelles. Buffy sonda l'obscurité. De l'eau giclait. Entre les piles de débris, çà et là, gisaient deux vieux flippers, couchés sur le côté. On ne percevait aucun signe de vie. Buffy avança, puis s'immobilisa et leva les yeux. Cette partie du bâtiment ne comportait pas de plafond, pas de toit, semblait-il. En tout cas, elle apercevait le firmament. Et des nuages annonçant l'orage... De minuscules étoiles rouges scintillaient.

Une seconde ! pensa Buffy. *Des étoiles ? Et rouges ?* Elles s'éparpillaient en petits groupes au milieu des chevrons dénudés. Elle examina le toit de la gare routière. Même s'il laissait passer la pluie par endroits, il existait.

Elle comprit alors ce qu'étaient les « étoiles ». Les yeux rouges des Rakshasas.

CHAPITRE XXI

— Ils nous observent, murmura Angel à Buffy.

— Ils observent, mais n'attaquent pas. (Elle se tourna vers les autres.) Marchez lentement. Ne faites aucun geste menaçant. Ne parlez pas, sauf si c'est absolument indispensable. Et dans ce cas, chuchotez.

— Comment chuchote-t-on un *hurlement* ? marmonna Cordélia, le souffle court.

La Tueuse avançait. Ses amis la suivirent. Des bruits retentissaient au-dessus de leurs têtes : le cliquetis de petits crocs... les renvois d'estomacs bien remplis... les gargouillements impatients de ventres affamés... les frémissements de corps replets... le frottement de queues roses contre les chevrons.

Buffy avait la chair de poule. Consciente de la présence des créatures, elle les imaginait plus bas qu'elles ne l'étaient en réalité. Assez pour faire courir leurs griffes dans ses cheveux, ou pour enrouler leur queue autour de son cou... Elle continua pourtant sa progression. Les lueurs rouges et vertes miroitaient toujours. Buffy put distinguer des formes. Le rouge émanait de la statuette de Ravana, formant une sorte de colonne de lumière.

Baissant la tête, la Tueuse vit de robustes jambes, musclées et luisantes, croisées dans la position du lotus. Le reste du corps se forma sous ses yeux. Un pagne marron doré couvrait le haut des cuisses et la taille. Un gilet coupé court mettait en évidence un ventre et une poitrine musclés qui semblaient avoir été taillés dans de la pierre noire. Vingt bras poussèrent rapidement sur le torse. Dix têtes regardaient dans toutes les directions. Leurs bouches bougeaient, mais aucun son n'en sortait...

La colonne de lumière s'arrêtait au niveau du nez. La *chose* continuait à prendre forme. Les yeux apparurent. Les sourcils suivraient. Il ne manquait plus que la calotte crânienne. La forme qui émettait une lueur verte intermittente se trouvait rattachée aux six pièces qui faisaient pendant à la statuette de Ravana. Des tentacules de la même substance lumineuse sortaient de la bouche des petits Rakshasas pour former une sorte de magma.

La masse immonde trembla... Des lèvres se dessinèrent et s'ouvrirent pour produire un bruit de succion... Un Rakshasa surgit, plus expulsé que libéré. Des morceaux de gelée verte restaient accrochés à son petit corps. Dès qu'il toucha le sol, il courut entre les chandelles, grandissant à vue d'œil. Le « nouveau-né » fonçait sur Buffy, qui recula. Mais il ne sembla pas la remarquer. Tournant à droite, il grimpa dans la charpente. Un autre « bébé » émergea de la masse verte... et suivit le même processus de maturation accélérée.

La Tueuse leva les yeux vers le trou qui dévoilait le ciel pluvieux. Telles des mouches, les petits monstres grimpaient le long du mur pour s'agglutiner autour de cette ouverture. Elle aperçut une silhouette noire, illuminée par un éclair bleu argenté.

Buffy ignorait le « taux de ponte », et ne savait pas si les naissances étaient forcément *jumelées*... Mais elle ne tenait pas plus que ça à le découvrir. Pourquoi les deux nouveaux Rakshasas avaient-ils ignoré les intrus ?

Peut-être leurs sens n'étaient-ils pas très développés au début... ou ils étaient pressés d'aller propager la haine et les envies de meurtre, tels les elfes malfaisants d'un Père Noël dégénéré...

Soudain, la Tueuse fut aveuglée par une lumière braquée sur elle. Elle détourna la tête. Quelqu'un accourut.

— Dites donc, les gosses, que fichez-vous là ? grogna un type.

Torche au poing, un policier en uniforme se tenait devant elle. Il baissa sa torche ; Buffy clignait des yeux. Giles intervint :

— Excusez-moi, monsieur l'agent, je peux tout vous expliquer.

Le policier éclaira le visage du bibliothécaire, puis il passa les autres en revue, avant d'en revenir à Buffy. Il sourit, hochant la tête.

— C'est de sacrées épées que vous avez là ! (Il tendit une main.) Vous devriez me les donner avant de blesser quelqu'un. Allez, toi d'abord.

L'Elue jeta un coup d'œil sur sa droite, vers Ravana. Les vingt yeux, formés, émettaient une pâle lueur rouge. Les bouches continuaient à émettre des sons... La jeune fille s'aperçut soudain qu'elles n'étaient plus entièrement silencieuses. Elle entendit un bruit fantomatique : des mots d'une langue inconnue... synchrones avec les lèvres de Ravana. Elle se tourna vers Giles.

— C'est presque fini !

— Hé ! grogna le policier. (Il avait l'air en colère, mais ses yeux brillaient. Un sourire mauvais se forma sur ses lèvres.) Je t'ai dit de me donner cette épée !

La Tueuse remarqua que quelque chose clochait au niveau de son badge. Elle alluma sa torche et la braqua sur son interlocuteur. Le badge réfléchit la lumière :

c'était une plaque de métal en forme d'étoile, parfaitement lisse, sans nom gravé.

— Donne-moi ça, nom d'un chien ! cria le flic.

— D'accord, la voilà !

La jeune fille lui planta son arme dans la poitrine. Le type cria. Willow, Cordélia et Alex étouffèrent un hurlement. Giles sursauta. Buffy retira sa lame ensanglantée aussi vite qu'elle l'avait enfoncée. Puis elle la brandit au-dessus de sa tête, et l'abattit sur le « flic » qu'elle sectionna au niveau de la taille. Le corps tomba en deux morceaux. Giles fut aspergé de gelée verte !

Comme dans un cauchemar, les deux parties du corps palpitèrent et se déformèrent. Le monstre se liquéfia puis se transforma. Le Rakshasa cessa de crier et rampa sur les bras en direction de ses jambes potelées. Buffy ne le laissa pas faire. Elle lui martela la tête jusqu'à ce que seule une gélatine verte subsiste... L'Elue recula et regarda la flaque s'évaporer. Il restait les « jambes ».

Fascinés, tous fixaient ces membres tressautants... Au-dessus de la taille, une forme apparut. Le tronc du Rakshasa repoussait.

— Ce sont des *asticots* maléfiques, ma parole ! jura Alex. Comment se débarrasse-t-on de ces vermines ?

Buffy se servit de son épée comme d'une hache... Puis elle se redressa, des mèches de cheveux collées au front par la sueur.

Ravana continuait sa litanie. S'il parlait en une langue étrangère, ses intentions étaient on ne peut plus claires... Buffy se baissa, ramassa sa torche, et la braqua sur le démon. Ses lèvres se tordaient. Ses bras se tendaient... Il serrait les poings et fouettait l'air.

Un orateur passionné qu'il n'était pas utile de comprendre pour deviner qu'il représentait le mal incarné.

Les voix devenaient plus fortes et plus claires, pour n'en faire qu'une...

— Nous n'avons pas beaucoup de temps, dit Buffy. Willow ?

La jeune fille se rapprocha de son amie et ouvrit son sac.

— Prête ? demanda l'Elue en se tournant vers les autres. Bien... Déployez-vous. *Lentement.*

Ses amis se placèrent en position stratégique. Buffy observait les innombrables yeux rouges qui luisaient toujours dans les ténèbres. Elle n'aurait su dire s'ils la guettaient ou s'ils regardaient ailleurs.

— Allons-y !

Willow et elle se dirigèrent vers Ravana. Elles s'arrêtèrent devant le passage ménagé au milieu des chandelles. Il était trop étroit pour qu'elles puissent l'emprunter de front. Willow s'y engagea la première.

A cet instant, un hurlement à glacer le sang éclata. On eût dit qu'on tordait du métal avant de le broyer... Une cacophonie de glapissements suraigus et de grognements rauques retentit...

L'enfer s'ouvrait !

Le hurlement terrifia Alex, qui en resta tétanisé. Puis, rentrant la tête dans les épaules, il eut la présence d'esprit de dresser son arme, lame vers le haut... Bien lui en prit : un Rakshasa s'y embrocha. Alex baissa l'épée ; la créature glissa par terre.

— Bon début ! se félicita le jeune homme en découpant le monstre en rondelles avant de faire face au suivant... puis encore au suivant...

Sur sa droite, une autre lame scintilla dans les ténèbres. Oz sauta sur un vieux flipper, dominant les petites créatures qui fonçaient vers lui. Il abattit son épée, sectionnant un cou ; une tête cornue et reptilienne roula par terre. Le jeune homme transperça un autre Rakshasa, et rendit manchot un troisième.

Mais ils étaient trop nombreux et trop rapides. Tel un fantôme, Angel se fondit dans les ténèbres pour mieux attaquer. Là où il passait, les Rakshasas trépassaient. Adossée à un mur, Cordélia tenait son arme à deux mains et faisait des moulinets. Sa tactique fit quelques dégâts, mais pas assez... Blessés, les monstres revenaient encore et toujours à la charge.

— Vous ne pourriez pas être *moins nombreux* ? cria la jeune fille.

Elle sentit des griffes lacérer son pantalon. Pliant les genoux, elle assomma la créature avec sa lourde torche. Les Rakshasas nouveau-nés continuaient d'affluer du côté des chandelles... Mais Buffy éclaircissait leurs rangs, maniant son arme avec une rapidité et une précision redoutables.

— Vas-y, Willow ! cria-t-elle. C'est le moment !

Le hurlement avait paralysé la jeune sorcière. L'injonction de la Tueuse lui permit de se ressaisir. Elle avança de nouveau au milieu des chandelles.

Deux autres Rakshasas sortirent de la substance verte et coururent vers la jeune fille. Ils la contournèrent comme s'il s'agissait d'un banal obstacle et se lancèrent à l'assaut des murs pour atteindre le trou du toit... Ensuite, ils sortiraient s'amuser en ville...

Willow leva son épée et l'abattit sur la masse verte jusqu'à ce qu'elle ne soit plus qu'une immonde flaque. Les tentacules tombèrent par terre. *Il n'y en aura plus de nouveaux.*

Mais Buffy ne pouvait contenir tous les Rakshasas...

— Attention, Willow !

Un des monstres atterrit sur le dos de la jeune fille. Son haleine fétide l'asphyxia à demi. Il ouvrit la gueule, s'apprêtant à mordre. Willow lui enfonça sa torche dans la gorge. La créature lâcha prise, la lampe coincée dans le gosier. La jeune fille pivota et le larda de coups d'épée avant de se débarrasser de sa carcasse d'un coup de pied. Le Rakshasa était presque sectionné en deux, de l'épaule à la hanche. Il roula au milieu des flammes vacillantes, renversa des chandelles et projeta de sinistres ombres sur le sol. Il tenta de se relever, mais le feu l'attaqua, et il fut dissous dans un hurlement lugubre.

Un deuxième Rakshasa fondit alors sur la jeune sorcière.

Le cœur battant la chamade, Willow cria :

— Le feu est plus rapide que l'épée !

Son arme tenue à deux mains, elle frappa son assaillant et le projeta au milieu des flammes.

— Bien vu, Willow ! la félicita la Tueuse, imitant aussitôt son exemple. Merci !

Pendant que les Rakshasas glapissaient, livrés au feu les uns après les autres, Willow revint sur ses pas et plongea une main dans son sac pour attraper son récipient en métal. Elle fit demi-tour.

La statuette de Ravana se situait à cinquante centimètres d'elle. Le démon gesticulait et jacassait. Quelques-unes de ses têtes se tournèrent vers la jeune fille, leurs yeux brûlants se rivant sur elle. Les voix, devenues plus fortes, crièrent leur haine à l'unisson. Willow avança et versa la poudre sur la statuette. Le cri de Ravana évoqua le hurlement d'un millier de loups enragés. Puis Willow sortit de son sac le récipient qui contenait le liquide.

Un Rakshasa vint se jeter contre ses jambes. Elle fut obligée de s'agenouiller pour ne pas tomber. Une deuxième créature lui bondit sur le dos, la plaquant au sol. Elle lâcha son épée à l'instant où un troisième monstre sautait sur elle, et appela Buffy à son aide.

Ayant entendu l'appel de leur seigneur, les Rakshasas accouraient vers lui.

S'étant débarrassée de la créature qui s'accrochait à ses jambes, Cordélia porta des coups plus efficaces aux autres, car leur nombre avait diminué. Il en allait de même pour Oz, toujours perché sur le vieux flipper, ainsi que pour Giles et Alex, qui luttaient maintenant dos à dos.

La Tueuse protégeait l'entrée du passage, frappant à coups redoublés les petits démons.

— *Buffy !* criait Willow désespérément.

Par-dessus son épaule, l'Elue vit son amie affronter une montagne de Rakshasas. A bout de bras, elle tenait le récipient en plastique... L'Elue tourna plusieurs fois sur elle-même, redoublant d'efforts. Puis elle bondit et dispersa rapidement les Rakshasas qui submergeaient son amie. La plupart des monstres finirent au milieu des chandelles, hurlant comme des gorets. Un tas d'immondices avait pris feu. Des flammes s'élevèrent... Et la Tueuse put s'emparer du récipient.

— Vide-le sur la statuette ! cria Willow.

Son sac en nylon étant réduit en lambeaux, elle s'en débarrassa.

— Je dois juste... verser ? fit Buffy, décapsulant le récipient et s'approchant de la statuette.

— Oui. Je prononcerai...

Ils se jetèrent sur l'Elue avec une telle rapidité qu'elle n'entendit jamais la fin de la phrase. Trois, peut-être quatre Rakshasas venaient de sauter sur elle. Le récipient lui glissa des doigts. Son contenu se répandit sur les flammes qui bondirent au-dessus des chandelles... Puis s'éteignirent avec un petit *whoosh*. Il n'y avait plus d'alcool !

CHAPITRE XXII

Voyant l'alcool se répandre, le désespoir saisit Willow aux tripes...

Inutile de se demander si sa potion marcherait ou non. Elle s'était envolée.

Alors que Buffy repoussait les Rakshasas qui s'étaient jetés sur elle comme des puces sur un chien, la jeune sorcière tenta de se redresser. D'autres créatures se ruèrent sur elle. Désarmée, Willow rassembla son courage pour supporter leur contact, leur puanteur, leurs grognements et les blessures qu'elles allaient lui infliger... Le premier Rakshasa retroussa les babines et ouvrit la gueule, vite imité par ses congénères. Mais les monstres, bizarrement, semblaient avoir peur. Ils reculèrent tout à coup, firent demi-tour et s'enfuirent. *Que s'est-il passé ?* se demanda Willow. Elle examina ses jambes, ses bras et ses mains. Elle était trempée, mais rien n'avait changé.

Enfin, *presque*... La miniature de Rama n'était plus sous, mais *sur* ses vêtements. Les flammes illuminaient la petite sculpture. Willow la prit et referma le poing sur elle. Un cri de femme déchira les ténèbres.

Une voix d'homme – qu'elle connaissait, mais ne put identifier – cria dans une langue étrangère avec assez de force pour que ses paroles, tel le claquement d'un fouet, résonnent dans la gare routière, suivies aussitôt d'un roulement de tonnerre... à l'intérieur du bâtiment.

Tous les Rakshasas grimpèrent aux murs, donnant l'impression que la gare routière était sur le point de s'écrouler...

De nouveau, les yeux rouges observèrent les humains depuis les combles. Buffy se tourna vers Ravana. La colonne rouge s'était encore élevée ; les fronts étaient presque formés. Il ne manquait plus que les calottes crâniennes et les cheveux des vingt têtes.

Alors, la résurrection du démon serait achevée.

— N'y a-t-il rien pour remplacer l'alcool ? lança Buffy.

— Non ! gémit Willow.

Elle se releva sur des jambes flageolantes. La colonne qui tournait autour de Ravana monta, dévoilant dix crânes chauves. Les voix devinrent assourdissantes. Willow dut crier pour se faire entendre :

— Buffy, il faut que je te dise que... !

— Excuse-moi !

La Tueuse prit son épée à deux mains, tourna sur elle-même et frappa. Malgré la violence de l'impact, l'épée ne parvint pas à transpercer la colonne magique. L'Elue revint à la charge, menaçant le ventre de Ravana. Mais le résultat fut identique. Violemment repoussée, la Tueuse heurta Willow.

— Buffy, le feu gagne ! cria son amie. Il faut que je te dise que... !

— Rien de ce que tu peux faire ne l'arrêtera ! annonça la voix familière, avec un accent anglais.

— Ethan ? (Buffy chercha sa lampe du regard, l'aperçut, et la ramassa.) Ethan Rayne ?

— A ton service. Maintenant, s'il vous plaît, venez toutes les deux ici.

La Tueuse avança. Elle ne savait pas ce qui se passait,

mais Rayne jouait un rôle dans cette histoire. Elle aurait dû accorder plus d'importance à la rencontre de Giles avec ce fauteur de troubles...

Une voix féminine cria :

— Ethan Rayne ? Mais tu m'avais dit que tu t'appelais Lloyd Kaufman ! Pourquoi m'as-tu menti ? Je t'aurais...

— Silence ! intima Rayne.

Phyllis se tut. Buffy alluma sa torche et vit plusieurs silhouettes devant elle. Elle en reconnut trois... *Où est Angel ?* se demanda-t-elle. Puis deux autres – Phyllis et Rayne, et... *Quelqu'un se tient très près de Rayne...*

Willow rejoignit l'Elue, lui serrant un bras.

— Les Rakshasas ont eu peur de Rama ! cria-t-elle.

— Quoi ?

Willow lui montra sa petite sculpture.

— Ils ont eu peur de cette miniature et se sont enfuis ! Je ne suis pas sûre de ce que ça signifie. Mais je...

— Plus le temps d'enquêter ! Donne-la-moi !

La jeune sorcière posa le bibelot dans la paume tendue de son amie, qui l'empocha.

— C'est une sculpture en pierre ordinaire, n'est-ce pas ?

— Oui, mais elle représente l'ennemi mortel de Ravana, et c'est l'œuvre d'un croyant !

— Ça fait une différence ?

— Je n'en sais rien !

— Venez ici ! cria Rayne.

Buffy s'était rapprochée. Les voix démoniaques continuaient de rugir, obligeant tout le monde à s'époumoner pour se faire entendre.

La Tueuse avança encore, assez près pour identifier la silhouette, à côté de Rayne...

— Maman ? cria Buffy en se précipitant sur elle.

Aussitôt, le canon d'un pistolet se plaqua sur la

tempe de sa mère. Joyce était trempée, sale et terrifiée. Rayne s'était glissé derrière elle. Elle lui servait de bouclier.

— Maman, ne tente rien, surtout ! implora Buffy.

Joyce ne répondit pas.

— Dis-nous ce que tu veux, Ethan ! lança Giles.

— Que vous attendiez !

— Nous n'avons plus le temps ! dit l'Elue.

— Après la résurrection de Ravana, vous ne pourrez plus rien !

— Dans ce cas, lâche ma mère !

— Pour que tu fasses quelque chose que tu pourrais regretter ?

— Réfléchis, Ethan ! dit Giles. Il n'est pas trop tard… !

— J'y ai déjà beaucoup réfléchi, Rupert !

— Tu n'en as jamais assez, pas vrai ? Tu veux gagner… et régner sur *un gigantesque charnier*, c'est ça ?

— Tout le monde ne mourra pas, Giles ! J'aurai besoin de quelques esclaves… !

Buffy était à bout de nerfs. Les émotions se bousculaient en elle : l'angoisse, la peur, la colère de voir sa mère ainsi menacée…

Quant à Ravana, son retour à la vie n'était plus qu'une question de secondes…

— Lâche Joyce ! cria le bibliothécaire. Elle n'a rien à voir avec tout ça !

— Désolé, mais cette brave femme est mon assurance-vie ! beugla Rayne en éclatant de rire. Vous ne pouvez plus rien pour empêcher le retour à la vie de Ravana !

Cordélia mit les mains sur ses oreilles ; Alex et Oz grimacèrent.

— Rama l'a mis en échec ! cria Willow.

— Rama avait une flèche à la pointe forgée par le dieu Vishnou. C'est le genre de choses qui ne court pas les rues, jeune fille... ! ricana Rayne.

Buffy aurait voulu lui régler son compte d'un coup de lame... Mais tant qu'il retenait sa mère en otage, c'était impossible. Soudain, elle remarqua un détail. Joyce portait quelque chose de sale... de mouillé... et de familier, et qui n'aurait pas dû se trouver sur ses épaules : la chemise de nuit *South Park* de Buffy.

— C'est un Rakshasa ! dit la Tueuse, soulagée.

Elle leva son épée... et resta le bras en l'air. Elle ne pouvait se résoudre à frapper. A ses yeux, c'était toujours sa mère, quoi qu'en dise sa raison. Echec et mat !

Un visage fantomatique surgit derrière Ethan Rayne. Une main gantée de noir prit la pseudo-Joyce par le menton et lui tira la tête en arrière...

De l'autre main, l'apparition tenait un cylindre en métal noir luisant. Une pointe en argent sortit de l'objet, et de petites pointes incurvées s'y déployèrent. Avec un vrombissement sinistre, la pointe tourna comme un foret et s'enfonça dans le crâne de « Joyce ». De la gelée verte gicla. Devenu gélatineux, le corps s'effondra, se liquéfia et s'évapora.

Le cœur de Buffy se serra. Voir le sosie de sa mère subir un tel sort la bouleversait. Mais elle se reprit vite. Rayne tenta de pointer son arme sur l'homme, derrière lui. D'un coup de poing, l'albinos l'envoya au tapis. Buffy reconnut l'individu qui avait sans doute ravagé la galerie de sa mère, puis sa maison... Elle bondit, se saisit de sa torche électrique, et frappa l'inconnu qui tituba... et tomba.

La jeune fille s'agenouilla près de Rayne pour l'attraper par le col de sa chemise, puis elle pressa la pointe de son arme sur sa gorge, braillant pour être entendue en dépit du vacarme :

— Comment l'arrêter ?

A demi-conscient, Rayne eut un vague sourire.

— Impossible ! Et tu n'as pas intérêt à me tuer... Je suis le seul qui pourra communiquer avec lui ! Si tu me fais la peau, les Rakshasas vous dévoreront !

Buffy n'obtiendrait rien de lui. Il lui faisait perdre son temps. Elle se releva, sortit de sa poche la miniature de Rama et enroula la chaîne de la statuette autour de la pointe de son épée.

— Mais la flèche de Vishnou a marché, pas vrai ? Je parie qu'elle était le symbole d'une grande foi, tu ne crois pas, Ethan ? (La Tueuse s'assura que la chaîne, bien serrée, ne tomberait pas.) Rama n'était-il pas un dévot ? Il croyait profondément en Vishnou... Et il était humain. Or, Ravana a omis de demander à être protégé des humains !

Buffy pivota et courut vers la colonne rouge. Le feu se répandait partout... Le vortex qui tourbillonnait autour de Ravana s'arrêta. Les cris assourdissants moururent. Un seul bruit résonnait encore : celui des pas précipités de Buffy sur le sol.

La lueur rouge enveloppait le démon, silencieux et immobile. Les têtes apparurent... les épaules... la peau et les os... Il était vivant. Prêt à dominer le monde. Ethan cria quelque chose dans une langue étrangère.

Buffy crut que son cœur allait bondir hors de sa cage thoracique... Elle courut encore plus vite. Au-dessus d'elle, les Rakshasas poussèrent des cris perçants. Les vingt bras se formèrent, puis la poitrine, l'abdomen...

Avec un vacarme terrifiant, les pieds des Rakshasas heurtèrent le sol. La Tueuse serrait son épée, le minuscule Rama attaché à la pointe en forme de flèche. Elle traversait une véritable fournaise, lustrée de sueur. Ravana braquait sur elle ses yeux mauvais. Ses bouches souriaient à la perspective du sort qu'il lui réservait.

La lueur rouge descendit sous ses cuisses et ses genoux, jusqu'aux chevilles de ses jambes croisées. La pointe de l'épée mordit la chair et les muscles. Buffy retourna son arme dans la plaie, le bibelot accroché au bout... Ravana se raidit pendant que ce qui restait de la colonne rougeoyait de plus belle. Peut-être avait-il sous-estimé les capacités des humains...

Derrière Buffy, les Rakshasas cessèrent de s'agiter et de vociférer. La Tueuse lutta pour maintenir la lame enfoncée dans le corps... Pour survivre, Ravana tenta de l'expulser. La colonne de lumière rouge cessa de tournoyer, plongeant vers les pieds du démon. Elle prit une teinte carmin, puis noircit avant d'envelopper de nouveau la statuette.

Les dix bouches du monstre bâillèrent à s'en décrocher les mâchoires. Ses lèvres se retroussèrent sur des gencives d'où sortaient des crocs fins comme des aiguilles. Quand Ravana hurla, les Rakshasas l'imitèrent. De nouvelles fissures lézardèrent les murs.

Une explosion, puissante mais silencieuse, repoussa Buffy en arrière si violemment qu'elle en perdit le souffle, l'ouïe et la vue... Elle sentit son cerveau *rétrécir* jusqu'à n'être plus qu'une écaille de vairon, puis retrouver sa taille, puis rétrécir de nouveau... Elle oscillait entre conscience et inconscience. Son cœur recommença à battre. S'était-il arrêté... ? Elle roula sur le dos. Ses muscles lui signifièrent à quel point ils la méprisaient... ajoutant qu'ils avaient décidé qu'elle méritait quelques jours de punition. La vision encore trouble, elle se releva. Ses amis, encore sous le choc, firent de même.

— Tout va bien, Buffy ? demanda Giles.
— Ouais. Toujours en un seul morceau...
— De toute évidence, Ravana ne peut en dire

autant ! lança-t-il, impressionné par le triomphe de sa Tueuse. Phyllis et Rayne se sont mis à l'abri...

Le coin où se dressait un peu plus tôt Ravana était calciné.

Buffy s'approcha, examina le sol, puis releva la tête. Les yeux rouges ne brillaient plus dans les ténèbres... On ne voyait plus trace du démon ni des Rakshasas. Même la statuette de Ravana avait disparu. Les six autres aussi. Buffy se tourna vers ses amis.

— On peut partir, maintenant ? demanda Alex.

— Une de ces sales bêtes m'a mordue ! gémit Cordélia. Par pitié, dites-moi que je ne vais pas me transformer en monstre ! Personne ne me demandera mon avis sur ce que j'aimerais devenir si j'étais métamorphosée, hein ?

Giles ajusta ses lunettes.

— Il ne t'arrivera rien, Cordélia. Il faudra que je nettoie ta plaie pour éliminer tout risque d'infection.

L'albinos n'était plus là... Et un certain mort-vivant non plus.

— Où est Angel ? s'enquit Buffy, inquiète.

La pluie avait cessé, mais l'atmosphère était saturée d'humidité.

La Tueuse ne fut pas surprise de revoir la limousine blanche... ainsi qu'un vieil homme en chaise roulante. Voir Angel se battre avec le grand albinos aux lunettes noires ne l'étonna pas davantage. En revanche, que le vampire roue de coups l'inconnu l'interpella... Les autres sur les talons, Buffy courut vers l'homme en chaise roulante.

Quatre tubes partaient du dossier du siège pour s'enfoncer dans le corps du vieillard – Benson Lovecraft. Un des tubes lui fournissait de l'oxygène par le nez ; un appendice nasal étroit, plutôt trop long… Lovecraft portait d'épaisses lunettes.

Phyllis et Rayne s'appuyaient contre la carrosserie.

— Cet homme est-il un vampire ? demanda Buffy.

— Quel homme ? demanda Benson, surpris.

— L'albinos ! Est-il un vampire ?

— Pas du tout ! C'est mon chauffeur. L'autre, en revanche…

— Vous ne croyez pas que vous devriez intervenir avant que votre chauffeur soit tué ?

— Il ne se défend pas si mal ! Mais… vous avez raison. *Otto !*

Epuisé par son cri, le vieillard se recroquevilla sur sa chaise. L'homme au visage blanc interrompit aussitôt le combat pour se précipiter près de son maître.

— Fais monter Phyllis en voiture ! A l'arrière, avec moi.

Otto obéit, poussant la femme dans la limousine.

— Sale menteur ! cracha Phyllis à Rayne. Après tout ce que j'ai fait pour toi… !

Elle éclata en sanglots puis disparut dans la voiture. Angel s'approcha de Buffy.

— Tu n'as rien ?

Elle lui sourit.

— Je suis sale et trempée… A part ça, c'est la pêche !

— Je me suis lancé à leur poursuite, dit-il en désignant Otto et Rayne. Je suppose que c'était une perte de temps… Que s'est-il passé ?

— Ils ont détruit ma statuette de Ravana, voilà ce qui s'est passé ! grogna Lovecraft.

La gorge de Buffy se serra de colère ; ses mains se crispèrent sur la poignée de son arme. Elle se tourna vers le vieil original.

— Désolée d'avoir brisé votre précieuse petite statue,

mais si vous voulez la vérité, elle était encore plus laide que vous ! Et elle était sur le point de…

— Si vous n'aviez fait que la briser, ma chère, nos ennuis ne feraient *que* commencer, si vous voyez ce que je veux dire… (Lovecraft sourit en lui tapotant le bras.) C'était inévitable, de toute façon, et je suis heureux que vous ayez réussi. Mais, à l'avenir, évitez d'interrompre un processus de cette nature… Vous auriez pu déchirer le continuum espace-temps et finir dans la peau d'un enzyme, perdu dans l'estomac d'un monstre marin, au fin fond de l'océan. Et aucun de nous ne vous souhaiterait un sort pareil… Nous avons trop besoin de vous. Où est votre Observateur ?

Buffy cligna des yeux. Comment pouvait-il être au courant ? Giles s'avança. Sur ses gardes, il ne souriait pas… Pourtant, il ressemblait à un petit garçon approchant du Père Noël, au supermarché.

— Rupert Giles ! dit-il en tendant une main hésitante.

Lovecraft la serra avec une force surprenante.

— Benson Lovecraft. Mais vous pouvez m'appeler monsieur Lovecraft.

— Comment… Comment savez-vous ? s'étonna Buffy.

Lovecraft eut un sourire de félicitations pour Giles. Il avait toujours ses dents, même si elles n'avaient pas aussi bien vieilli que lui…

— A mon âge, on a forcément eu le temps d'apprendre deux ou trois petites choses… Vous avez fait du bon travail, Giles. Votre Tueuse est pleine de vie ! Comme elle ne possède pas le regard froid si fréquent chez les Elues, ça signifie que les règles et les édits du Conseil n'ont pas réussi à lui faire perdre toute personnalité… Vous m'en voyez heureux.

— Vous connaissez le Conseil ?

Lovecraft eut une moue dégoûtée.

— Oui, mais ne le répétez à personne... J'essaie même de l'oublier. Nous appartenons à des branches différentes de la même corporation, monsieur Giles. Et mon approche diffère sensiblement de la vôtre.

— De quelle manière, monsieur Lovecraft ?

— *Ils* font les choses à leur façon. Et moi, *à la mienne*. Otto, aidez monsieur Rayne à s'asseoir à l'avant.

Le chauffeur se tourna vers l'Anglais, qui sortit son revolver.

— Pas question !

Le grand albinos lui arracha le revolver des mains et lui tordit le bras dans le dos. Rayne cria de douleur.

— Monsieur Rayne, dit Lovecraft, un jour, je me suis retrouvé la tête coincée dans la gueule d'un énorme chat-démon égyptien, plus affamé qu'un éleveur de bétail texan au sortir d'un restaurant français... Après ça, vous pouvez imaginer à quel point j'ai peu de patience pour les types de votre espèce... Bon gré, mal gré, vous *allez* repartir dans cette limousine. Nous avons des comptes à régler. Alors, si j'étais vous, je poserais mon cul sur ce siège avant qu'Otto ne l'utilise comme un ballon de foot !

Rayne n'offrit plus de résistance. Otto claqua la portière sur lui, comme on ferme une sépulture.

— Je... intervint Giles. Il y a des lois, monsieur Lovecraft, et même si Ethan est allé trop loin, peut-être vaudrait-il mieux que vous le laissiez...

— Monsieur Giles, votre ami a...

— Ce n'est *pas* mon ami !

— Je tiens beaucoup à ma petite-fille. C'est une personne sensible et fragile qui... Disons qu'elle n'est pas apte à prendre certaines décisions. Voilà pourquoi elle vit avec moi. Je prends soin de Phyllis parce que personne d'autre dans la famille ne voulait s'occuper d'elle. Ça me va très bien, puisque je l'aime.

« Mais Rayne s'est immiscé dans sa vie, abusant de sa crédulité et de sa vulnérabilité d'une façon éhontée ! Il l'a séduite, puis s'est servi d'elle pour me voler mon bien à des fins inqualifiables ! Si vous vous souciez du sort de cet homme, vous avez tort. Après un bref séjour sur mon île, il repartira sain et sauf, je vous le promets. Mais je peux aussi vous jurer qu'à un moment de ce séjour... (il baissa la voix) ... il me suppliera de le tuer.

Lovecraft pianota sur le clavier de son fauteuil et roula vers la limousine. Otto souleva le vieil homme, l'installant à l'arrière de la voiture.

Pendant que le chauffeur repliait la chaise roulante, Lovecraft lança :

— N'oubliez pas d'appeler, pour qu'à notre arrivée quelqu'un nettoie mes roues.

Il referma la portière. La vitre teintée s'abaissa avec un petit bourdonnement. Lovecraft sourit en regardant Buffy.

— Excellent travail, jeune fille. Un conseil : restez loyale envers vous-même et envers ceux qui vous respectent. C'est la clé du bonheur. Le reste est accessoire, n'en déplaise à certains. Mais j'ai l'impression que vous le savez déjà.

Otto s'installa au volant et mit le contact.

— J'ai été ravi de faire votre connaissance, monsieur Giles, ajouta Lovecraft. Continuez à sauver le monde.

La vitre remonta. La limousine partit, tache blanche dans la nuit noire...

— C'est à ça que nous ressemblerons dans quatre-vingt-dix ans ? demanda Willow.

— Pas si nous avons de la chance, répondit Buffy en remettant son épée au fourreau.

CHAPITRE XXIII

De retour à la bibliothèque, les amis de Buffy durent se transformer en infirmiers. En plus de la trousse de premiers secours, l'Observateur avait stocké assez de gaze, de sparadrap, de désinfectants et d'aspirine pour faire tourner une petite clinique pendant une semaine.

— Donc, c'était de la magie, résuma Buffy. C'est ça ?

— Je n'en suis pas sûre, reconnut Willow. Peut-être. En un certain sens…

— Cesse d'être si pointilleuse ! Tu n'y gagneras qu'une tumeur au cerveau !

— Giles affirme que la magie n'est pas une chose qu'on fait mais qu'on apprivoise. N'est-ce pas, Giles ?

— Tout à fait.

— Et si ce n'était pas le seul moyen d'apprivoiser la puissance que nous avons combattue ? Si la foi suffisait à contrôler en partie le mal ? Tu avais raison, Buffy : il fallait *persuader* Rama que sa flèche allait se montrer efficace quand il l'a décochée contre Ravana… Et il n'aurait jamais remporté la victoire s'il n'avait pas eu une confiance aveugle en Vishnou ! Sinon, il n'était pas question de rapporter la flèche au magasin pour faire un échange… Par bonheur, le frère de Mila est croyant. Peut-être a-t-il laissé un peu de cette foi dans son œuvre… En tout cas, c'est ce qui nous a tous sauvés !

— Peut-être… fit la Tueuse. N'oublions pas que Ravana nous méprisait tellement qu'il n'a pas jugé utile de se protéger de nos attaques. Notre humanité est sans doute ce qui nous a permis de triompher !

— Tu dois avoir raison, dit Willow. Ça peut également être l'explication.

Angel s'approcha de Buffy et passa un bras autour de ses épaules.

— Je dois repartir. Continue à prendre soin de toi. Tu devrais rentrer et dormir.

— Un peu de calme nous ferait le plus grand bien, c'est vrai… (Elle posa une main sur la joue du vampire.) Merci.

Ils échangèrent un baiser. Puis Angel s'écarta.

— Merci, Angel ! dit Giles. Et merci à vous tous ! Vous avez été très courageux. De vrais héros !

— Et si ces monstres revenaient ? s'inquiéta Alex. Et s'ils n'étaient pas tous morts ? Et si un autre…

Il semblait aussi nerveux que s'il se trouvait sur le point de manger des choux de Bruxelles sans ketchup.

— Ça reste possible… Comme toujours, reconnut Giles. Mais pour l'instant nous en sommes bien débarrassés !

Angel sortit de la bibliothèque sous le regard de Buffy.

— Cette puissance que tu voulais apprivoiser, Willow, dit Alex, est-ce un champ d'énergie généré par toutes les créatures vivantes ? Nous entoure-t-il ? Maintient-il la galaxie en… ?

Cordélia grogna. Sa blessure soignée, elle n'avait pas l'air ravi pour autant.

— Redescendez sur Terre, les gars ! Vous ne voyez pas que je souffre ?

Alex se tourna vers sa petite amie.

— Comment comptes-tu expliquer ça à tes parents ?

— Expliquer quoi ? Mon problème, c'est comment justifier d'être si mal coiffée ! Je devrai attendre des semaines un autre rendez-vous !

— Pourquoi ne vas-tu pas chez un autre coiffeur ? proposa Buffy.

— Je t'en prie ! La vie est pleine de défis... Mais un jour, on finit par trouver le coiffeur parfait. Une fois qu'on le tient, on ne le laisse pas filer !

— Buffy, dit Willow, Rama croyait en Vishnou, et le frère de Mila croyait en Rama, en Vishnou et en Ravana... En qui croyais-tu quand tu as transformé cette chose en chiche-kebab ?

— Eh bien, c'était ton idée... Tu m'avais dit que les Rakshasas avaient peur de ton pendentif. Je t'ai écoutée. Donc je suppose que... je croyais *en toi*.

Les deux amies se sourirent avec affection.

Achevé d'imprimer sur les presses de

BUSSIÈRE
GROUPE CPI

*à Saint-Amand-Montrond (Cher)
en mai 2001*

FLEUVE NOIR
12, avenue d'Italie
75627 Paris Cedex 13
Tél. : 01-44-16-05-00

— N° d'imp. 13150. —
Dépôt légal : juin 2001.

Imprimé en France